許達然散文集

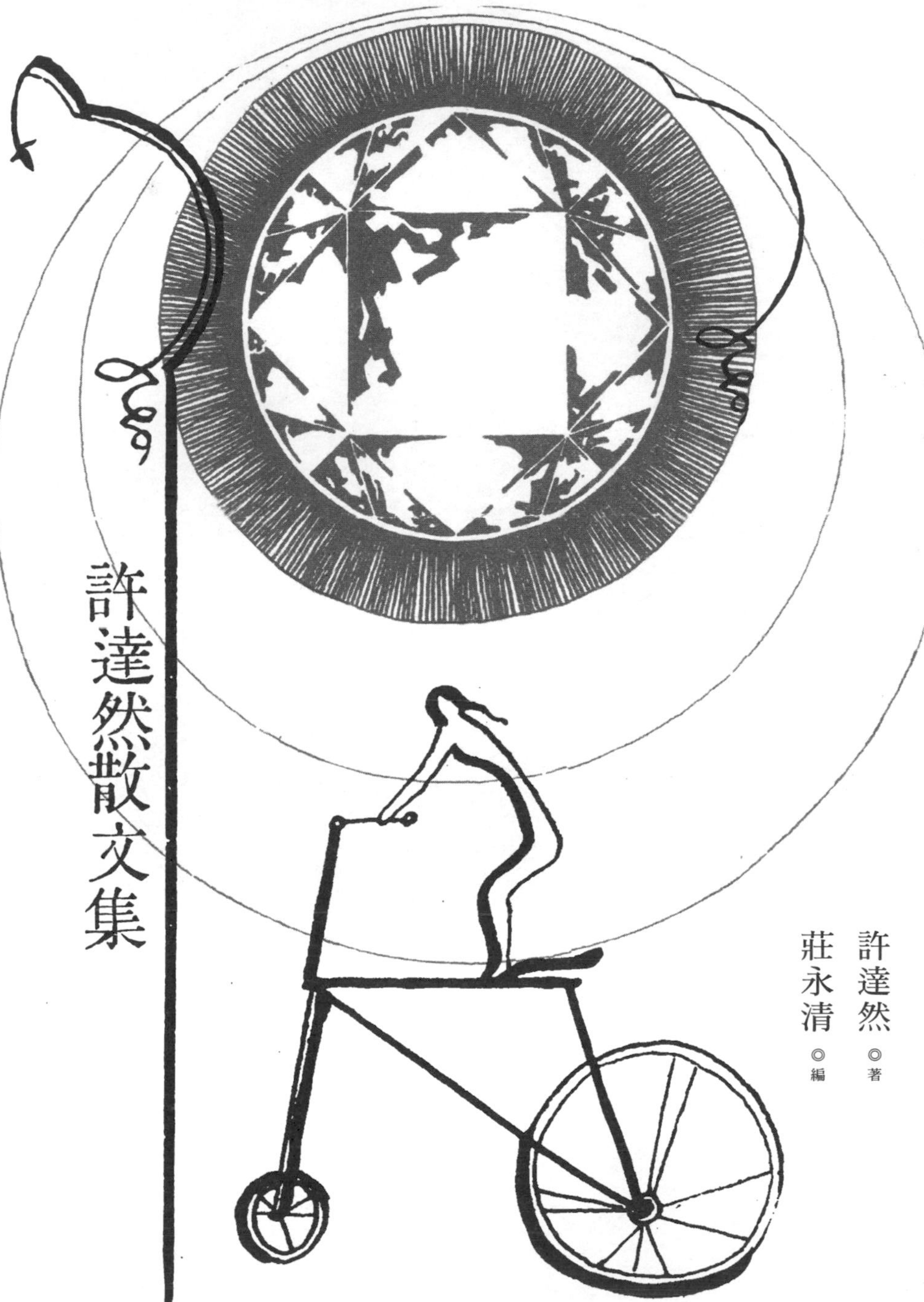

許達然◎著
莊永清◎編

局長序　臺南繁花盛開　文學盡訴衷曲

臺南是一座屬於自然的城市：燦爛奪目的陽光照耀大地，盛開的蓮池飄散著清甜幽香；萬紫千紅的蝴蝶蘭綻放飛舞，隨著水雉展翅翱翔天際。

臺南是一座處處有情的城市：無論是鳳凰花開的離別衷曲，或是晚秋雨中的詩意採菱；冬夜漁家的揚帆滿載，還是稻香大地的揮汗淋漓，臺南斯土斯民、豐榮物產，透過文學的魔力，都成為這座城市最美好的風景。

臺南是一座萬紫千紅的城市，適合人們作夢、幹活、戀愛、結婚、悠然過生活。落花水面、好鳥枝頭、豐饒物產、人文風情，在在都撩動文人的心思，將書頁上的文字揮灑於吹拂的南風中，走過一頁頁歌詠的篇章。

致力發揚文學魅力的《臺南作家作品集》，每輯都嚴選作品、邀請在地優秀作家創作，為城市中的文學多元樣貌打造更安身立命的生長環境。本次第八輯收錄三位作家作品及四位推薦邀約作品，合計七部優秀的臺南文學作品集，文類跨越詩、散文、小說、兒童文學，承襲以往各輯的兼容並蓄。

本輯徵選作品中，謝振宗《臺南映象》以臺南地景人文發抒，詩作深入淺出、極富意象；陳志良詩集《和風人隨行》意境高遠，語言和表達手法富創意，讀來頗有興味；林柏維《天光雲影【籤詩現代版】》以寺廟籤詩與作者四行小詩對比打造現代版籤詩，構想傑出、別具匠心。推薦邀約作品方面，則有對臺灣文學研究與翻譯極具奉獻的《落花時節：葉笛詩文集》；治史嚴謹且懷抱人道精神的《許達然散文集》；一生奉獻臺灣新劇的日治文學創作家林清文所著小說《太陽旗下的小子》；熱愛兒童文學因此創作豐富多彩的《陳玉珠的童話花園》。

今日的選輯，許多早已膾炙人口，更為明日本土經典生力軍。臺南文學永續耕耘，期待才人輩出、代代相承，一朝風采昂揚國際，盡訴古都衷曲。

臺南市政府文化局　局長

葉澤山

總序　文學森林的新株

李若鶯

臺南，文學藝術的城市，與文學相關的活動、文學的人才、文學的刊物，在國內都能引領風騷，堪稱一座文學的森林。在這座森林裡，有個區塊，是文化局兢兢業業經營的，自闢地以來，持續開墾，蒐尋適合種植的樹木，每年選種幾棵新的樹，掖肥使其根深枝茂長大成蔭，這就是「臺南作家作品集」。

一〇七年度「臺南作家作品集」第八輯，經編審委員多次開會討論審核，出版書單如下表：

編號	作品名稱	作者／編者	類別	備註
1	太陽旗下的小子	林清文　著 李若鶯　校並序	長篇小說	推薦邀稿

編號	作品名稱	作者／編者	類別	備註
2	落花時節：葉笛詩文集	葉笛 著 葉蓁蓁／葉瓊霞 合編	詩文選集	推薦邀稿
3	許達然散文集	許達然 著 莊永清 編	散文選集	推薦邀稿
4	陳玉珠的童話花園	陳玉珠 著	兒童文學	推薦邀稿
5	和風 人隨行	陳志良 著	現代詩集	徵選
6	臺南映象	謝振宗 著	現代詩集	徵選
7	天光雲影【籤詩現代版】	林柏維 著	現代詩集	徵選

從書單看起來，可以觀察到二個現象：一、現代詩佔了二分之一，其中徵選來的，都是現代詩。二、作者不是已經謝世，就是已年逾花甲。

作家作品集的設置，原本就有向本地卓越或資深作家致敬、流傳其作品的用意，表列前三位的專書，更是基於這樣的意涵。

林清文（1919-1987）是跨越語言一代的鹽分地帶代表作家之一，名列「北門七子」，其哲嗣林佛兒（1941-2017）也是臺灣著名作家。林清文最為人稱道的是曾經為臺灣早期舞台話劇的旗手，編導演之全才，以「廖添丁」一劇風靡全臺，惜劇本散佚，傳世作品只有寥寥幾首詩和一冊長篇小說。小說初以「愚者自述」為名，在《自立晚報》連載，增刪修改後改題「太陽旗下的小子」出版，早已絕版，今重新梓刊，由其媳婦李若鶯校編。日本殖民時期的臺灣人，因為族群、居住空間、殖民身分的時間長短、教育程度等等諸多不同因素的制約，對殖民者日本的感情十分複雜，感恩愛戴、懷恨憎惡的皆有之。林清文屬於一心向漢、敵視日本者，本書由作者出生追述到二十歲，對日治時期的農村、教育、個人生活與情感的糾葛等等，都作了告白式的敘述。

葉笛（1931-2006），如果你的時代、你的活動空間和葉笛重疊，如果你也喜歡文學，而你不曾和葉笛有交集，錯肩如陌路，那真是一種損失。因為他的作品，都是人品的印證、生命的履跡。我常懷想他辭世前二、三年，我和林佛兒與葉笛夫婦時相過從、縱歌放論的快意時光。葉笛的創作，雖然以散文和詩為主，他晚年一系列對臺灣早期作家的論述，篇篇擲地有聲，是研究臺灣文學非常重要的文獻。本書由葉笛哲嗣葉蓁蓁與葉瓊霞教授合編，精選其散文與詩作佳篇，希望讀者讀的不僅是作品，也能由其中看見一位人格者的內在風景。

許達然（1940-），國際知名清史和臺灣史研究學者，臺灣當代最重要的散文家，也是一位重量級評論家與優秀詩人。國內身兼研究學者和創作作家而都能遊刃有餘如許達然者，並不多見。許達然自年輕留學美國後，即旅居美國，但和國內學界、藝文界給終保持密切聯繫，作品迄今發表不輟。許達然和葉笛為至友，葉笛臨終前臥床數月，許達然幾乎每日從美國來電殷殷致問，情義感人。本書由莊永清教授選編，許達然的散文很有個人的獨特風格，特別在語言方面，盡量不用成語熟語，創造許多獨創的活潑語詞，讀其詩文，每有別開生面的驚歎。

本輯還有一本邀稿作品，是陳玉珠（1950-）自選集《陳玉珠的童話花園》。陳玉珠是國內知名童話作家，得獎無數。我常抱憾臺灣的童書有二大缺失：一是題材傳統守舊，老故事說來說去，卻又不能因應時代變化給予進步的思想引導；一是語言的文學性貧弱，故事是說了，情節是交待了，卻不能順便提升讀者（特別是兒童、少年）文學美學的薰陶。從這個角度看，本書是改良童書。作者自其歷來創作中精選三分之一成書，作者本身也是畫家，所以其故事充滿豐富的形象描繪，每每使讀者眼中看的是文字，腦中浮現的卻是一幕幕影像。

本輯另有三本徵選出列的作品，都是現代詩。

陳志良（1955-）是資深知名書畫家，其實，他寫詩的資歷更早，在高中時期就開始了，雖然他後來以繪畫和書法馳名，詩也沒有因此擱淺，他一直沒有停止以詩的方式記錄他的生活、他的思想、他的情感。他把詩，用繪畫般的書法表現，或題寫在畫幅中，早期文人以詩書畫三絕為藝術追求的至境，我個人認為，陳志良的作品，不管是繪畫或書法，都是詩、書、畫交融的表現。本書為作者寫詩四十餘年的自選集，作者的心境和生命觀，其實，已體現在書名中。

臺灣的作家，有很多同時是教育工作者，也許因為他們的學養，使他們具備寫作的技巧，他們從事的是與「人」相關的工作，觀察閱歷既多，塊壘自然形成，在一吐為快的催化下，作品於焉誕生。但也不可晦言，教職者的創作與專業作家相較，常顯得在語言的活潑與題材的創意方面略遜一籌。本輯二位徵選脫穎的教師作家，卻難能可貴的表現了專業作家的水準。謝振宗（1956-）在臺南教育界服務三、四十年，因地隨事摭拾而成詩，把與臺南相關的都為一集，《臺南映象》留下歷史的紀錄，也留下個人的行蹤形影。林柏維（1958-）的《天光雲影【籤詩現代版】》，看標題就很吸引人想一探究意。我年輕時，曾想過把中國經典《詩經》的每一首，都改寫為現代詩，行動力不足，沒能實現。林柏維的作品並非改寫，而是被「籤詩」觸動後的自由發想，每首詩既是自己的情思哲理的映現，又要與原籤有所呼應，若即若離，不即不離，更不容易，是首開前例的作品。

最後，恭喜臺南市的作家有機會出版、流傳他們的佳作大著，恭喜臺南市政府，轄下有這麼多文學人才，年年有優秀的作品再接再勵。希望以後有更多樣的書籍、更多年齡層的拔秀作家，一起徜徉府城這座文學森林。

代序　從感覺到希望——我對寫作的想法

許達然

我覺得寫作很痛苦，只因不願僅寫感覺，那些討人歡喜的；而喜歡思想，那些隱喻消息的。我們最愛的土地，污染到這款，感覺早已不美，思考後更醜。如果寫它的不美，只因覺得有悲壯歷史的臺灣還有美的可能——美並非外表好看而是實質耐看。然而作者作的，讀者讀的竟仍是表面。例如和招牌一樣浮氣的作詩的人，特別愛以既定形式恨別人詩的內容。還未寫出臺灣史詩的「詩人」，傲慢什麼呢？開拓臺灣歷史的人不識字，但比現在玩弄文字注重口味的人更有詩意更有詩義！

我認為文學是社會事業。活在社會都對社會有責任，連紙都是別人替我們造的，寫作要擺脫社會是不可能的了。不管作者的動機如何，作品發表就是社會行為。執意寫個人的呼吸而忽視社會與時代的脈搏，那些自喜自怒自賀自吹就自看，發表徒費樹的年輪及讀者的時間。其實只有把別人當人，自己才算人。一個作者沒有領土，可能有的是人民與故鄉，若連故鄉的人民都不認識，愛顧，與尊重，不寫也罷。構思、執筆、及發表都脫離不了社會經濟結構，都和大眾有關。

寫就是作——不是造作而是作與造。虛僞已充斥，作者真誠吧！眞誠做見證者與批判者。要見證與批判就表達出來，用大家的語言藝術地表達出來。語言是人造的，人利用語言而非被語言利用。寫作，什麼都可放棄，不能失去的是歷史悠久的語言，對群體的責任，及創造力。

還有人格與勇氣！無人格而講究風格仍是無格。舒適坐著為名利而寫，毫無立場，甚至攀附權勢，踏兩條船，隨風換旗的作者是我瞧不起的懦夫。若什麼都怕就不寫作，什麼都怕也不必做人了。臺灣作者不是孤兒或棄婦。臺灣的文學仍嚷著孤兒的無助，臺灣的民謠仍如棄婦的哀歌。免再怨嘆了，弱者才哼悲慘，而弱者的名字不是臺灣作者。

我相信文藝力，所以才也寫作，不然就專心做學者研究歷史與社會了。文學、歷史、社會應融和在一起；文學在歷史與社會情況下產生，也可影響社會與歷史。文學力雖難量，但絕不是只給人感動而已。如果連自己讀後都無感受，却要別人感動，未免太侮辱讀者了。

重量輕質，財產暴發，道德破產，經濟假繁華，精神眞貧困的臺灣社會更須人文精神與社會意識。我仍相信文藝是人文精神的重要內容，社會意識的一種表現。幾乎什麼都受控制的社會，使人的思想萎縮，甚至麻痺。我仍相信文藝可以使人想，想，想，想，想！

我希望文學也是大家生活的一部分，使人生不但較美麗也更有意義。我希望我寫的都與社會及人民關聯。我當然希望我的希望不只是希望。

原發表於《文學界》第十一期，一九八四年八月

目錄

【輯二】

【輯三】

【輯四】

【輯五】

【輯六】

【輯一】

自畫像

我們每個人都是畫手。

把自己當做畫裏的主人，是畫手最討厭的題材——那簡直是畫風！為嘆息塑像？

有人問我的影子：我是個什麼樣子的人？我的影子要我畫自己，我臉紅了。

沾以貧乏的，淡淡的顏色，我輕輕地塗向畫布。

一個害羞的孩子。

這個孩子在人多的地方，就覺得很忸怩。參加同樂會，不幸輪到我表演時，就發抖；偶而去看電影，都儘可能在放映時才進戲院；也怕坐公共汽車，那種在陌生的面孔叢中的滋味，就像要把我載向刑場！

三年前一個晚上，正整理行李準備第二天早上到大度山上求學時，父親向我說：「不要那樣害羞了，以後功課上如有疑問就要向教授請教。」三年過去了，父親的話時常縈遶耳際，但有疑問時却一直不敢問教授，而寧願以一股傻勁花多點時間自己去找答案。

二十一歲。——在這年歲，常要認識一些自己不願認識的事情，也要回答一些自己不願回答的問題。常常，同學與長輩們會問我，有無異性朋友，我還未搖頭耳根已紅了，像一隻受驚的小鹿，跑了。假如在物質文明進步的時代，這是落伍，那麼我是落伍了。

像一塊軟棉，這顆脆弱的心總是易於吸收淚水。想起那些苦難的人，常暗自落淚，為自己只能同情而悲哀。願有一天，我有力量援助那些需要援助的人們，謝謝他們和我朝著理想前進。每天，在日記上默默地寫下年青的生活與感觸，為自己能懷著對生命熱誠的工作而欣然微笑！

鼻樑上這具眼鏡已八百五十度了，但還是常熬夜。愛在岑寂的深夜裏仍以書為伴，而帶著一身疲憊，在矇矓中進入睡鄉。當然健康的身體是生命的資本，但我似乎對他不太關心。（也許這是我最大的糊塗。）七年前，雙耳被判重聽後，一直不敢去看醫生，怕聽到「手術」或「沒希望」的話。每天上課回來，總要另找參考書來看，參照教授的演講。看到那些聾啞的人做手勢受人取笑，我的淚水就不禁撲簌而下。

人生眞像一陌生的城市，常使我們在十字路口徬徨。在那一片黑夜似的靜默的中古，宗教是人的生活內容中心，但在早已世俗化的現代，信仰的叛徒增加了。中學與大學都選擇教會學校，「聖經」上許多句子我可以背誦，並指明出處，但我一直不敢受洗。現在一些宗教太形式化了，牧師在聖壇上講永生之道，教徒却在打盹！一個人要皈依，就須虔誠。但不幸，坐在早上的教堂裏，想著午後的墮落的人却太多了。我緬懷那些為信仰而死的古殉道者。

生氣使人醜陋，但人這愛美的動物却善於生氣，感謝父母傳給我好脾氣。但死火山有時也會噴發的，我痛恨虛僞，最討厭那些臉上堆滿微笑，販賣感情的人。看書看到自私自利的壞蛋，嘗憤然在他的名字上敲幾下。

如果急性是一種毛病，那麼我這毛病永不能治癒了。看書，總是看得很快，如果認為好，才慢慢再看一遍。但讀史書與偉人傳記，却字字仔細讀，因為也許其中的一句是歷史與一個偉人的生命的轉捩點。自小喜讀偉人傳記，書房裏，擺著一書架的中英文偉人傳記，時常翻閱以激勵自己。在他們面前感到自己更渺小，但也聽到他們述說偉大的訣竅：終生為理想而奮鬪！在偉人中我最敬愛貝多芬，他奮鬪一生正是一闋悲壯的交響樂，佩服他忍受著痛苦克服多舛命運的不屈的意志。記得六年前，第一次讀完羅曼羅蘭那本「貝多芬傳」後，看著桌上他沉思的石膏像，不禁湧出感動的眼淚。半年後，正聆聽貝多芬憤怒的聲音時，得悉我那篇以他為題材寫成的小文得到當時一本雜誌「新新文藝」徵文第一名時，音樂戛止，含淚微笑了。

這是個以怪異為美的時代。我覺得浮華只能給人一種空虛的快感，從小學，中學到大學，穿的都是卡琪衣褲。有一次一位親戚送我一件香港衫，但我一直不敢穿，後來就給父親穿了。好幾次，父母要我做幾套西裝，我說何不把那些錢給我買書，父母就不再提了。

以什麼做畫像的背景呢？也許戴桂冠執書筆的克萊娥女神與朋友是最適宜了。我的錢（父母給我的，以及僥倖得到的獎金與稿費）大部分用在買書上。大一那年家燬於祝融，那些沒帶去學校的書不幸全部變成灰燼。好幾次，從夢見它們的夢裏醒來，發覺它們並不在身傍，為了看他們，去書店，像鷹隼找獵物般睜大著眼睛找它們，而感到呼吸沈重。以後，更發憤買書，有時在書店看到幾本喜愛的書但摸摸口袋，錢却不够，只好悵然走出書店，回家慢慢儲蓄，到够錢買到書時，我會快樂得像個得獎的孩子，在書的扉頁蓋上藏書的印章！

假如生命是一連串的衝動，那麼我以滿腔的熱情學歷史該是一種理智的衝動了。我愛文學，更愛歷史。史學和文學最大的差別也許是：文學創作可以虛構，但歷史却必須真實。我愛歷史，因我要求眞。

在這現實得可怕的社會裏，很多人對我以歷史為「第一志願」感到「遺憾」。也許人是愛以自己的想法臆度別人的主觀的動物，我早已習慣於忍受一切譏諷了。有幾位長輩曾誘我背叛自己去讀可以賺大錢的系。我感謝他們的關懷，但更敬愛自己的理想。我不出賣自己的靈魂！寧愉快地貧困，也不痛苦地富裕。學歷史的人底悲哀並不在難享舒服的生活，而在歷史上謊言的充斥，人，吶喊著眞理，却愛謊言，我向謊言挑戰！幾年來，玩索克萊娥於掌心，我有不被人了解的快樂。我做過許多懊悔的事，但永不懊悔學歷史。我駕的不是一艘死船，而是一艘滿載希望的船！

高二那年，一個深夜，翻看那本已翻破了的聖經，在路加福音第九章二十三節看到一句耶穌向衆人說的話「若有人要跟從我，就當捨己，天天背起他的十字架來，跟從我。」我的心靈不住地顫動，遂把這句抄在一張白紙放進玻璃墊裏。我願在為理想而奮鬪的旅途上背著受苦的十字架。我佩服法史家米希列那種把歷史當做生命的精神！

我愛朋友。幾位知音對我已是最大的財富，至少當我死了，還有他們會在我的墓昂栽幾株樹，使我在它們的影子裏，靜靜地安眠。

流浪異鄉的拜倫眼望著他的青春漸逝而感慨地寫下：「噢，不要向我說故事裏偉大的名字，我們年青的日子便是我們光榮的日子。」（註一）一無所有，我有的只是年青，還有充沛的精力看很多書，做很多事，珍惜這些日子。

我，我，太多的我使畫面醜陋，何況我又是拙於描繪自己的人。我該停筆了，在停筆前，請讓我畫上最後一撇：感謝父母養育之恩。

我就生活在感恩的日子裏。

收錄於《含淚的微笑》，臺北：野風出版社，一九六一年十二月

【註釋】

註一：George Gordon Byron, *The Poetical Works of Lord Byron* (London: Oxford University Press, 1959), "*Stanzas written on the Road between Florence and Pisa,*" P. 241: "Oh talk not to me of a name great in story, the days of our youth are the days of our glory."

孤獨城

當然我愛人類。但在聒噪的人羣與寧謐的孤獨中，我卻選擇後者。——我愛靜。

那位告訴自己說：「我思故我在」的懷疑主義者笛卡兒，為了確定平面上的一點，就畫出了兩道定垂直線坐標指明那點的位置；假如有人問我，我在地球上的位置，我會告訴他，我是在孤獨城中。

愛孤獨的人不多，很少人會忍耐得住孤獨的，孤獨對他們是虐待，而不是享受。笛佛筆下流落在孤島的魯賓孫算是很孤獨了，但作者還是創造了一位星期五給他作伴。至於我，選擇給自己作伴的是書與音樂——這該是孤獨城中的兩大財產了。

也許是求知慾使我這樣愛書。現代人眞是舒服多了，每當想起印刷術發明以前的人為了得到一本書要抄了許久，就更珍惜書本更認眞看書。到一地方，常向人問：「你們這裏有圖書館嗎？」恨不得我家就是圖書館，可以每天在那裏看書，孤獨地。

有一年暑假剛開始，一位朋友問我：

「暑假計劃怎樣消遣？」

「在圖書館裏。」

「不感到寂寞？」

「不會的，我的孤獨城就建在那裏，寂寞和我早已是陌生人了。」

「孤獨城？」他狐疑地笑了。

是的，孤獨城。我的孤獨城以書架為支柱，以書本為磚石。在裡面沒有寂寞，我只感到自己是多麼忙碌，又是多麼悠閑；覺得自己只是書海中的一個小字母，而不禁面對永恒微笑。

有一天黃昏，我又帶著筆記本走進學校圖書館的書庫。夕陽的曛暉透過玻璃窗，烘照書與我；書庫裏除了我，沒有一個人進來，靜得我可以聽到抄書的聲音。我彷彿聽到書裏的哲人在向我細語，放下筆，不禁想起柳宗元那首題為「江雪」的詩：「千山鳥飛絕，萬徑人蹤滅，孤舟蓑笠翁，獨釣寒江雪。」以前我很羡慕那位「獨釣寒江雪」的老翁（他釣的也許是殘留於記憶之江上的雪？）但那時，我不再羡慕他了，我羡慕自己。

音樂，這使人感情昇華的動的藝術，也許在孩提，母親唱催眠曲時，我就對它能使我安睡發生好感了。多年來，它一直是孤獨城裏的溪流，我愛在它緩緩的旋律裏，讀散文，低吟詩，如飲醇醪。

如你在遠方

此地陽光慵慵，此地氛圍溷溷。你已疲憊，窒息於此地的世俗，喧嚷與愚昧。嚮往遠方，你將去，悄然遠離此地。

遠方有海，有山與林；遠方飄揚著你的夢。如在遠方，你獨立在傳統的影子外，陽光染你，山嶽拱你，樹林托你；你呼吸無覊。

自故鄉透憂鬱來，你蟄隱在山麓與水涘間，那地圖上找不到名字的小鎮。珍惜每一聲嘆息。你欣然活著。

第一朝醒來，你說：「早安，一切存在。」然後飲一杯清醒自己的露水，然後捶鐘，捶醒山林裏的鳥獸，捶醒人。然後他們醒來，發現你的存在。笑問你從那裏來；你說你來自遠方，那虛偽與貪婪統治的地方，那曾被你愛過，將來又會被你愛的故鄉。不需要名字，你是無名字的捶鐘者。

日日，聽草與草的細語，拈花微笑。在沙灘上畫自己，讓自己被浪洗滌，而渾然忘記自己。

夜夜，開窗迎接星子們溫柔的造訪。「你愛星嗎？」突然想人寫信，但寫後又撕碎，將紙屑撒在風中，撒在海上，撒在遺忘裏。以前你沒問他，現在再也不能問他了。以前你們慣於沉默，現在只有你以沉默回憶往昔的沉默。那一天，他突然沉默地離去了——他已死去許多年了吧？

有霧。霧來時你不知道，但你會送霧離去。彳亍在霧裏，你將滿足於自己的孤獨，驕傲於不被荒謬的眞理迷惑，驕傲於拒絕人間的庸俗。再也不須禮節，不須權威，不須偶像，也不須聖賢；你只須清醒，只須良知。你苦惱，只因清醒，只因還有良知！

有雨。雨會為你彈沉重的歌曲，使你更悽寂，你以你的悽寂冷漠人間的醜陋。踽行在雨裏，讓泥土沾你，泥土與你只差一個上帝而已，但是上帝在那裏？雨霽時，擦乾身體，但願自己是個浴後的嬰孩，想起每個人都是如此，每個人都是塊泥土！

有鳥，安睡於巢，你不破壞他們的美夢。鳥飛過，你曾羨慕航海的水手，但那時你羨慕輕捷飛翔，以影子戲浪的燕子。看浮雲悠閑飄過，山默然，如你的佇立敞開心門：「來吧！一切眞善美。」

也在海裏游泳，造訪魚的屋舍，跟魚交語；魚將驚奇你這條陌生的大魚，你只好介紹自己，告訴魚，人類可笑的現代文明，魚也笑了。然後造訪珊瑚的勝蹟，告訴珊瑚們，他們的尸墳比金字塔還美麗！

秋來時，去撿拾落葉與落花弔祭秋，在他們的墓塚上寫輓歌迎冬，讓冬去遺傳秋的悲哀。春來時，在墓旁徘徊，緬想冬對大自然殘酷的愛戀與同情，然後以一股熱情擁抱春。驚奇世人為什麼仍存冬意？

不再期待，期待一切曾被期待過的；不再讚美，讚美一切曾被讚美過的。以良知品評一切，你看很多書，燃燒很多熱情，很多慈悲，很多冥思。你是你眞實存在的自己。

不寫信，只將懷念埋在日記裏。不遺忘別人，也許別人已把你遺忘，但你並不介意。你是那紫蘿蘭，固執地不在白天綻放，只在黑暗時默默地害羞，默默地祝福別人，默默地閃鑠貞潔。當有一天，毛髮被染白，不知已越過了世紀，不知祖先墓塚的草已長得比你還高，只知自己老了，你悄然歸來，不再是去時昂然，你脚步蹭蹬。你仍認識故鄉，但故鄉已把你遺忘。故鄉的老人會笑問客從何處來，你會淚答，你回自遠方，回自夢。你屬於故鄉。

然後你告訴他們，每年秋天託鳥寄一片落葉回鄉的人是你，那落葉是你的懷念。你說：「以前離開這裏時，這裏是養牛的草原，而今學生代替了羊。」然後，聰明故鄉的愚昧，高貴故鄉的世俗。無論人們怎樣待你，你並不是那怕失望而到魚塭釣魚的紳士，而是那到大海釣魚的漁夫。失望懼你。你還懼什麼？

然後，你忘記你曾在遠方。

然後，你死在故鄉。

發表於《野風》第一六二期，一九六二年四月一日
收錄於《遠方》，高雄：大業書店，一九六五年九月

遠方

似乎遠方總是使人嚮往的。

其實有美的遠方，有醜的遠方。

越遠越矇矓，越矇矓越神秘。那神秘常使我們幻想：遠方的平房變成宮殿，遠方的小溪變成大江，遠方的强悍變成溫馴，冰雪封蔽的遠方變成綠土。一些最壞的形容詞也可能被加在我們所不喜歡的遠方。

人們總是愛製造遠方，雖然昔日的遠方依舊是今日的遠方。莫爾的「烏托邦」，培根再造的 New Atlantis 與陶潛的「桃花源」，依然是人們的夢土。遠方的夢土也許有神仙，但徐福入海未回，秦始皇帝死了，求仙藥的夢却未死，依舊使後代帝王失眠。可憐東方朔走遍了遠方，依然不見可愛的神仙。神仙渺而不可慕，因為神仙壓根兒就只在我們心裡的遠方。

茫茫大海，浩瀚似無岸。那遠方的神秘，誘惑了靠海的民族，而遨遊海上，從事探險，征服與掠奪，給了受海水冲擊的國家底文明增添了一些色彩。出瀛海又有瀛海，遠方的海像女妖，迷人也兇狠。東漢時班超的一位部將甘英，曾想從條支渡海到大秦（東羅馬？），但大海茫茫似棲息著死神，而打斷了他的念頭，甘英壯志未遂，和亞歷山大未渡印度河到他嚮往的遠方一樣，常使我惋惜。

山是縱的遠方。有限的高峻是無限的蠱惑，長年的沉默是不變的磁力，山不迷人人自迷，總是使人自動地往它那裡去；登高山又有高山，登不完的高山登不完的嚮往。這縱的遠方的凜然曾磨削人的鬪志，使古老的印度民族在無助的茫然中孕育悲觀的思想。這縱的遠方的悠然常是人們靈魂的安慰。怏怏的屈原一直嚮往崑崙。跛脚的拜崙以眺望寫出對山的感情。對一個愛縱的遠方的人來說，只能做山下的青草，而不能是山上的雲，也是悲哀的了。

每個民族有每個民族的遠方，而陶醉在似有似無的夢境裡。列子湯問篇造了一個終北國，雖不是天堂，却使周穆王去了以後樂陶陶，回來後迷糊了好幾個月才恢復正常，使人神往。天眞的希臘人也在他們的北方造一個 Hyperboreans 的國，在南方造個 Ethiopia，使後世的人糊里糊塗地考證。好似過了兩千多年後，我們忽然找到了古人所嚮往過的遠方了。當然，好幻想的古人，也想像一些醜惡的遠方，只是不願提起而已。

東方！東方這個神秘，至少有二千年，是歐洲人的夢魘。中國曾許久是西洋人心靈的寄託，想像中的天堂，而使他們一直試圖在探知這遙遠的東方。東方，東方，蒼老的東方雖早已不再是西洋人的天堂，但仍是他們的遠方，像龍一樣，依然神秘，以一股莫名的力量向西方招引，引來了一個青年到台灣研究我國的歷史，而且興奮地向我說：「我終於來到了這裡，來到了從小就嚮往的東方。」

一個最眞最善最美的遠方一直使人嚮往，那是天堂。對天堂的嚮往曾支配了西洋的中古史，而使人們不惜犧牲世上的幸福，以通過上帝啓示的窄門進那遠方。可是一直沒有人從天堂回來，因此到現在人們還在嚮往天堂，而且天堂似乎越來越美了。地獄也是最遠的遠方，想到它，就像暴風雨前烏雲的陰影覆罩著，使我們有著莫名的恐懼。有人嚮往天堂而做好事，有人怕進地獄而做好事。遠方，常常冥冥地在驅策著人！

血液裡似乎遺傳著流浪的鮮紅，幾乎每個人有遠行的衝動。雪萊的回憶：「我曾是遠方原野的浪人，我曾航過大河。」（註一）也幾乎是每個人的夢。遠方的漫遊，雖然摻著鄉愁，却一直在開展人們的胸懷，成熟人們的思想。古希臘的兩位史家希羅多德與修西底德斯和我們的司馬遷一樣曾漫遊遠方，而寫出那麼有氣魄的歷史！年青時遠遊埃及，看到了與雅典不同的另一型態的文化，使柏拉圖開拓了思野，而影響到他「理想國」的著作。人間到處可以找到異鄉人，遠方的憧憬把他們帶到異鄉，甚至在異鄉成功了他們的事業。三百多年前，英國有個年青人離開了故鄉來到他的遠方倫敦，給了我們不朽的禮物——莎士比亞的戲劇。

「當我長大了，我自己要去那裡。那地方比起我們這裡來是幾千倍的美麗，那裡根本沒有冬天，你一定同我去，好嗎？」在席篤姆的「茵夢湖」裡，那個小賴因哈向小伊麗莎白這樣說，眞是寫出了許多小孩子對遠方的夢。還有什麼比小孩子的夢境更天眞更美？「我去。」小女孩應和著小男孩的夢：「但媽得同我們去，你媽也去。」「不。」他這樣回答：「那時他們太老了，不能同我們去了。」

「可是我不能自己去。」

「噢，妳可以的，那時妳是我太太，別人就跟這件事不相關了。」

「但媽會哭的。」（註二）

如果有人賣夢，小孩子也許要買長大的夢。小孩子期望自己長大，而可以無羈地去遠方的夢土遠遊。這雖是小說裡天眞的對話，其實也是眞實人生的寫照。

從童年的夢裡醒來，年青人有著遙遙的前程，遙遙的前程是一連串的遠方。一切對他似是那麼遠，連死亡對他也是遠的。也許他一無所有，卻至少有一股澎湃的熱血與勇氣。也許他不知走向那裡，卻有著走向遠方的決心。遠方也許是凶惡的敵人，但他依然向前。遠方也許有暴風，有狂瀾，但他依然把船向前駛去。遠方也許像非洲的莽林，滿佈死亡，但他依然走近。遠方也許是荒漠，但樂園是開拓了的荒漠，他要去，去那遠方。還有什麼喜悅比抵達夢土更使人歆羨？——

那第一批到達新英格蘭的清教徒，看到的夢土雖荒涼，卻高興得跪下來感謝上帝。也許他在遠方造樂園。也許他又覺得老家是親密的遠方。也許他死在遠方。也許他從遠方回鄉。也許他凱旋。即使手上一無所得，他的心裡仍有收穫：有一天，可以告訴別人，他曾去過遠方，那很少人去過的荒漠！

幻想可以點綴生命，但只是遠方的雲不能構成天空。嚮往可以活潑生命，但不是人生。我們總不能成天幻想遠方，只是嚮往，只是想往，而拋棄現實。曾看過賽克（Percy Sykes）爵士寫的「探險史」，那是人類從古到今，用行動去實現抵達遠方的奮鬪記錄。如果只是嚮往，遠方依舊是遠方，嚮往永不能成為歷史。很久很久以前，有個天文家，總是全神觀望天空，有一次不小心跌到井裡去了。他呼救後鄰人跑來，知道了他落井的原因後，就跟他說：「你怎麼只注意天上的東西不注意地上的呢？」伊索這一則寓言，眞的是要告訴我們些什麼的。

醉看遠山，遠山更美。幻想使人沉醉，我們常醉看遠方而自以為清醒。遠方不一定如想像中的那麼綺麗，或那麼醜惡。如果前秦的軍隊走近一點，也許不會把草木誤認做兵。如果我們登陸了月球，也許發現它並不如遠看時那麼漂亮，那時反看地球，地球才漂亮哪！

無論我們到那裡，天空總在上面。遠天的星辰以常年的靜默逗人遐思。我們發現一顆星，卻另有一顆星。如果人生是無涯的嵯峨山脈，那麼活著就是一連串對遠方的嚮往與朝聖，我們到了一個遠方，却又有另一個遠方在呼喚。無窮的遠方，有限的生命，使人抱志飲恨。一個剛會走路，在生命黎明的小孩，也會有他的遠方，一個走過長程，進入生命黃昏的老人，仍會懷抱著他的遠方。多少英雄要以有限的生命去征服無窮的遠方，但遠方依舊微笑，而英雄却一個個倒下。聖海倫島曾經是年青的拿破崙的遠方，却也是老邁英雄倒下的孤島。（註三）你，人生旅程上的英雄，有一天也會在遠方的微笑裡倒下——那不是悲劇，那是命運。

總是有許多人願捨棄眼前的幸福到遠方去，就讓他們去吧！不必用佳餚把志在高空的鳥桎梏在籠子裡，儘管籠子多大，籠子不是天空。

或美或醜，對你，遠方仍是溫柔的有力的挑戰，你去嗎？

發表於《中央日報・副刊》，一九六五年六月十六日

收錄於《遠方》，高雄：大業書店，一九六五年九月

【註釋】

註一：Percy Bysshe Shelley, The Revolt of Islam in The Poetical Works of Percy Bysshe Shelley (London: Macrnillan and Co., 1901), Preface, p. 97: "I have been a wanderer among distant fields, I have sailed down mighty rivers." Theodor W. Storm, Immensee in German Short Novels and Stories, ed. by Victor

註二：Lange (New York: Modern Library, 1952), p. 250: "when I'm big, I mean to go out there myself. It is thousands of times more beautiful in that country than it is here at home, there's no winter at all there. And you must come with me. Will you?"

"Yes," said Elizabeth, "but Mother must come with us, and your mother as well."

"No," said Reinhard, "they will be too old then, and cannot come with us."

"But I may n't go by myself."

"Oh but you may right enough, you will then really be my wife, and the others will have no say in the matter."

"But Mother will, cry!"

註三：十六歲時，拿破崙愛看地圖，曾在一本筆記簿上寫這幾個字：「聖海倫那，在大西洋上的一個小島。英屬殖民地。」("St. Helena, a small island in the Atlantic Ocean, English Colony."), Emil Ludwig, Napoleon, tr. by Eden and Cedar Paul (New York: Modern Library, 1953), p. 11.

驀然看到

以為黧黑一片，可是一仰首，驀然看到幾顆星向你瞇笑，你不微笑嗎？

那夜，我從夢裡醒來，捻開燈，不知惺忪的是燈光還是我的眼睛。走到室外，只覺得夜是一片迷濛，彷彿夜也在做夢，想仰首深深地吸一口氣，驀然看到上弦月浮在山岫，像一艘畫舫停在平靜的藍海上，頓時我覺得自己是船夫，而願隨著地球航行以襯托青山，沒有辛棄疾「誰伴我，醉明月。」（賀新郎）的感喟，孤獨伴我醉明月已使我感到滿足了。那月的驀然投影，早已使我全然醒了。

你也喜歡那驀然看到的驚喜嗎？

以前曾去過一個海島，有一天爬山時，驀然發現一朵百合花開在一片綠中。如果那次的爬山是一首詩，那麼那朵在山上驀然看到的百合花，該是最美的一句了。我並沒有採它的慾望，因為如果採它，它會很快就枯萎的，我不願為花寫輓歌，驀然看到它已使我滿足。如果我想都擁有一切所喜愛的東西，就不會有滿足的喜悅。古時的國王雖擁有他所喜愛的東西，我却有許多驀然看到的欣喜！

摩西率領下的猶太人出了埃及，走了好遠好遠的路，驀然看到約但河，多狂喜！茫茫海上，在幾乎絕望時，驀然看到島，可以使死沉沉的船充滿希望與歡樂。在一叢陌生的臉孔中驀然看到一張熟悉的臉孔，那是兩個驚喜的相遇。一個作家也許長時思索而稿箋仍然空白，却因驀然看到一片雲，一隻鳥，一朵花或一棵樹而勾起他的靈感。在一篇冗長而索然的文章裡，驀然看到警句，多使人振奮！卡羅爾筆下的愛麗思，夢到跌入兎子洞裡，驀然看到一個與我們的世界全然不同的奇境，這個小女孩，除了驚愕外，你也可以想像到她的喜悅吧！驀然看到的許多事物也常使我們驚奇，但不是在愛麗思的夢裡，而是在我們現實的生活中。

只不過是驀然看到一縷輕煙，就使你裊裊冥思，使你有一日的喜悅。許多人生美麗的畫面常開始於驀然看到的刹那。陶淵明採菊東籬下，悠然見南山，他那驀然看到的悠然，從晉朝以來，不知羨煞了多少人。一位就將被死神閉上眼睛的老人，驀然看到遠行的孩子回到他的身邊，慘淡的嘴角頓時浮上了一絲微笑，而含笑離開人間。卽使在生命的最後一刻，人生的畫面還可以因驀然看到而添上美麗的一筆！

有一個美麗的故事說，在砲聲暫停的戰場上，一個士兵疲憊地把視線移到天空驀然看到一朶雲在飄，頓時使他陷入久違了的遐思，忘記了適才的緊張而鬆懈在一個完全屬於自己的世界裡。

突然一聲砲響從對方傳來，那個士兵倒了下去，在他的遐思中死了。那士兵死得並不像戰士，却像詩人，他死得並不悲壯，却很美。

愛默生在他的日記裡曾說：「自然是個輕佻的女子，以她所有的作品引誘我們。」(註一)如果說自然輕佻，也許是因她有太多的美。在大自然中，我們驀然看到的常覺得「美」；但在人間，驀然看到的却常覺得「不美」。人這個籌碼，常使大自然的天平不均勻。尤其是住在城市裏的人，甚至整天嗅不到泥土的芬芳，如果把視線移向自然，我們的眼睛與心靈就有許多驀然看到的驚喜了。

三百多年前，英國有個年輕人驀然看到蘋果落地，那匆匆的一瞥促使他構思了革命性的理論。你，也時時保持那驀然看到的欣喜吧！那是使生活輕鬆與豐富的酵母！

收錄於《遠方》，高雄：大業書店，一九六五年九月

【註釋】

註一：Robert N. Linscott, ed., The Journals of Ralph Waldo Emerson (New York: Modern Library, 1960), p.286: "Nature seems a dissipated hussy, she seduces us from all work."

失去的森林

你大概還記得我那隻猴子阿山。你第一次來的時侯，我帶你上樓看牠，牠張大著嘴與眼睛兇狠瞪著你的友善。我說你常來，牠就會很和氣了。

可是我不常回臺南，你不常來。

那時我在臺中做事。其實也沒有什麼事可做，就讀自己喜歡讀的書。那時薪水用來吃飯買書後已沒有剩錢回家，回家對我竟然是一種奢侈。即使有錢回家，也難得看到為了養活家跑南跑北的父親與為了點知識背東背西的五個弟妹。即使看到，也難得談談。即使談談，談東談西也談不出東西來。回家時總還可以看得到的是母親，因為家事是她的工作；還有阿山，因為跑不了的牠總是被關在樓上。但我因太久沒回家，它看到我時，張大著嘴與眼睛陌生地瞪著我的親切，摸摸頭，好像想些什麼，似曾相識，卻想不起我這個不常回家的人。即使牠還認得我，我也只能和牠一起看天，而不能和牠聊天。猴子就是猴子，和人之間少了些「組織化的噪音」——語言。這些噪音竟然是很長的文明。牠不稀罕文明，但卻被關在文明裏，被迫看不是猴子的人人人人人人；

看人和人爭擠，人早認為猴子輸了，不願再和牠打架。而且人看久了也沒有什麼可看的，所以我回家，對牠只多了一個沒有什麼可看的人。在家三四天，我和牠又混熟時，就又離家了。我說我走了，牠張大著眼睛淡漠看著我這個自言自語的文明。

我離家後，大家都不得不忙些什麼。只有母親願意告訴我阿山的生活，但母親不識字。其實猴子的生活也沒有什麼可以特別敍述的。活著不一定平安，平安不一定快樂。而要讓猴子在人的世界裏快樂不一定是牠所願意的文明。我沒問過阿山快樂不快樂，是因為牠聽不懂這噪音，也是因為我一向不問那個問題。記得從前有人問卡夫卡是不是和某某人一樣寂寞，卡夫卡笑了笑說他本人就和卡夫卡一樣寂寞。阿山就和阿山一樣寂寞；牠的世界在森林，但我不知道牠的森林在那裏。而我又不能給牠森林，我不但沒有一棵樹，我連種樹的地方都沒有。

我就知道牠在一個不屬於牠的地方，一條不應屬於牠的鐵鏈內活著。是我們給牠鐵鏈，牠帶上後才知道那就是文明。是我們強迫牠活著，牠活著才知道忍受文明是怎麼一回事。我們既自私又殘酷，卻標榜慈悲，不但關人也關動物。

後來接連有兩個冷冷的禮拜，牠都靜坐一個角落，不理睬任何人。連我母親拿飯給牠吃時，牠也沒像以前那樣興奮蹦跳，而只是靜靜地坐在那裏吃著。母親以為天氣轉冷牠不大想動，但猴子突然的斯文反使她感到奇怪了。有一次要給牠洗澡抱起牠時，才發覺鐵鏈的一段已在牠的頸內。獸醫把阿山頸內那段鐵鏈拿出來的時侯，血，從牠頸內噴出，從鐵鏈滴下……

我彷佛又看到牠無可奈何的成長。長大不長大對牠都是一樣的，只是老而已。但我們仍強迫牠長大。頸上的鐵鏈會生銹卻不會長大。牠要擺脫那條鐵鏈，但牠越掙扎鐵鏈就越磨擦牠的頸，頸越磨擦血就越流，血流得越多鐵鏈越生銹。頸越破越大，生銹鐵鏈的一段就滲進頸內了。日子久了，肉包住了鐵。牠痛，所以叫。牠叫，可是常沒有人聽到。偶爾有人來看猴子，但看牠並不就是關心牠。他們偶爾聽到牠叫，聽不懂，就罵：「吃得飽飽的，還叫什麼？」後來，牠也就不叫了。可是不叫並不表示不痛。牠痛，卻只好坐在那裏忍受。人忍受是為了些什麼，牠忍受是為了些什麼？牠忍受，所以牠活著。牠活著，所以牠忍受。

如果鐵是寂寞，牠拔不出來，竟任血肉包住它。用血肉包住一塊又硬又鏽的寂寞只是越包越痛苦而已。也許那塊鐵是抗議，但拿不出來的抗議卻使牠越掙扎越軟弱。也許那塊鐵是希望，那只能使牠發膿發炎發呆的希望。

鐵是鐵，不是寂寞，不是抗議，不是希望，所以拿出來後，牠依舊無力和寂寞坐著和抗議坐著和希望坐著。生命對牠已不再是在原地跳跳跑跑走走的荒謬，而是坐坐坐的無聊。荒謬的不一定無聊，但對於牠無聊不過是靜的荒謬而已。往上看，是那個怎樣變都變不出什麼花樣的天；就算晚上冒出很多星，夜雖不是它們的鐵鏈，它們也不敢亂跑。老是在那裏的牠看著老是在那裏的天，也就無興趣叫它了；就是向它鼓掌，天無目也看不見。往下看，是那條吃血後只會生銹的鐵鏈。可是牠已不願再跟圈住牠生命的文明玩了。從前它常和鐵鏈玩，因為牠一伸手就摸到它，如果不和鐵鏈玩，牠和什麼玩？和鐵鏈玩是和自己玩，和自己玩是欺負自己；後來牠連欺負自己的力氣都沒有了。往前看或往後看對牠都是一樣的，牠看到自己除了黑以外沒有什麼意義的影子。但那黑不是顏料，牠不能用來畫圖。而就連牠這點影子夜也常要奪去。夜逼不了牠睡，而牠醒並不是牠要醒。時間過去，時間又來。時間是牠的寂寞，寂寞是牠的鐵鏈，這長時與鐵鏈坐著與無聊坐著的文靜決不是從前阿山的畫像。

可是母親一個朋友很喜歡阿山的文靜，一再希望我們把牠送給她。可是母親捨不得這養了七年已成了我們家一部分的阿山，一直都沒答應。

可是後來母親想起我們這六個孩子，女的出嫁了，男的在外當兵在外做事在外讀書。從前肯跟阿山在一起玩的都走了，留下也長大了的牠看守自己跑不了的影子。家裏除了我父母親外，牠看不到一些從前熟悉的面孔。牠不知道我們在哪裡？我們知道牠在哪裡，但並不在家。母親每次看到牠就會想起從前我們這六個孩子和牠玩的情趣而更加掛念著不在家的我們。母親想起我們也憂心著阿山。想想阿山一向很喜歡小孩，想起把牠送給那位有好幾個還未長大離家的小孩的朋友，也許牠可以得到更細心的照顧而會開心點，就把牠送給朋友了。

不久，阿山就死了。

可是你一定還記得活著的阿山。你最後一次來的時侯，我帶你上樓看牠，牠張大著的眼睛映著八月臺南的陰天和你我的離愁。我說我這次遠行，再回家時牠一定又不認得我了，我說要是我們常來看牠，雖然牠還是不會快樂，但就不會那麼寂寞了。

發表於《幼獅文藝》第二二一期，一九七二年五月一日

收錄於《土》，臺北：遠景出版社，一九七九年六月

上下南北

高架電車正從芝加哥北邊向南馳著，大家擠著，擠向不同的目的地。速度很快，聲音很大。我看著窗外：

房子後面，門關著，窗關著，好像什麼都關著，就露出無門可關的涼臺。涼臺上曬著一件破衣服又一件破衣服，搖晃著稀薄的陽光，雖晃不出什麼破影子來，還是晃來晃去。涼臺下排著一個垃圾桶又一個垃圾桶，破紙偶爾飛起，不知飛到那裏去，只好又落到別家的垃圾桶裏。大概別家的垃圾桶是空的，破紙一落下去就飛不上來了。

這些房子跟高架電車差不多高。低下去的是一片墳場，彷彿在鐵軌旁邊住了一輩子，死後還是搬不出這裏似的。高上來的是幾間教堂，大概人受得了的電車聲，神也受得了。較高的是銀行，有錢似乎就較高了。東邊遠處還有更高的公寓，公寓過後是湖。住公寓的人向東可以看湖，向西可以看鐵軌兩旁的破屋，但他們朝西的窗簾却經常合攏著。住在鐵軌兩旁的人，既看不到湖也看不到公寓裏看湖的人，就看到公寓高高，陰影長長看到電車上的人坐著不看他們，冷漠而過；聽到電車叫著不聽他們，冷漠而過。

電車遽然停住。不遠處破籃球場上，有一個白人小孩子在投球。球投上去，沒落進籃子裏；球又投上去，還是沒落進籃子裏。球上球下，球雖大有時却回不到他手上，他只好追球，似乎他越追，球越跑。他終於抓到球了，但却狠狠地把球踢得遠遠的。這時車開了，我看到他口裏嚷著些什麼。他在罵球？罵籃子圍住的空網？罵要把球丟進那個狹窄空網的自己？罵從來不停這裏的電車今天突然停住分散他的注意力？罵電車像這個吵鬧而冷酷的社會？停，是因不得不等，而不是要看看別人，關懷別人。

快到城中心的時候，電車鑽進地下。地下黑黑，我看車內的人：有睜著眼的和閉著眼的，張著嘴的和閉著嘴的，坐著的和站著的。坐著的和站著的睜著眼相看。其實睜著眼的不一定醒著，醒著的不一定看著。有個女的一直看她映在車窗上的臉，似乎越看越得意。有個老頭翻著報紙，似乎越翻越無可看的消息。有個少年凝視「頭手請勿伸出車外」，似乎越看越納悶。「請勿抽煙。」幾個男的看一個少女看地圖。有個男的看車上的燈，似乎越看越撩亂，乾脆閉起眼來。閉著眼的不一定瞌睡，他們也許在想，喜歡那樣不看人想人不看人聽人。而張著嘴的不一定說話，只是張著嘴而已。說話的不一定有所指，只是說說而已。有人喉嚨裏咕嚕咕嚕，張開嘴，似要吐痰，大概忽然想起他在車上，又閉嘴咕嚕咕嚕把痰吞下去。有人大聲說話：「你到底聽見我說的沒有？」沒有人回答。有人一連嘆氣，但沒人在乎他一共嘆了幾聲。有人上車，有人下車。沒有人笑。我們一起聽著轟轟悶悶的聲音在黑暗中衝過。

電車過了城中心後又爬上來。經過建築大師 Mies van der Rohe 主持設計的伊利諾理工學院的建築後，我又看到熟悉的破爛：

房子後面，有的樓梯要倒不倒，但人還是走上走下。房子旁邊不是空地就是雜草。雜草上小孩子玩著，沒有大人陪。空地上一個小孩子哭著，有人從房子跑出來，破口罵他哭。有的房子給火燒了。據說原來住那裏的人覺得房子不是他們的家而是關閉他們的牆壁，就憤怒地把房子燒了離去。房子是燒了，破牆還站在那裏，不肯倒下。他們是走了，燒不掉的憤怒卻還跟著他們流浪。有的燒得只剩下破玻璃破罐子破鞋子，但還是有小孩子在那裏走，似想發現什麼。

這些破房子是貧民區的破目錄。大部分的人看了就不願再看更破的內容，我卻在這裏走。我雖不認識這裏的每一張臉，但認識他們臉上的每一個失望、憤怒與掙扎。他們住在這裏，因為他們不知道搬到那裏去。他們知道這裏被人遺棄，但却仍在這裏住下。我想起 Mies van der Rohe 說的「少一點是多一點」不只在建築上有道理。在社會上，少就被看做缺乏，如果缺乏的是錢時，很多歧視就來了。養了許久的狗也不再回來，自以為有錢就是富有的人也跑遠了。

電車照樣急駛著急駛著。

我又看到一棵樹在綠，綠後面是那間舊而不破的房子後窗內那個黑人。我經過這裏時，他似乎總是坐在那裏。如果他不殘廢，一定正讀些什麼或寫些什麼。他正讀人間的苦難，有開始還沒有結束？他正寫長篇小說，有結束還沒有開始？也許他寫很久了，但還沒人欣賞。也許他已是個有成就的作家了，別人聽過他的名字，但不知道他就住在這裏。也許他在這裏長大，他不願離開他長大的地方，只因他關懷這裏，他寫這裏，他屬於這裏。

而我，一個乘客，上車不只是為了下車。下車，這裏不是我生長的地方，我不屬於這裏；我只是經過這裏，却也在裏面。

電車停在四十三街車站時，有人下車，沒有人上車。車快開時，我突然聽到車站旁一間房子漏出人的聲音：「你滾出去！」「到那裏去呢？」我沒聽到人的回答，就聽到車轟轟轟，滾滾滾。

電車急向南邊的終站滾去。

發表於《幼獅文藝》第二二三期，一九七二年七月一日
收錄於《土》，臺北：遠景出版社，一九七九年六月

亭仔脚

在臺灣街上我們把走廊叫做亭仔脚，那詩意昂然的名字，通氣貼切的傳統，我喜歡的空間。這空間不但是店舖屋簷展開的一横長廊，也是列柱撐持的一座凉亭。柱不是門，亭仔脚不閟；不是壁，亭仔脚不閉。無門無壁的亭仔脚本來要擋住的不過是一個太陽，竟也抹掉了整片天空。好在要看天空不必上街，上街的也很少看天空，而且廊下走就不在乎天空到底在那裏藍與黑了。

上街在廊下走，可以逍遙可以匆忙。店東作店東的，我們走我們的。陽光儘管悶熱，我們儘管蔭凉。店員有時微笑著說來坐來坐，我們有時微笑著走進去，沒坐到椅子，就看到很多商品，商品商品商品商品，看够了商品，我們走出來看人，看不買東西的人看買不到東西的人看無錢可買東西的人看無東西可賣的人看賣東西的人看買東西的人，看賣不出東西的攤販依柱喘氣。看人看花了，就在書攤旁翻翻雜誌，只看沒買大概不要緊。看人看渴了，就喝水、紅茶、冬瓜茶、甘蔗汁或綠豆湯；要邊走邊吃西瓜當然也可以。看人看餓了，就在擔仔麵攤旁坐下來吃，慢慢咀嚼，慢慢欣賞紳士淑女聞香走過；要邊走邊吃包子饅頭當然也可以。看大人看厭了就看小孩亂跑，聽他們亂罵，聽到他們父親罵：小孩子不可以罵。聽到他們母親叫：不要再跑了，會闖到人。如果他們闖到別的小孩，就罵別的小孩沒有眼睛；如果他們闖到大人，就對大人瞇瞇笑，因為笑瞇瞇不但是他們的歡喜也是他們的對不起。這些小孩的家就是父母的店鋪，亭仔脚正是他們嬉戲的長廊。如果我們連小孩也看厭，大概可以回家了。回家，如果下雨，亭仔脚是一把傘，我們可以往前走看往下落的雨。如果我們不願走過那有四個方向沒有亭仔脚的十字路，就看對面也不走過來的人，想些什麼。

想從前亭仔脚交雜拓荒者的血汗，舖戶的經營，窮人的奔波，浪人的滄桑。想從前祖先勞苦開墾，協力發展成村成街，從孤獨的草寮木棚到相接的土角造磚屋。土隨地取，磚却多從故鄉運來，建造的不是隔絕的亭，引誘脚停，而是聯合的亭，方便脚走。亭仔脚象徵開拓者一齊伸出的手臂，共同豎起的懷念。當邊疆不再荒蕪，露天的路通往鄉村，蓋天的亭廻繞街市，白天給人們趕，午夜給羅漢脚睡；連風與蚊子也來歇歇，而且還未黎明就把無家的人叮醒起來掃街路了。

想過去摻和現在的臺灣街上，亭仔脚仍是一種免費樸實舒適的浪漫。浪漫的不一定實用，實用的不一定樸素，樸素的不一定舒適。亭仔脚却有十七世紀的樸素，十八世紀的實用，十九世紀的浪漫和二十世紀的舒適。亭仔脚是一種傳統，有的人不喜歡，還是在下面走。

想在也有些傳統的美國，街上雖有屋簷與柱子，撐著的卻都是自己的屋頂，沒有亭仔腳。不建亭仔腳既省錢又賺錢。滾來滾去的錢用來造霓虹燈，可以招來顧客；如果用來建亭仔腳，不但店舖不雅觀，行人看不到霓虹燈，也享受不到街上唯一免費的陽光了，所以一些戲院、旅館、銀行與百貨公司大門前擺的也不過是「遮簷」而已，小得只能容納幾個顧客的影子，雨一來就濕淋淋了。一些博物館和教堂有迴廊，展覽著雕琢的廊柱，彷彿是建來給人看而不是給人走的。如果看，可以依著廊柱，看大理石光滑仍在，但古典早失，虔誠已去。如果走，只好又走回來，因為入口常也是出口。

亭仔腳到處是出入口，雨不停，我們也要走亭仔腳回去。

畢竟西方的大街不就是世界，不然就太自私了。好在遮簷不是社會不然就太短太冷太熱太濕了。好在迴廊不是人生，不然一走上去只好又折回來了。好在亭仔腳長長涼涼的。我記得在臺灣上街，常不帶什麼就帶點心情，但從來不用擔憂那點心情被淋得濕濕的。

發表於《幼獅文藝》第二二四期，一九七二年八月二日
收錄於《土》，臺北：遠景出版社，一九七九年六月

遠近

別走太遠，不然會走掉的。

從前別走太遠就是別走出平常玩的範圍，那個聽得到媽媽叫吃飯的地方。

如果走遠，路人就以為我走失了，還未等我解釋就硬把我送回家。家的地址不但是我告訴他的，有時他還問我怎麼回去呢？

那時我有東西可迷，無東西可失。我走東西，也許不知道南北，但總記得那個圓心。那時只要知道家在那裏就不會走失了。

後來我去去去，去上學；來來來，來讀書。來來來，來上學；去去去，去讀書。讀到鄭成功那個年輕人，讀到赤崁樓那棟大房子。我看不見鄭成功，那時他已經死了快三百年了。我想去赤崁樓，可是父母天天忙著賺幾個錢無時間帶我去。有一天，放學後，看到一個扛著擔子的老阿公吃力地走著唱：「有酒瓶通賣否？壞銅舊錫簿仔紙通賣否？」他停下歇一歇時，我就問他怎麼去赤崁樓。

「赤崁樓？」

「是的，赤崁樓。」

「赤崁樓不是在安平嗎？」

「不是，聽說就在市區，聽說離這裏不遠。」

「哦──，原來是那個樓！失禮失禮。我當然知影，我逐日經過，但還沒有上去就是了。你從這裏往前走，過三條街，左轉，然後沿那條街往前走，就看到了。」

我找到了赤崁樓，上了赤崁樓，進了崁崁樓，看了赤崁樓。我前見古人，後見來者，感到天地很大，歷史很長，打了個哈欠。

回家後，我想不通天天經過赤崁樓的老阿公一直沒進上過赤崁樓的原因。

後來我漸漸走多了路。我走去南門城，我走去東門城。我走去小火車站，我走去大火車站。我走去延平郡王祠，我走去馬公廟，很多廟，很多妙妙妙。我不一定知道路名，但知道怎麼走。我不用地圖，也沒有地圖，地圖對我沒有什麼意義。何況地圖不是鏡子，我看不到自己。

後來我有了地圖，因為我背了很多的名字，要找那些地方。我在地圖上找到了那些名字，但名字並不就是意義，我知道的畢竟只是一些位置而已。沒到過那些地方，我就有地圖。地圖是我的世界，世界在我的掌心，那個世界並不是我自己畫的，我只是加上顏色，顏色只是使國與國的界限分得更清楚而已。我只是平面地圖上的一小點裏的一點裏的一點裏的一點而已。我知道我在那裏？我知道我在，那裏？我知道我，在那裏？我知道我？在那裏？我知道，我在那裏？我知，道、我在，那裏？我知道？我在那裏。我知道我在那裏！

我知道我在勞作課裏做的那個風箏太大了，所以不但容易破而且飛不高。春天來了，我找可以放風箏的地方，找到了公園。公園裏只有幾個老人和小孩子，大概大家都忙著生活，不再稀奇什麼春天了。我竟還與春天站在那裏等風，但春風不是我們一等它就來的。春風不吹，雨倒來了。我雖不能為自己擋雨，但可為風箏擋雨；而樹雖不能為自己擋雨，但可為我擋雨，我就往樹那邊跑去。可是我還未跑，風箏就破了。我在樹下看雨，雨雨雨，要是我做的是傘拿來的是傘，就不用避雨了。愚愚愚，要是我在家附近放風箏，就不會淋得這麼狼狽了。我走得太遠了。

那天碰到的那個鄉音濃重的老頭一定也走得太遠了。本來談得好好的，我一問他家在那裏，他頭也不回，嘴也不答，就走了。我想他一定走了很遠了。

我也走遠了後，却喜歡別人問我老家在那裏，但問的人越來越少了。讀書的日子竟是一連串的流浪。書並沒看多少，浪却越流越多。而越讀越多的外在世界似乎越走越陌生，越看越老的生命似乎越來越複雜。經過的不一定看過，看過的不一定親身體驗過，而體驗如果不是實驗，又算得了什麼？走過的又不一定都進去過，也就不記下來了。記下來的與其說是為了紀念不如說是為了自嘲，笑自己擁有的不過是些破舊的地圖而已。

地圖不能笑我，我不笑地圖，我笑看地圖的我，而我所珍惜的地圖別人卻不須要，不想要，或不要想。有一天看地圖，又想起英國那個叫羅斯貝利，人口不到兩千的小鎮，不須要地圖，街道也都無名字，反正大家幾乎都相識，不會走丟的。有一天看地圖，又想起墨西哥，有一個人從城市到一個小村莊，問當地一個不想要地圖的農人某條街在那裏？農人答他不知道，旅人很驚奇，罵他：「你一定很笨。」農人回答：「我也許笨，可是我不迷失。」那個旅人，在街上聰明了一天，如果碰到的都是承認自己笨但不迷失的當地人，就難找到路了。不迷失那可羨慕的智慧在這到處流行迷失的現代社會裏是越走越少了。世界絕不是仙境，大家不可能像逍遙的愛麗思不須要，不想要，也不要想地圖，就問：「請告訴我怎樣從這裏走？」貓只好回答：「那就看你要去那裏啦！」

知道怎樣走，去那裏，又不迷失的是那老阿公。我現在相信他從前真的沒進去過赤崁樓了。上赤崁樓免費，但吃飯要錢。為了生活每天經過那裏，不一定有空閑上去。反正他知道那裏的「壞銅舊錫簿仔紙」是不出售的。這二十年來，如果他還活著，也許已找到空閑上樓了，看一看從前他為生活而走的路。

但四歲半的家格卻不相信我去過赤崁樓。我說從前我有很多時間爬樓梯。我說我走過中正路，走過西門路，彎進民族路，就看到赤崁樓了。他打了個哈欠：

「爸爸，我要到外面去！」

「那就去吧！可是別走遠了，免得走掉了。」

「我不會走遠的，我就在外面玩一玩，很快就回家了。」

我看著他高興跑出門，穿過路，跑遠了。

發表於《幼獅文藝》第二二九期，一九七三年一月一日
收錄於《土》，臺北：遠景出版社，一九七九年六月

山河草

山在我念東海大學時平靜得很冷酷。

平靜那時是種淡漠的求知心情。我讀五千年，五千年有很多人沒有我；而我積蓄知識並無興趣和山比高，反正山不過是脫離社會的一堆土。

土的是我念了形式邏輯後並沒意識到淡漠這個概念早被偷換成了冷酷——山下人間，而我却住在山上。

山上自從那次無知的鳥受驚飛走後，我就釋然看樹了。總愛跑圖書館，圖書館書雖不多，倒有好些我讀不懂的聖哲。常因為不願給那幾排哲人瞪昏，我找工業革命後的近代人。我看見白天賣不出勞力的漢子帶著皺紋在西方走；東方農夫插完秧回家碰到來自城市的債主。我讀到晚間文人浪漫地發愁，窮人古典地發抖。我凝視他們的苦難，但他們看不到我。他們餓了，忍受；而我餓了，上飯廳。

飯廳裏我聽見埋怨伙食聲中，夾雜著山下電影纏綿劇情與靡靡流行歌曲。有同學背古詩編造苦悶；把似懂非懂的都叫哲學，然後反對。有的咒罵，自己無理却生別人的氣；彷彿會憤怒的就成了英雄，他們很英雄地把不肯吃的飯菜倒掉了。

吃飽飯後沿著臭水溝踱到校門。兩個莊稼人汗流滿面趕著路。「吃罷未？」我問。他們搖搖頭，我也搖搖頭。經過花園，又瞥見那個堅强的老人在澆脆弱的花。到了公墓，是那個土地公的瞇笑。我不懂他在苦難與死亡間笑些什麼，罵他幾句，他的影子越笑越大；我覺得自討沒趣，就拐回踩過一系列的石礫，彷彿有水的時候，那裏也是河。

河流過哈佛大學校訓「眞理」前，有腥味。幾個學生放著風箏，我坐在河邊看泡在水裏的「眞理」。眞理？那曾使我發抖過的親切頓時使我感到陌生。眞理難道是石頭硬浸在髒水裏？這種東西竟成了在上的流給在下的渣滓？我看到的是外在現象竟也凝視。或許眞理是有錢有勢有知識的人製造來為自己辯護欺騙別人的名詞，我學到的雖只是字面，却也朗誦了起來。

有人不願坐在固定的地方，走著朗誦；他走近時，我聽到：「大學教育的一個好處是讓孩子明白它的效用渺小。」那彷彿艾默生的鏗鏘緩緩消去後，隱約盪漾探討哲學的維根斯坦的苦笑：「我的目的是教你從僞裝的胡說到顯明的廢話。」「廢話！」一個老粗的質問抑揚傳來：「你們學校為誰而在？到底給了人些什麼？尤其窮的！」在他憤慨的臉上我看到了答案，我歉然苦笑。不願再讚美典雅，歌唱莊嚴，我覺得我注視不肯流走腐臭的眞理已够久了。離開眞理的腥味，我走向另一片草地。

草隔芝加哥大學與貧民區。翠綠盡處站著一系列叫「時間噴泉」的雕刻：「時間過？你說。哦，不，時間留，我們走。」似乎每個雕像都在掙扎，似乎藝術家要表達的不是時間而是人間。如果時間是苦難，讓苦難過去，我們留下。走開時間，我踱回草埔，看一個黑人小孩向野草說話，看幾個學生和黑人小孩玩足球。球滾到我前面，我揀起來投還他們。

「來玩吧！」

「我不會玩。」

「可是你不能老站在那兒看呀！」

我走開。過了草埔，我走進貧民區。

散佈玻璃瓶碎片的行人徑上，幾個男孩赤脚玩著我看不懂的遊戲，小小黑臉流露微微蒼白。我站著看想了解他們玩什麼，一個小孩瞪著我：「你看什麼？」他頓了頓「沒什麼可看的。」然後兇狠地叫了出來：「你知道這裏沒什麼可看的。」我過街。巷角幾個年輕人咬著煙看我走近。一個中年郵差分著信，隔幾家才進門，好像沒什麼消息可分遞了。有個老頭子雙手在垃圾箱翻東翻西，翻不出東西來。好容易找出一份報紙：「昨天的！去你的，昨天還放在這裏？」他把昨天丟回垃圾箱，憤憤離開了。

我經過幾間塌陷了的房子，走近似要倒下來的一片牆壁：「約翰是我的名字，你聽過嗎？」「我們將克服。」「喬治，我殺掉你，你沒良心。」

良心！山上我曾以為知識份子的良知如草雖柔却韌。河邊我發現社會意識在淡漠的眞理枯萎了。草埔那邊校園，我偶爾聽到有人舒適地討論社會意識，可是再悠揚也不過如鐘聲，很快就消逝在冷沁的空氣裏。

鐘樂從洛克菲勒紀念教堂幽幽飄來。一個正撒尿的男孩聽了抬起頭循鐘聲跑去。驚動了地上覓食的鴿子，慌張帶著灰色飛過鐘聲；男孩喘著氣，跑不出自己的黑影，追不著那響不出什麼佳音的鐘聲，却也一直追到鐘聲隱去。我轉頭，校園早已消隱在新哥德式的莊嚴裏；往前看，破爛伸長擴展著，我看不見盡處，仍向前走去。

發表於《中外文學》五卷十期，一九七七年三月一日
收錄於《土》，臺北：遠景出版社，一九七九年六月

戮

鹿，據說很溫馴。因為怕被欺負，自然喜歡成羣，在原野上跑。陣陣風沙掀起，鹿穿過莽莽葦草後緩步；環顧四周，若沒什麼可凝視，就邊走邊吃草。風嗅野草，鹿聞芬芳；看不懂那些嫣嫣，鹿乾脆把花咽了，咀嚼著悠閑走向楮樹。

自然，鹿在樹蔭裏休息。葉一颯颯落地，牠們就漠漠用嘴撿起。有的牝鹿舐兒女的頭、頸、腹、背、屁股與腿。牝鹿不甘心，找個對象牴角出氣，或用後脚玩索空氣，無聊踢踢，踢踢無聊。渴了到小溪，看看自己，也欺負水獺或小魚。如果沒有別的動物來喝水，鹿就在溪畔徜徉一個上午。

忽然被自己的影子嚇跑。跑跑跑，跑累了想起活著不應老是逃逸，鹿又躍躂。踏到蛇，趕緊閃開。遇見猴子，猴子爬上樹，鹿跺前脚蹺小尾猜不出對方要耍什麼花招，決定溜。連跑帶跳雖算是種樂趣，眇到野豬後就又拚命逃了。野豬追不著鹿，却碰見豹，更生氣，鬪豹；豬顛撲，豹倒地。鹿發現自己活著後慢慢走，瞥見比牠們大的就跑；看到比牠們小的也小心翼翼，怕被吃去。

而天也漸漸涼了，更覺得四面埋伏，不知怎樣對付只好加緊脚步，跑跑。跑進夜的樹林裏。青蛙蜥蜴亂唱，鹿也叫，越叫越小聲；自然，鹿一隻一隻睡了。霎時箭飛。箭箭，幾隻小鹿倒地；一隻牝鹿衝過去，也中箭。牠帶著箭逃後，別的鹿也跟著跑。箭箭，鹿倒，箭箭，鹿倒。

鹿的原野從此成了原住民的獵場。

原住民躲在樹上學羌叫，鹿以為是同伴呦呦，跳進射程後中鏢顛撲，掙扎著爬起，想逃却無力氣，越走越慢，終於支不住又倒地。原住民衝上前，割斷鹿的喉嚨後把鹿在血泊中拖走。他們也挖阱窟，使鹿跌鹿壓鹿死。他們設網，笑看鹿落進後打滾呻吟。他們更利用風向燒草原，冷看鹿在火與箭與鏢追趕下，淒厲成黑。

把鹿帶回社裏後，原住民快樂地吃鹿肉，剩下的做成脯，吃著又去獵鹿。他們把鹿茸磨成粉醫治蛇咬到的傷口，煮成膠吃了溫暖，又去網鹿。他們用鹿角鹿骨做成刀柄與矛，又去刺鹿。他們用鹿角做成手鍬翻土，農閑時又去抓鹿。他們把鹿脂塗在衣裳上禦風雨，又去殺鹿。他們穿著鹿皮把鹿血塗在弓弦，又去射鹿。

鹿，還活著的只得逃。逃往山麓，山麓無路，爬到山上。幾代以後，鹿不知祖先曾馳騁草原上。

草原上，原住民繼續獵逃不了的鹿。有一天忽然碰到一些陌生人。陌生人自稱有文明。文明？原住民沒聽過，覺得那聲音很奇怪，笑了笑。陌生人看了就罵他們土。土？原住民聽不懂，但感到那聲音眞親切也跟著叫土，土。

土人據說很單純。陌生人寫好字拉他們的手在紙上一蓋，他們就有了一張紙幾瓶酒，沒了田地，全社只好遷徙却仍不知那張紙寫了些什麼。可是陌生人又跟隨而來，土人如果拒絕再受騙，新來的就咬定他們野蠻，打他們的嘴巴，踢他們的身軀。忍無可忍，土人一抵抗，文明人就用槍殺死他們的壯丁，帶走他們的女人，留下老人看著小孩子們哭泣。一片平地。一些更驚惶的鹿。

土孩子終於長大，謝神祭祖後又抵抗。文明人更火了，用砲炸毀他們的村莊，抓了他們砍手砍頭活煮活埋。僥倖脫險的，文明人追趕他們上山去打山豬山熊也給山豬山熊吃。

平原上，文明人捕幾隻土人沒殺完的鹿。殺人者成了地主，在從前埋葬土人的墳場耕種。自然，樹漸漸被砍下；旗與牆接連升起，服裝道具換來換去。鑼鼓聲裏，强搶搶，侵侵搶，攏通搶，搶戕戕，統統戕；賊劫賊，賊喊賊。升上的旗越少，倒下的人越多，而陌生人還陸續出現。驚惶不再是鹿，溫馴早已逃到山上。

山上，跑了很多崎嶇的鹿仍踏不出屬於自己的地方；碰到打獵的土人，無路無藉無辜跟著走進竹欄。

欄外，土人看快絶種的鹿無稽無奈踱步。想起從前在鹿的樹林裏，鹿被他們祖先狩獵，很殘酷；記得從前在他們的平地上，他們被陌生人賤視如土，親友被戮如鹿。

發表於《中外文學》五卷十期，一九七七年三月一日
收錄於《土》，臺北：遠景出版社，一九七九年六月

三分之二

從三分之一黑醒來時，天還暗。我飲了昨夜喝不下的凉水後，走過掃路的走過擔菜的走過運糞的走過送牛奶的走過分報紙的走過賣杏仁茶的，到臺南忠烈祠看書；也看老人踱步，默坐，打拳，或自語。

「阿伯，你念什麼？」

「真多。」回答是他的不回答。

「你少年郎在讀啥？知識都不完全，你沒眞正看到，讀了就不一定相信；你沒眞正做到，相信了有啥路用？」

我傻笑。不回答是我的回答。我常不懂問題却得回答，彷彿這個世界是給我生活而不是要我領略的。荒唐，我記得我忘了意義是些荒謬，而握住的事實是我不滿現實。那些過去的還未變傳統就文言地擋著我。古是口上十字，我吞不下。我明知不能和死人通信却背他們的地址。我沒有創造，就尋找和發現；而找到的，能明白三分之二已不錯了。我相信我迷信，我瞭解我誤解，在錯解中睡去，瞭解後醒來。

「你醒著怎麼不說話呀？」他手切空氣，打了幾下太極，可是我不懂那些優柔是什麼隱喻。

太陽走出雲後，我走出忠烈祠。龍仔頭髮蓬亂眼睛惺忪踏著三輪車，苦笑踏不出比自己大的影子。遠遠送報伕趕著回家賣菜粽，我揮手：

「有啥新聞？」

「還沒看哪！」

其實他不識字。

府前路口，天送仔匆匆要去給人補輪胎，聽說無錢女孩子不肯嫁他。臭水溝邊，有人叫我，原來是扛棺材的呆仙。問他忙什麼？他笑說又有人死了。菜市，阿滿提著籃子，怨嘆當佣人苦。伊在自己的嘆息消失後，走來守四十幾年寡已六十多歲的阿娘姐，聽了我小名，伊在記憶中摸索，沒找到。

「我這件卡其褲是妳做的，記得嗎？」

「忘了，忘了，我給活人死人做的衫褲太多了。」

在伊窪陷的眼眸我看到我像一棵啞樹，站在亮亮早晨伊臉上靄靄暮色前。伊裁縫的是自己的命運是別人的衣褲，我穿著舒服走。

走到西門路，踉蹌來了阿欽，拿包東西。

「上班？」

「去當鋪。」

「這樣早就開？」

「他們開得才早呢！」

拐進中正路，盛昌伯邊推醬菜攤子邊搖搖鈴，他賣的大多酸鹹辣。剑豬的金生摸著光頭走近，生氣屠宰稅增加後中間人減低向莊稼人採買猪的價錢。急了，我們一起上公共廁所。尿，莊子說有道在裏面，我撒著，不懂，又看到壁上那三個嚥不臭歪斜的大字：活下去！

想活，我們醒。那醒對許多人等於生命三分之二的忍受。把醒賣給別人自由剝削，他們自由饑寒。希冀裏他們的心靈如荒棄的村落，難找到一塊溫暖休息，在寒顫中睡去，從饑餓裏醒來。

驚醒後我發覺我念的文明史三分之二以上是酷虐。一萬年一眨眼，一千年一短句，一世紀一行。人在這個星球上已混很久了（兩百萬年！人類學家說的），那些三分之二的醒又多半在洪荒打人獵獸。忽然北京人點火獵人把兩隻相觸的鹿畫死在穴洞。走出洞，無字可識的趕著家畜，建完別人墓後，被活埋者的眼珠不識字。金字塔以南，旗語傳不出福音，却成圖騰，嚇得我跑進雅典柱間看到制度趕著佔人口三分之一的奴隸，全年只有一天奴隸與主人的關係倒過來——主人服侍奴隸。無趣，我回家聽中國戰馬嘶嘯，看各派思想爭騎。我看見讀書的有空所以無聊，求無的境界，無，窮苦的帶著走，餓向陽光。文化成了非人的東西逼不識字的起義，政府地主仍把老百姓生產的三分之二收去。我看見宗教麻醉人，基督教把羅馬文明軟化成中古後，禪師磨鏡，窮人逃荒，文人裝睡，歐洲人黑死了三分之一生命，農夫怒燒莊園記錄。忽然我看見印地安人發現到錯了地方的哥倫布，文藝復興又脫光了白人的身體，黑人醒來發現自己是奴隸，暴動。而我還搞不通「我想所以我在」的道理，就碰上吃得飽飽的牛頓，不想吃蘋果，撿到萬有引力，引出很多自然律。那自然成了中西窘困的人們航渡異鄉創造生命的邊疆，却是「我意欲所以我在」浪漫文人的月亮。月光下，無家的人趕路，「我覺察所以我在」，看出資本家製造貧窮但掛牌慈悲。很多人起來，反抗暴虐，革命。我看見想超人的尼采發瘋，落實的人清醒；要改變社會，革命，實證「我行動所以我在」。我讀到世界仍是很多苦難的地理，不願餓死的搶餓不死的被吃飽的判死，却在社會科學裏成了數字。我聽到佛羅伊德堅持孩子是人的父親，用三分之一睡解析三分之二醒。我看到歷史醒成現在：「我想我意欲我覺察我行動所以我在」。

我再被三分之一靜默叫醒後，一羣熟悉的聲音擁來：做裁縫的坐著刻墓碑的坐著。炸油條的站著店員站著。擔菜的趕著路運糞的趕著路鋁器工人趕著路紡織女工趕著路。路趕著踏三輪車的路趕著賣冰水的路趕著做零工的。一根草，一點露，沒有結束。

開燈。

燈光破出了我的影子後，我發覺我睡錯了地方醒對了時候，我跑出去。

醒著，山上那個泰雅族朋友很生氣：「在臺灣那三分之一平原上，你看了，你相信了，可是你瞭解多少？做了多少？」我想起自己雖屬於平原却沒眞正在那裏面，又回平地。

不平，阿海埋怨土地貧瘠，一年只有四個月能種應菜，終於受不了我澆肥時的笨態：「免了，我自己來。」不平，做土水的瑞祥建的都是別人的房子，煩了：「另外大約三分之二磚仔你慢慢擔，別摔破就是了。」不平，耕了一輩子田的金泉，扛著傳統，拿著鋤犂：「喂，你努力照顧那三分之一吧！我好好做這三分之二！」

發表於《中外文學》六卷四期，一九七七年九月一日

收錄於《土》，臺北：遠景出版社，一九七九年六月

順德伯的竹

順德伯的竹是比我高削的一羣漢子，曾很中國地圍些空節節上，簇擁成籬笆，挺拔看我翻筋斗。風微微一吹拂，它們就宛宛而彎，像他寫草字，故意瀟灑得使我讀不懂：

「你寫什麼？」

「詩。」

「詩是什麼？」

「敢採是種抗議——不是尸就是詩。」

「那怎樣才算詩人？」

「看竹的都算吧！」

那以後我雖不知道什麼是詩，倒講得出誰是詩人；至於他們看竹時懂了些什麼，我就不淸楚了。

我淸楚的是那些竹栽培著搖籃，成長著杯子、水管、筆筒、篩、尺與書架；也預備著刈耙、簑、傘、蒸籠、簾、椅子、橋、與棚厝。

「竹就是不能變仙，但可做成籤，你寫下好消息，別人抽去。竹就是飛不起，做成風箏後也逃不了；風箏如飛走，就落回地面了。」

可是我不明瞭他上班挑扁擔後看竹簡樸的情趣，尤其是他微抖的手總試著要端正地寫給我看那個德字，解釋德合起來的好意思，拆開了却是兩人十四心。惘然，我搖頭，竹也抖落幾葉。我覺得他講了一簍話窮找我開心：

「這叫筍仔，竹的囝仔，但常給大人掘出，剝皮，一片一片切下，煮熟，吃了。」我聽了恐怖，他笑我無膽：「假使沒給吃掉，竹過著冷旱的日子像散鄉人不屈，抵抗壓力後還要報平安。」

那時當然是春天，竹綠爬藍空。竹硬瘦不能摟，我常看到也硬瘦的順德伯依偎著竹如柱。蚊子哼哼，釘不了蒼翠，改咬他老皮。鳥飛過，但都不築巢。也許牠們都已找到屋簷或大樹，也許牠們被他笛吹的百鳥鳴嚇逃了。

笛吹得特別響時一定是夏天了。風一吹就扇來竹與土混合的濃郁。牛揹著竹軛滯重地走過沒被蓬亂如髮的竹葉纏住的蟬聲，喘著氣偶爾咬幾片。咀嚼著夏意，他脫下笠，靜看地上疏映翳翳。我說他給自造的情調幽禁了，他苦笑。黃昏，他拿著竹枝兜圈子，感慨少年騎竹馬，老大竹篙瘦，還五字一句念，像唱歌仔戲的，有跑不出舞臺的苦悶。一入夜，竹叢就彷彿埋伏著悲憤偶爾突襲他，他不吹笛了，注意聽拿著竹拐按摩者的笛聲衝破颼颼竹籟，攻得他渾身酸軟：

「青暝的若給人相命日子還可罔度，但是算命有靈，世上無窮人。日間操勞的人累了暗時得再做工才能養全家，那請得起捉龍的按摩咧！」

夏天要走前，颱風總先呼嘯，一副嘶殺的樣子，似表示不甘願葉給秋撲落，猛搖著竹。可是他那些長大的竹却很堅強，如無旗可拿的旗手，雖被扼住喉嚨，閃不開耳光，仍咻咻叫著掙扎，不肯倒下。那夜颱風，遲歸的宏明又被養父用竹竿痛打，在「以後我不敢」的慘叫聲中昏厥後，順德伯將他扶到竹床上，臉青筍筍：「歹命啦！沒給風吹走，回來還吃竹仔枝。」

秋天聽說使人感傷，我本無意見，但那回礦坑塌陷，壓死不少人，順德伯痛斥礦山頭家黑心直直挖，咒罵做支柱的竹不中用。他整秋不看竹。

可是冬天單調得使順德伯瑟縮又同竹和好了，還讚美竹骨立清高；我看不懂，他却愛重複講。我聽煩了，建議他砍下搭一間厝。他雖罵我「竹雞仔，破少年，有耳無嘴」，但仍用竹枝竹桿做船給我放在臉盆玩，慫恿我若乖乖他就用篙筏載我去玩，而且描寫溪彎彎曲曲，像凡生，流過高高低低，給人洗衣、大小便、洗澡，並喝進肚子裏，最後流入海沒了。他還堅持等春天後葉包粽子簍簍帶給屈原，不相信詩人早就被小魚吃光光了。

「而且這些起頭是祖先艱苦種的，防禦過土匪，抵抗過外番，死了又栽。沒人能砍下那種拓荒反抗的精神吧！」他墜入沉思：

「古早造反，用竹竿掛旗，政府都沒對竹生氣。日本仔却逼我阿公砍除，借口要減少麻拉利阿，其實是怕臺灣人圍著籬笆繼續抗日。」他撫抄著竹：

「憤慨，阿公不但外面照種竹，厝內也栽一棵。煞尾，給日本巡查用竹篙打死了。」他一聲長嘆搖曳幾片竹葉：

「這些竹栽著阮對阿公的懷念。」他注視著竹。

「有人栽竹裝飾，有人種竹過活。阿公死以前，日本仔威脅林圯埔的居民將竹林交官廳然後轉給三菱，官商鬥空，居民當然叛了。我看過反叛者去受審路中臉罩著竹籠，我欽佩他們的勇敢却不知他們的名字——他們從竹籠可以看見旁觀者無胆的憤慨。」

「憤慨，阿爸被日本仔笑不識日文，雖然飽受欺負，猶送我去私塾讀漢文。大家坐竹椅，蚤子咬也不敢哼痛。若沒讀好就竹仔枝炒肉。」

「咱擁有的已經很少了，別人却還要來奪走。」他注視著竹：

「雖然明知最後會失去，可是咱要保存的是太多了。」

只因把自己比做竹，順德伯就有昇華不起來的固執。

路尾，都市計劃：人讓車走。

拆屋砍竹的人來時，順德伯坐在凳子揮著扇看書，但坐不定，站起來；罵扇搖不出什麼風，罵畚箕無廢物可收也空等，然後忿忿地捉了一隻啃著筷子的蟋蟀，踏死一羣白蟻。

白蟻和我那以後就沒再看過順德伯了。而順德伯也成了我記憶裏的竹，乾硬不肯破裂。

發表於《中外文學》六卷六期，一九七七年十一月

收錄於《土》，臺北：遠景出版社，一九七九年六月

土

很散文，土也撐持豐盈的詩意。恨土的大概是魚。

對於土，掉落臍帶的我們是斷不了奶的孩子。原始人抹在臉上歡舞，忌常沐浴招致災難。儘管文明人發明刷子肥皂拭洗，土依然是一種執拗，創造許多事實一些象徵：可貴的卑微，可喜的質樸，可塑的纖柔。

卑微，吃不得，卻養活無根的動物，養活有根的植物。質樸，從緘默的岩石風化，蘊蓄堅硬、能光，形式也是內容。纖柔，燒成陶瓷，渾發美力；捏做佛，一副慈悲的姿勢。我親眼看見的，你不相信，怎麼在有所求時也拜起來呢？

卑微質樸纖柔塑我的記憶。記憶裏有一條蜿蜒伸進草地的土路，父親用牛車載爐灶到臺南擺地攤，母親和我揀柴與野菜。家是租賃的土埆造，牆壁如蟾蜍皮，怕它抽筋倒地，我用泥巴敷補瘡疤，風吹散；我填上黏土，雨剝落。塗上，掉下，塗上掉下；若非風雨裝瘋故意和我做對就是牆壁不吃我揀來的泥土。那天我又補上泥巴後，碰到蜈蚣吃蝸牛，蝸牛吃爛葉，看我吃控窰的甘薯，看我玩干樂，旋轉旋轉，鑽進土裏才甘願。旋轉旋轉，我看別人繪畫，一筆藍天，幾筆房屋，又數筆是人，許多筆還未成地，只聽他囁嚅著簡單難畫。不相信，我握土，土握我，我揑做土尪仔，蚯蚓蠕動畫著慵慵的下午。

那次久旱，我才體會土簡單難懂。惶跑著企圖趕走餓，越跑越喘越渴越餓，餓趕走企圖，終於蹶躓。搓撫地乾癟如臨終祖母紋皺的臉，我讀不懂；仰看老天癱瘓的臂不扶我，我兀自站起來，又跑。猝然塵飛，迷濛；罵土，跸到石頭；恍惚，慢走踢沙。沙止脚底的血後，我也不再玩土了——土可不是老給人踢著玩的。

土成了我的膚色。膚色是我的卡其衫褲，穿著進歷史系讀土色紙後，父母親戚戶雜朋友都譏笑了：「難道你以後要賣土？」六姑婆拖著走了六十多年的小脚到我家一聽說我唸歷史就驚訝：「什麼？你此生要吃土？」我點點頭，伊拂拂塵，跺跺脚；恍如土，那最歷史的生產者，刺激了伊老人家的良知。

都是借住地球的土之賊把歷史搶刼成悲慘的樣子。土屬於大家，大家屬於土。無人，地荒棄；無土，人凄涼。人向草木向水奪土，向沙漠向山要地，人向人爭地，橫衝出了王。無地的土，有地的不土，不看土就走土，拖磨無地的，而且逼他們作俑，使他們埋沒了兩三千年才變古董。有一種土，下面短缺，死記君子懷德小人懷土，用平民的泥巴築他的牆樓。不懂土就會問土，走丟了老師，問農夫；農夫反問：「四體不勤，五穀不分，什麼夫子？」佃租的泥土竟是農夫的地址，輪耕歷代的苦楚。生產者竟成了犧牲者，在田上寫的創作讀書人並不讀；農夫仍然堅毅繼承堅毅，坎坷毗連坎坷，犂，犂，翻不平城鄉的差距。種糧的捱餓，人吃土，土翻人，人翻土，土成路，路載車，車撞人，人擠人。擠向近代，近代擠機器機器疏離了人，人更疏離了土，人更疏離了人；資本家更踏別人的土唱自己的歌，坐自己的地看同胞饑餓。革命以後，壓榨繼續，工仍是出不了頭的土，捱到現代，仍受侵略。然後懦怯者捲錢財逃逸，但人民拿起武器，血濺故鄉的沉默；土，吃彈不死，終於打敗敵人。然後懦怯者回來接收又吃鴨，鴨吃蚯蚓，蚯蚓吃土，土吃人。這些我讀到的，你不但看見而且引憲法說土地屬於全體國民，呼籲禁止生意人濫挖土燒磚瓦做水泥亂掘河床運石粒。那夜颱風崩山，壓死了很多窮人——窮人的命竟不值土，你親眼看見的。

並且你還記得我祖先，為土而渡海，拓荒島上，總算找到生命的邊疆，生根萌芽，雖遭侵蝕霪淋，搜括凌踏，但拒絕用眼淚滋潤生命，活著奮鬪，奮鬪活著；活著夢回故土，死後墓向原鄉。

祖先開拓的邊疆早成了你我生長的故鄉。但耕耘者後裔的我們卻工業化給中外資本家自由集散，工廠閹割土竟不付地價累進稅。田是還有的，老農只好作稼，怕連那僅有的也失去，而且一廢耕就繳不起荒地稅。即使田給政府收購了，只因看不慣築路以前土空閑著，農夫仍在已不再屬於自己的地上種甘藷，讓自己忙著，讓土忙著。看人面不如看泥面，可是長大的携帶卡通式幻想走了，留下家鄉，那永遠守候著叮嚀的母親。大地母親即使能生產的土再少，向下，仍有人挖，明知是沙粒，也挖。向上，仍長東西，明知種不一定吃得到也種，鋤草，鬆土，施肥，驅蟲，灌溉，只因離開地，種子就失去意義；土再貧瘠種子也要掙扎上去！

土壤如人間，中和酸鹼鹹軟硬養各種人。肥的較多細菌啃嚙，瘦的風吹還被當做石粒敲撻，散的吃露水也生長甜瓜。只有不紮根大地的才捕捉古代蝴蝶，嘶叫現代虛無。在虛無污染的空氣裏，文人用從不沾泥的手讚美大自然，悠悠把土味那農夫的辛酸喧嘩成他們的芬芳，而商人大亨的奸笑冒不出稻穀，藉口工業生產社區發展，把地皮炒得荒寂。欠農夫欠泥土一筆債却譏諷農夫粗魯。但是粗魯很土壤：很土，嚷！

很土，嚷都市長大的我嚮往鄉村，憧憬黃河兩岸，夢跌長城內外。但在斗南做到稻穗變為成熟的土色，還未收穫就把自己放逐到山上所謂知識的畛域，擁抱隔絕人世的寧靜，凝視詭換命題的邏輯；攫住了幾片逃冬的鳥聲和幾撮荒廢的沙土。但啁啾也早淪落成塵埃飛逸再也凝聚不起來了。離家那夜，二舅不知那裏借來一百五十元要給我送行，我拒絕，堅持他若要送點什麼，就給我一撮土。二舅慨嘆他散到連黏土也無。從此，散無黏土的風景裏，沙飛惶惶，我是飄浮的微末，在熟悉的地圖上找不著落定的地平線。以前輕盈踩過的泥土現在滯重踩著我的心野，祖墳的草已高過我的感愧，蒼莽得連牛也不徜徉了。迢遙悾惚，仍想踏雪回去，只因相信雪終會溶化，泥土展現。無駱駝仍想渡過黃河跋涉塞外，只因相信土是總肯收容脚印的旅棧。

最後收容我們的其實還是土。我們也許很散，但總有故鄉，故鄉有傳統，傳統有根。根，那死抓土的鬚，長在遊子的臉上，流浪到底却不一定見著故鄉。

鄉土總是一堆古典的信念，一縷浪漫的感情，一串象徵的諾言，一股寫實的意志，活至我們倒下——那時我們就眞的土了，和土一起呼吸，也許還變得很肥沃，培養些什麼。

培養著，掙扎；成長著，奮鬪；很散文的，大地是不願高昇不甘毀滅的鳳凰，因為土。

發表於《中外文學》六卷九期，一九七八年二月一日

收錄於《土》，臺北：遠景出版社，一九七九年六月

看弄獅

懂懂懂。攏統搶，侵同搶，統統搶，搶搶搶。不知歷史從那裏放出這隻畜生，額上寫個「王」字，板著臉，張大著嘴，講不出什麼童話故事，不笑也不怒，卻宣傳是醒獅，嚇得車都不敢開來。但免驚免驚，假的。連那些劈破天空的屁力潑辣，痞利爬拉都是假的。霹靂破了，臭煙霧還不散，真擠啊！

這種冷天氣。溫暖是大家擠出來的。春仍在門聯上冬眠，這兩個壯漢就把獅叫醒拖出來迎新，惟恐給春笑軟弱寒酸還穿斑斕衣服和宋江陣比武，就獅身不敢碰眞刀。獅本很勇猛，慴服野獸，怎變得這樣懦怯？鼻烏青難道一醒來就被打傷？出洞後還未過橋就向手無寸鐵的我們展威風，突然伸出爪要唬我們。爪雖染金黃既增加不了氣勢，反更令我們討厭。而且明明是假的也在地上抓，抓不癢柏油壓住的泥土，倒抓得大家煩起來了。懂懂懂，獅靈活地閃躲，說是尋靑。其實要逃避什麼却裝是舞蹈，右跳跳，左扭扭，連步調也學西方，搖搖，彷彿尿急，走兩步搖三次——屁股再肥大再多毛，學洋人搖反似驢子了。不像不像，滾滾。獅滾向小丑搶綵球啦！搶搶搶，瞳仁不動的眼睛隨球移。小丑有球非但不怕獅咬還作弄牠，他向西，牠就向西。只為一個外表好看的球，獅就任小丑擺佈，不知他有宋江陣護衛不會把球給牠的。即使搶著又如何？不吃人，獅已餓，球雖圓並不是可吃的獅子頭。不能填肚也爭，若獅舞饑餓者底覓食，那掙扎多可感！剛才獅的閃避難道是牠饑餓的舞蹈？若獅侮動物底強搶，那貪婪多可笑！笑？即使獅有喜悅，空著肚子也歡躍不起來，卻還要忍受欺負。想掙脫窘困，獅猛然撥開鬍鬚，憤怒雖不嘶吼，卻使力顫動全身，連麻布做的毛都舞起來了，狠狠亮出一大口金牙，堅決要吃些什麼了。宋江陣的好漢慌了，趕緊拿來一支竹篙給獅咬住消磨意志。饕饕饕，爬爬爬，獅身人腿爬不上瘦竹，幾個漢子擁來疊成肥梯，獅攀緣上去後，驕傲看地，恍惚望天，一副要抱月登獅子座的姿勢。壓著人卻光看天在上面空著，簡直比龍還虛無，難怪從前連猪看到也受不了，把獅踢出十二生肖，以致每年獅都辛苦為別的畜生慶祝，以致陰是龍，陽是虎；儘管獅體現人民的勇猛，陰陽學者卻一直故意忽視牠。有錢一條龍，無錢一條蟲，也罷，獅子，你竟被看做猫，連白天也向天爬，毫不悔悟因愛攀廟柱被浮雕防守神？懂懂懂，下來以後，不堪寂寞，又跳上桌。桌是許多學者寫無聊文章的地方，獅脚猛擊著，似乎要把無聊蹈死，但又不願覇據桌子太久站掉志氣，獅想翻騰了。強強強，奮力抬起大木頭，亮出小人頭，滿臉汗涔涔滴落人手，舉著笨重的假頭，表演的人已够辛苦了，卻還看自己搖尾巴，使大家越仰望越得意。在人的掌聲裏那隻狗大概看不懂，猛吠獅尾；獅尾聽不懂，仍猛搖著。狗越吠越凶，那幾個拍照的恐怕狗咬走他們搶到的鏡頭，鬼鬼祟祟。懂懂懂，原來都是人在搖頭尾，做手脚。原來都是搞鬼的出來驅邪，嚷著平安，災難仍來。侵同搶，攏統搶，獅已被搞得疲憊了；痛痛痛，撲回路面，翻了幾個筋斗後對天喘氣，然後翻身向土地訴說什麼，旁觀的宋江陣趕來包圍，宣佈勝利。

免驚免驚，你看，不吼叫的已被人馴服。壓制後的獅，若太硬，濶佬就捉去看門給頑童騎；若斯文，據說就一身和氣，象徵吉祥、幸福，與友善。但現在這種冷天氣，吉祥撲地，幸福喘氣，友善抓癢，令人發噱。

「眞精彩，請諸位也到阮庄表演。」

「包涵包涵。小弟當然非常願意，但回鄉展工夫後誰支持？只是利用農閒來都市街路騙食，他們還要阮放進一些小弟所看不起的動作。只為幾個錢啦！」

原來也是為了幾個錢醒著到處搖頭擺尾。醒著，沒被吃去，大家就都歡喜。

攏同腔，籠同殭。看慣了，賣猪血湯的老頭抱怨一隻假獅也要兩人扶，邊吃力平衡肩上的扁擔邊喊著猪血湯。大家都聽到的，却不理睬；大家出來看熱鬧，老人孤單的叱喝不够熱鬧。

這種冷天氣。假的才吸引這麼多人，眞正的若出現，大家反而逃了。藝術，眞像這隻假獅，本要模仿眞獅，反映眞實。模仿得最逼眞的該是民間藝術了。就因為最能貼切地表現大家的生活情思，民間藝術常最感人。就因為代表威武勇猛，獅才成了一些民族的圖騰。舞獅早成了傳統中國民間表演藝術了。傳統屬於我們，我們屬於中國，中國屬於民間。民間每年都扛著獅子上街侮侮冬，舞舞春，但越來越脫離鄉村，越來越洋氣越勢利越俗氣了。竟連看舞獅也要進城，而都市化了的獅像個什麼樣子？居然用舞獅侮自己。夠了夠了，我們已作弄獅太久了。具像化眞獅切實武武我們的哀怒喜、希望、抗議，與魄力吧！一齊武起來力量就很大了。據說從前南宋有個將軍征伐現在的順化時，那裏的國王用大象抵禦，中國將軍就要士兵舞獅，武得很起勁，武得象都竄逃了。歷史雖不一定全眞實，但人民如獅的力量總要肯定的。至少要兩人合作的舞獅涵括國術，我們練一練吧！我們保存的已有限，却還任它們失去。明明象徵堅強矯勇，表演却閃閃躲躲。明明是中國獅穿中國鞋却學西方舞步——使穿西式的鞋子我們也要走自己的步履。明明地上迎迓充滿行動的春，却想上天擁抱虛無。明明辛勞自己跳，幽默却跟別人跑。喂，我們再苦也要實實在在勇勇敢敢表演最使我們感動的傳統，中國、民間、藝術。

什麼時候啦？我們已站看很久了吧！站著再威風也不過如唐·吉訶德向籠內的獅挑戰，獅打了個哈欠睡去，諷刺的畢竟還是自己。而且再靜站我們就被害蟲當做樹扶疏成景。我們應積極表演什麼的。卽使無什麼也要舞什麼，何況我們有許多自己的民間舞蹈。可惜連土風舞也跳西方的，而一表演不是宮廷舞就是民族舞——我們竟然欺負少數民族到把他們的舞蹈據為己有甚至商業化。我們總愛說自己是醒獅，就不談良心。如良心真的醒，那就動動吧！炮聲早熄，鑼鼓聲已止，人散後，感覺更冷了。我們若還靜站旁觀算什麼醒？喂，走啦！

發表於《中外文學》六卷十二期，一九七八年五月一日
收錄於《土》，臺北：遠景出版社，一九七九年六月

普渡

萬善同歸。倒懸的孤魂寃鬼，吃苦的好兄弟，勇敢剛毅，請來聚聚。今夜月應圓，却霎霎幽暗；眼前香燭隨時可熄，簷下燈籠隨時可破，開路的你們當還記得怎麼走。只是那棵榕樹因老撚鬚悠悠妨礙經濟發展已被砍掉改建工廠，轟隆轟隆，請忍受。

雖然年來大家更洋化了，但仍按俗準備豐盛菜餚。雖然現在合境居民的盤子緊放一起，但親密感早已失去。雖然搭棚演歌仔戲，但調了稍變鄉音略改，若覺得不順耳，請別生氣。雖然和尚念的經，我們聽不懂，相信應是普渡植福——據說陰間還分等級，生前死後你們也眞受苦了。

活著掙扎。要擺脫窘困，你們拓荒。只因原鄉三山六海一分田，祖先雖多却不保祐，連一塊田都無的你們看到莫名草木年年長，不信男兒一世窮。聽說臺灣空曠錢淹脚，就胸懷孤島。奈何父母在子不許遠行。奈何清政府禁止僑居，單准有家的男子出海。窮也結婚。婚後告別家人，家人淚漣漣，你們汗涔涔，背著包袱拿著鋤頭走了，航向未來。未來是一片海，夜裏橫渡，看不見同鄉，但聽到他們呼吸；看不見方向，但覺得船航行。風呼嘯著要撕帆，浪跳高到你們頭上想吞船，但不怕死的你們也不怕船翻了。顛簸裏沒東西吃，你們抱著肚子要吐，一吐就吐到別人。要吐的都吐出了，却還酸酸想吐。媽祖婆賜福，劈波斬浪，險渡黑水溝，航過澎湖深碧的波濤又翻滾成淡黑。漸漸，海浪淡藍；漸漸，海鳥飛翔。盼望裏旗飄揚得更起勁了，搖盪裏臺灣島臥得更近了，你們更饑渴了，船更謹慎了。航過暗礁，海岸在望，一近淺海，船主就驅趕你們下船。一踏海灘，要奔向岸，浪潮猛冲過來，擊昏了同鄉，別的同鄉看了轉頭就去救，也跌倒；你們眼看他們背著包袱抓不住浪而沉溺餌魚。使力涉上沙灘後，有些同鄉陷沙慘叫，別的同鄉聽了轉頭就去扶助，也給沙拖下；你們眼看他們凝視著臺灣而沉落後，驚惶疾跑向岸，却都被沙拉慢——那些沙如父母妻的苦勸，都被你們狠狠踢開了，留在後面給海水衝擊。

掙扎登了岸活著，展開的新境界不過一片荒涼，你們却很興奮，曾經連荒土都沒有的你們感到那也是空曠的美麗。假使那美麗屬於平埔族，就從他們手裏騙過來。儘管他們只讓漢人贌耕，你們却請識字的在租契上寫「杜賣盡根。」——你們連在故鄉受騙的經驗也都搬過來了。假使荒涼無主，就圍一塊宣佈做自己的邊疆。邊疆是堅毅的心志墾耕的土地，但土地還未開墾，有的同鄉就倒在瘴癘裏。想起卽使土地公保庇，一根蔴也搓不了繩，你們決定相助，關帝爺前結拜成兄弟。每天土地還睡，你們就醒；用從老家帶來的鋤頭除草，碎土，培土，掘井，挖溝，撒播從老家帶來的種籽。你們灌溉土，土滋養你們。你們用老鄉的名字叫喚紮實的新境界。

活著境界多新總記住出來是為了回去。奈何故居仍擠，回去只是子音濃重的謎語：「明年今日好還鄉，」奈何謎底是無法實現的迷底：「滿載而歸。」只好安排客頭偷渡父母妻子，奈何父母死也不離祖墳。幸虧妻子渡海過來。有一個某較好三身佛祖，不管是清水祖師、王爺、還是保生大帝，只要來自故鄉就拜，組織神明會建廟。拜佛是拜佛，總堅信改變命運靠奮鬥。奮鬥裏你們成了甘薯，厚根紮在島上的鬆土。年年希望把多餘的米糖運回。年年掀開家譜，不識祖先的名字，只知排最後的是自己，上面是親人。月是親人的臉，接不開點點星淚。鄉愁如溪，抱著滔滔的過去向西，推湧驚不動兩岸。死後但願墓向祖宗，子孫把硬骨頭帶回，怎料颱風猛襲，溪水破堤，把你們冲到海裏給無鄉愁的魚吃了。

活著的繼續尋索。航渡的多了，暴戾成颱風強迫平埔族遷移給原住民突襲。你們趕到山脚，明知危險也住下來。輾轉反側，許多惡夢以後，在夢回鄉的酣睡裏，頭被高山族砍回家當裝飾品。還有頭的繼續侵佔平埔族的土地，逼得他們前後無路，若不肯同化而活，就和你們拚了。殺人的終將被殺，你們咒詛，我們相信。

活著的繼續相信耕耘。都想創造幸福，人越來越多，地越佔越少。脚手本來是互助却演成相殺。互相爭地互相械鬥。福廣打了漳泉拚，異姓戰了同姓鬬，同業相殘。開漳聖王賜福，三山國王保庇，殺害同胞竟被捧為勇敢，政府還封做義民。到處仇到處愁，愁播種後收穫饑餓。有錢的寧讓同胞呻吟也要捐錢建廟，競趨玄虛。大地主乾收大租，小租戶坐拿佃農一半收成。農人終年勞苦為閑人忙，强盜來搶，賊仔刼去；赤脚創造的田園，官僚文人翹脚寫成他們的歷史給蟑螂睡覺。臺灣土軟，無三日好光景，無土的做工。長工做到老不及一根草，困苦如髮，剪了又長，給時間燒光後肥沃不起來。老了參加搖會，搖到自己時別人却溜了；參加父母會，葬的却是自己。短工苦瓜煮豆粕，無米喝甘薯湯。只因怕失業，竟任鄉親剝削，傷痕斑斑，汗越洗越酸痛，却還相信忍字心頭一把刀，忍得住是英豪。忍耐著平凡，平凡著忍耐。為了全家生活，甚至典押自己以債養債，甚至欺負自己替壞人打架，甚至租出自己做隘丁巡邊死亡邊緣，甚至賣掉自己替富家頂罪。無土有網的討海，年年打魚年年有虞。無土有本的做生意，撒的是謊而非種子，無種却要從你們的苦難走私。無土無工的成了羅漢脚，路在嘴內，雖問出很多路，却找不到食物。離家本為了避免流浪却漂泊更遠了，寥落餓倒廟裏、溝邊、田隴、屋前，居民看見不認識，只知都同來自大陸，就草草把你們埋在義塚。你們滋養草草，萋萋，淒淒。

活著反抗暴虐。總與暴虐鬪爭是你們悲壯的歷史。不怕驚濤蠻荒的開拓者也不怕暴虐。你們反對荷蘭重商主義殖民統治，一萬五千人和郭懷一，雖無槍砲仍在一六五二年拿刀棍竹篙不怕頭掉而掀起了中國人近代反殖民鬪爭的首頁。但殖民者去後，暴虐又來。你們抗議官有兩口，憎恨有錢有勢放屁，無錢無勢受氣，反對滿清苛政，明知被捉後斬決示衆還是勇敢起來了。一七八七一八八年你們組織天地會推舉林爽文做盟主攻下衙門，「誅殺貪官，以安百姓。」一百年後你們和施九緞還吶喊官激民變。總要用生命肯定什麼，你們得了不，你們了不得。但暴虐未去，殖民者又來。小小島怎能容納太多暴虐？你們反抗日本霸佔，反抗總督獨裁。反抗暴政的後代繼續反抗殖民，拒做太平狗寧做亂世民，敢死不怕做鬼，不怕被捕不怕刑打——不供就是不供，要說的都在鐐銬上。你們站起來，鞭揮下去，你們又站起來，棍又打下去，你們又站起來，以血染的鐐銬勒死獄卒後從容被絞。你們不一定識字而像羅福生留下絕筆：「不死於家永為子孫紀念而死於臺灣永為臺民紀念。」以行動表現的你們並不須遺囑。那年在噍吧哖，日軍警逼令你們排隊，隊排好後命你們挖坑，坑挖完後叫你們直站，站住後向你們掃射，射完後把你們踢進土裏。但不管怎樣慘酷，都埋不了你們抗暴的壯志。

壯志活著繼續抗暴，民族運動與社會意識漸漸融和在一起。欺負人的總會垮下去，你們攻擊，我們相信。我們沒親眼看見日本殖民者怎樣狼狽回去，却親眼看見殖民者的兒子傲慢而來。但我們決不是活來給別人加工的。不甘受辱的島上，我們的血內還流著你們的勤勞、鄉愁、憤怒、反抗、與無辜。

勤勞活著拒做無辜的犧牲者。你們開拓的土地仍豐富生長著犧牲品。我們把被污染的禽獸洗淨後煮，只因活活供奉，牠們會跑掉——連禽獸也早就不肯靜待犧牲了。禽獸是我們的犧牲者，我們拒做別人的犧牲者。犧牲者上蒼蠅仍舔，你們若厭惡就趕走吧！抬得動祭品也請拿去，總希望失家的你們別再流浪搞得我們不寧。假使各位再像從前那樣捨不得用，那麼在你們勤儉的影子裏，我們就要平分了，好讓大家都吃够，同歸萬善。

發表於《中外文學》七卷三期，一九七八年八月一日
收錄於《土》，臺北：遠景出版社，一九七九年六月

鴨

鴨其實沒什麼可希望也伸長著脖子，大搖大擺地走著，活向一把刀。我們利用鴨夠了，餓牠一整日，然後抓來宰，看牠在自己的血裏打滾死去——人無辜被殘殺大概也像鴨那樣，只是死後無羽毛可拔而已。

我被僱趕過鴨。自從右眼在飼鴨時被鴨啄瞎以後我也就更注意看這不雅的社會了。春天鴨孵出來後，我帶小鴨往南走；鴨沿路吃蟲、野草、嫩芽、和砂粒，過溪泅水吃魚蝦。鴨在遊樂中肥大，我在流浪中謀生。夏天我趕鴨回來生蛋，忍痛看著一羣曾與我一起生活的鴨被宰後，又帶新孵出的在秋天去南部，入冬才返。

趕一羣臭腥不雅的鴨像押清白却被判罪的人，一般男子漢不肯做的，却是我的職業。我沿路睡廟，鴨隨地放糞尿。「媽祖在此，撒尿者夭死。」「閑人免進。」「危險，內有狗。」鴨子不識字，有時吃到大戶人家的穀仔，被狗追到可就無命了。鴨若減少我是要賠償的。我再三吩咐鴨不許去公家或水利會的池塭，但鴨仔聽雷，照常搖搖擺擺去喝。有時，他們要捉鴨，但不懂勒住鴨頸，反被鴨咬，唬慣別人的一被咬，就叫得比鴨還大聲。

鴨這畜生對人簡直全身有用，連鴨糞都可飼魚。我趕的菜鴨的祖先傳說是我們祖先帶來臺灣的，好在很會產卵，被吃到現在才還未絕種。但吃慣好料的人却嫌菜鴨肉少難吃。唉！要牠活時拼命生蛋，把牠宰了還嫌肉少，人也太貪心了。要多吃肉就飼體大笨重的番鴨或土番鴨，但那雜種鴨却只會早肥不會生殖後代。

鴨這畜生也眞蹣跚，要逃却跑不快，要上昇却飛不高，要跳舞却不懂節奏，要斯文却不知禮貌，要咬却不大力，要抗議却只會叫。大概本性善良，總受欺負，我一吼，牠們就跟著叫。傳說以前朱一貴能叫鴨排成陣，我不相信，鴨不是那樣無個性的。不過，我却佩服歷史上那些和他做伙造反的兄弟——他們可不是鴨。

我可不是鴨，却像鴨走著沒什麼意義的日子。一庄過一庄，遠看田地雖美，近看做田人却清苦。鴨游溪時，我就到田中做一做，也幫婦人洗衫，就在那溪邊我認識了養女阿滿，伊不棄嫌我，但我還沒表示感情，就趕鴨離開了。為著謀生，每個地方都不能久停；再經過時，他們已搬到城市討生活了。做田人有的好意留我吃飯甚至過夜。開講時，感嘆鴨母吃自己的粟生蛋別人的，憤慨他們的願望像蛋孵成形後也進別人肚子裏。從趕鴨談到飼猪：「滾笑！若飼猪賺的也是猪尿而不是猪肉。做田勉强渡日，那有錢買飼料？就算養大，自己也不忍宰，賣時七扣八抽，也得不到幾銀。而且我討厭人瘦猪肥的對照。而且我反對生意人買走後還强給猪灌水，虐待够了才宰。而且我做的蠢事已够多了。你少年人有興趣，你去做！」要養猪總得自己先有家，但我連一間破厝也沒有啊！

無家，一庄過一庄，遇著嘔氣及不幸的事多了。那天，在一棟別墅前，有個人指使工人鋸一棵老樹，我說樹砍掉別人就不得乘涼，他說樹是他的，連我站的所在也屬他，不但罵我「七月半鴨仔不知死」，還向我晃了晃斧頭。我回嘴他是死鴨仔硬嘴。他追我，但平時認為錢無脚會走的人自己一跑就喘氣了。那天，有個小孩因為父母忙著做田，自己在溪邊看鴨仔玩水，滑到水裏淹死了。我很傷心，那孩子是我害死的，我若不趕鴨仔到溪裡，他一定還活著。我大罵衆鴨沒用，睜著眼看孩子溺死；鴨聽了聒聒叫。我很生氣，踢鴨，鴨也只是聒聒叫而已。

覺得替別人趕鴨也被別人趕被鴨趕，我就積了點錢買了一百多隻鴨在溪邊跟二姑婆租地搭草寮，自己飼起鴨來了。鴨泅水時吃綠萍小魚小蝦外，我飼牠們蚯蚓胡麻子渣。為著使鴨長得結實，我逐日帶牠們散步，還常觀察牠們的行動。小時怕鴨便秘或下痢，大了又怕生蝨肝漲，最怕得了虎列拉。我的生活雖還臭苦，但總算稍微安定下來了。

沒料到隨著溪邊那頭蓋了農藥廠，麻煩也來了，農藥要除的是害蟲，但還未害死害蟲，附近的稻就先變黃，水就先變黑了。最先建築時，鴨仔跑去附近，老闆就怪我飼鴨，不想想開工廠只是他投資的一部分，養鴨却是我生活的全部。他要買下我的鴨，我堅持不賣，他就慫恿我二姑婆不要將地租給我，無成。開工以後，他將污水放到溪裏，水越流越臭，淸溪變成臭溝，魚蝦喝不得，活不了。他吃肉吃蛋，只顧自己油洩洩，從不管魚能不能活。我找他理論，他講話却像討債亂掃射。我向鄉公所抗議，也沒用。

本來是白白憨憨的鴨黑黑骯髒了，投到水裏也吃不到魚蝦，喝太多污水却死去。活著的餓時急躁地亂衝，一看見我就圍住我，將扁平嘴巴伸得更長，好像要吞我。我買玉蜀黍與穀仔摻肉骨屑飼牠們，越飼越無本了。他明知我負擔不起，還將藥廠的廢鐵壞機件放在溪邊使不能再游水的鴨無處可玩。我抗議，他却反告我威嚇。憤慨，我衝入藥廠要修理他，他叫工人打我，工人拒絕了，後來他只好答應撤回告訴。

後來，他居然說服我二姑婆將地停租給我。唉，竟連天天念天公保庇的二姑婆也不再念人情了。窮人無富親，瘦牛相碰身。

後來，我就決定將鴨子賣給市場宰了。我飼鴨本來是要給人宰自己賺錢的。鴨是給宰了，我却也虧了。人吃鴨並不是因為恨鴨——我們大都不敢吃自己所恨的。

現在我要離開鄉下到都市做工了。無論如何，我不相信人像鴨可隨便給趕來趕去。鴨伸頸走活向刀，我趕路盼望出頭天。土鴨進城一定死；被踢後，只聒聒叫。我雖土却不是鴨，決不忍受欺壓。

收錄於《土》，臺北：遠景出版社，一九七九年六月

【輯二】

感到，趕到，敢到——散談臺灣的散文

現在臺灣的散文，除了表達辭藻更幽雅外，除了把洋化思想與荒謬注入臺灣的生活外，除了內容更愁苦外，除了造境更清新外，似乎沒進展多少，不是太散就是太文了。

過去雖還未是傳統卻成了幽靈在我們的文藝創作裏迴盪。五四時代陳獨秀要推倒的「貴族文學」、「古典文學」、和「山林文學」現在仍流行，胡適叫喊的「八不」竟成了「八步」：內容言之無物，無病呻吟；敘述用典，用套語濫調，對偶，不合文法，摹仿古人，避免俗語俗字。我們擺脫了文言表達方式，卻掉進傳統的抒情韻致。二十年代後期，新月派幾位先生認為是文壇十三種「不正當的營業」中的四種：「傷感」、「頹廢」、「唯美」、和「纖巧」在臺灣生意還興隆，廣告胡說。一九〇四年英國有個作家却斯特頓預言「胡說」是未來的文學，我擔心未來的散文仍是優美的胡說。

中國散文的傳統眞悠長，據說從尙書就有了。傳統的中國散文範圍也很廣闊，廣到經史子集無韻律的都擠進去，使得有些研究中國文學的洋人（如 David Hawkes）認為不必硬用西方文藝類型來套中國作品；闊到一走進中國傳統文學就難免踩到散文。走過五四後，文、史、哲由分手，分工，而分家。文學領域裏，雖然大家都寫散文，但散文作者已不再是大地主而成了自耕農，要種好自己的園地並不容易，稿子一寫多，批評也來了。

文學批評，有人（如 Allan Rodway）分為內評（intrinsic criticism）與外評（meta- criticism）。前者注重美與意義的內涵，後者強調個體與羣體，作者與讀者的關係；前者就進入作品，後者也要走出作品。姑且用這個意見來談談臺灣的散文創作：雜文、抒情文、小品文，與遊記。

雜文是一種從文章走出來的「人生觀察」與社會批評：感到，趕到，敢到，敢倒。文對主題，主題對政治社會。作者的態度是不妥協的方塊，為不平而不平。從諷刺到幽默，從幽默到正經；從「林添禎」到「耶穌傳」；也許雜到南腔北調，卻在冷酷人間吹成一股熱風。間接挖苦的，替讀者抓癢，看了小笑，大笑，或哭笑不得。直接揭露的，替讀者出悶氣，看了爽快。嚴厲控訴的，替讀者發脾氣，看了減少罪惡感，淨化心理。雜文踏實，或精緻或粗獷，都容易產生效果與影響。但有些卻執意教訓讀者，東引連自己都不實行的教條，西抄連自己都不明瞭的教義，大可不必。

抒情文在臺灣多半是「走進去」的作品感到，趕悼。大抵有兩種：朱自清式的與徐志摩式的。朱自清式的淺顯細緻，文筆樸素流暢，內容簡單明瞭，大抵是遠近「踪跡」感懷「你我」。情愫眞摰，結構上又似乎能如哥爾瑞治（Samuel Coleridge, 1772-1834）所說的把字放在適當的位置。老一輩（他們有很多回憶）喜愛，國文老師（他們有很少選擇）提倡。這類模範作文，像基本素描，多半平淡平凡，一看就懂，一向流行。

另外一種抒情文倒像色彩濃豔的畫。作者喜用優柔的文辭捕捉意境，用詭譎的語句表達天眞；簡直把散文當作德萊頓（John Dryden, 1631-1700）所指的「另一個和諧」，有氣氛無氣概，主題常在美學的距離中迷失。又因為寫意朦朧了寫實，浪漫情調濃，社會意識淡，把殘酷的現實當籠鳥玩弄。其實浪漫的也常是反抗的，但往往散文作者表現出的只是「詩意的憤怒」而已。

尤其在學校念書的浪漫時期，愛讀寫這種抒情文。年紀輕，熱情多，想像與現實從拉鋸到衝突；本來「寧可為野馬」（袁枚），感情奔逸後竟變成「疲驢」了。教育方針、方式，與內容使學生在學校與考試間，在老師的臉與父母的手間，生活點點而成不了面。書裏念的又大多是硬幫幫的論敘和軟綿綿的抒情，燻得學生白天寫小夜曲晚上背正氣歌。累了，免費看天上那個暗中亮起的浪漫，被月愚弄還自以為新。

新月。徐志摩。提起這位才華橫溢的「生命的信仰者」就想到「我所知道的康橋」。但讀這篇影響很大的散文後很難想像康橋眞正是什麼，只覺得美就是了。他孤獨逍遙凝望，陶醉裏，他對康橋的了解是外表的；閒適裏，他對康橋的描繪是浮誇的。

徐志摩說他要寫康橋的「天然景色」和「學生生活」，但寫的卻只是他自己活看風景。康橋精華在大學，大學由各學院組成。他寫一些學院卻簡短而膚淺，甚至錯以 Pembroke 學院在康河的 the Backs 邊。對建築史上里程碑的王家學院教堂，他只說它外表「閎偉」，若帶讀者進去看看，聽聽晚吟，一定更有韻味。對校園最大，名人最多的三一（Trinity）學院，他只指出圖書館的拜倫像，但教堂內的牛頓像旁邊還有詩人呢！他是那樣講究情調，但康橋的情調主要並不在自然景致，只是他不帶大家去隔王家學院一條街的露天市場看看平民的生活罷了。康橋最可貴的該是學術氣氛，但在那裏交遊廣闊而且讀了很多書的他不提導師學生的抬槓，彷彿他們都出外看風景去了。徐志摩過分寫意以致給我們一種對康橋偏謬的印象。而他看到的迷人「天然景色」之一，也就是文章末後幾段，大家最熟悉的那部分，所描寫的並不是康橋本地而是郊區。大家所朗誦的原來是文不對題的美麗——「我所感到的康橋郊外」！

在貴族的康橋，「像是第一次我辨認了星月的光明，草的青，花的香，流水的殷勤」，徐志摩忙著悠閑，流連景物。康橋的士大夫意識影響他整個不幸的短命寫作，也感染臺灣的抒情文。

喜、哀、怨、怒、怕、慾、恨雖是人的一些天性，但我們卻學佛克納在無與哀中選擇哀，以為哲思的茫然是感情的迷失。不懂社會只好寫自然，在自然裏徘徊久了自然走入死巷；難得像那個極端個人主義的梭羅抒自然也梳哲理，給人新鮮的消息外還有暗喻。從前尼采怕凝望空谷，因也怕被空谷凝望。我擔心寫散文的朋友，花很多情感供養一瓶花，哀怨成氣候，抒了情也輸了情；

只是燃燒熱情後，也許落得灰燼。

還有一種散文是名士派的小品。落筆瀟灑，緩緩開講。「以自我為中心，以閑適為格調」，對閒適的「人間世」「無所不談」。從「論肚子」、「論中西畫」到「論靈心」、「祝土匪」。也「放風箏」也談「臉譜」。據說小品文中國早就有了，現在的作者除了文白相雜外，也像十六世紀末葉的蒙田和十八、十九世紀的英作家，喜歡引用古今中外死人的話與事，零星推銷見聞，流露酸澀的幽默，詼諧的譏諷；把快感當美感，把感到當敢到，作者總是開心而不關心。然而知識常是個性化的，小品文也常成了「偏見集」，陪閑人喝茶「剝豆」，沒多大意思。為何我們偏愛品小，而不品大的？

隨著閒人增加，趕到感悼的遊記也多了。這種風景散文雖可上窮名勝古跡碧落平民地帶，可惜多半展覽異邦，忽略臺灣。東瀛歸來外，尤其喜歡在西洋鏡裏撒野，雜憶留歐，散記遊美。連風光也是外國的旖旎？作者一走進去以後，讚美慨嘆，瘋慣外無思想，實在無聊。現在交通發達，觀光指南也多，「我來了，我看了，我懾服了」的油記可免了。陌生人因較客觀偶能冷靜分析。例如關於美國最精采的一本書就是一八三一至三二遊美的法國人涂克維爾（Alex de Tocqueville，1805-1859）寫的。遊客霎時客觀不一定值得居民百年偏見，但常常居民百年經驗被遊客一天偏見歪解。我們須要觀察細膩，風景裏收入人文的遊記。寶島秀麗，大家口裏讚美，可是手上文章呢？我相信眞正的發現不在新風景而是新視覺的展開！

是的，新視覺的展開。許多的過去都曾是現在曾是將來，如果現在與將來的散文也和過去的一樣，我們算老幾？我希望我們活潑語言的運用，多創作些主題鮮明，內容帶思想，映時代，與含社會的散文。

擴展與豐富我們的語文的一個辦法是使用方言和俗話。國語的詞彙一直在增加，不僅包括了翻譯也吸收了方言和俗話。但我們卻寧可夾雜文白而忽略土話。其實，閩南話有不少就土得很好：討海（打漁為生）、頭路（也是客家話，職業）、顛倒（反而）、無采（可惜）、濫摻（胡搞）、烏白講（胡說）。也有很多雅得美極：牽手（太太，本來是原住民的話）、掠準（以為）、刁工（故意）、含眠（夢囈）、凍霜（吝嗇）。在北京生，長，死的老舍曾很成功地應用他最熟悉的方言俗語：磨煩（拖時間）、放鷹（全失），拿著時候（把握適當時刻），其他活潑採用土話的例子多了。普遍被社會接受的新語句往往是普通人創造而不是知識份子「空吟」（coin）的。臺灣俗語中，像「兩人十四個心肝」，意指「德」，就很哲理，很諷刺，很感慨。散文本來就是不拘形式，「不擇手段」的：用方言與俗語，不是使散文「再粗雜化」（rebarbarization），而是注入語文的新血液，增強表達的貼切與內容的落實。

文藝創作本是對現實的一種思考與反映。可是我們思考了些什麼？而我們映的反是個人情感的縹緲飛昇，能高到那裏？抒情造境雖是中國文藝獨特的傳統，但現在的寫意卻往往是用白話文翻譯古人早已有的「詩的心情」。輕舟已過萬重山，李白醒來看到會笑死的。一開口就感嘆，沒什麼理也剪不斷使情更亂。一落筆就蒼涼，卻也不過如早期何其芳或麗尼（郭安仁）的婉約。何況今天大眾傳播進步了，畫、照片、音樂，甚至電影、電視常比文學創作更有聲有色地轉達意境。我們還是把「小我」的意境帶到「大我」的人間，發展風骨——劉勰的風骨我讀作寫實的意境。從前柏拉圖指摘藝術家只懂外表不明現實，搞得藝術成了一種遊戲；雖是偏見，卻仍值得文藝作者反省，而試著創造結合智性與感性，關連個人與羣體，交融過去與現在的作品——我們歷史意識一向豐富，而歷史意識是包括現代的。

現代不只是個隱喻，而是活生生赤裸裸的實在，一種行動、一種心情、一種意識。可是口叫現代卻手拿古鏡照就模糊了自我。誤認西方的現代感作中國的，把他們資本主義社會的迷失當作我們的情人猛抱，簡直比希臘神話裏塞卜魯斯那個國王雕刻家戀上他所塑的作品還荒唐。如果我們要肯定現代意識標榜現代散文，就落實本土，落實人間；感到，敢到，趕到，趕盜。少戀心境，多寫現象，合唱大家的歌。

我想起「參與文學」（littérature engagée）。我們是社會人卻不見得都有社會意識。有人想脫離社會自耕自食，是他個人的決定，但一旦與別人發生關係，就有責任與義務。我相信社會意識滋潤人性，知識份子無社會良心像個什麼樣子？

所謂文明，除了製造舒適與緊張外，也帶來機械化的野蠻和人為的殘酷，在臺灣，工商業等等的衝擊已使都市、鄉村、山社呈現許多人間情況與社會現象。我們聽到，看到，讀到的，當然可以用雜文，用抒情文，用小品文，用遊記，弄準焦距，特寫出來。散文精神正是有話就寫，寫就不懼情勢，不拒嘗試，不拘形式。散文作者已展了太多「我」了，活在人間寫人間，寫出「我們」與「他們」，當更切實，更有義蘊。我們雖不一定能瞭解別人，但至少可以寫出我們的觀察。許多人的「丟丟銅」比知識份子癆而不撈的疏離充實多了。古早中國不少優秀散文作家已精采地刻畫出社會現象。例如柳宗元注意小人物，以「捕蛇者說」寫出了捕蛇者三代的悲憤：他們抓可做藥用的毒蛇以交稅，祖父與父親都因捕蛇中毒死了，主角仍抓蛇，因為賦斂比蛇還毒！散文就在生活裏，用大家的語言抒發大家的情思，以社會意識擁抱時代，拆毀逼壓人民的違章建築。中文散文仍值得寫下去——可展現的是太多了。

我想起英文散文essay的另一層意思：試驗難事的可實現性。我們都試試吧！還沒完呢！

發表於《中外文學》六卷一期，一九七七年六月一日
收錄於《吐》，臺北：林白出版社，一九八四年六月

表達

做！卽使吭一聲，寫一篇，畫一張，罵一句，唱一曲也是拒絕沉默；既然人叫著而來就不願靜著而去，並且別人的脈搏跳動著，我們無法靜止。

既然無法靜止卻強迫身體不動，自虐卻很得意，就令人發噱。禪傳入日本以前，有四個天臺宗徒弟決定靜默一星期。第一天白晝大家無語，入晚油燈漸弱，其中一位忍不住叫僕人添油，第二個聽了驚奇：「我們不講話！」第三個生氣：「你倆怎麼都說話了？」第四個得意：「只有我沒說話！」

那自以為沒說話的徒弟已死，昔日禪師早睡，甚至打鼾吵得我們不能安寧。進入現代引擎機器敲敲打打的文明，靜反變得古怪了。而且社會上屬於大家的雖少，關於大家的卻多；關於大家的既多，關懷就不只是脈脈含情。然而老子的信徒還未念到近代就哈欠，躲進廟裏「肅靜」面對「迴避」。

但活著不只避死，人間無可擊，甚至沒法討論的，哲學家維根斯坦（Ludwig Wittgenstein,

1889-1951）也建議吭一聲。而哲學問題，據蘭格（Susanne K. Langer），是尋求我們所說的話底意義。如不表達，意義在那裏？艾默生認為「人本身只是一半，另一半是他的表達。」沉默若是金，挨餓的人吞下即使不死肚子也會叫。球不會說話所以總被踢打，被壓扁了仍然無語；人不是球，人不但活在語言的文明裏而且也用手的文化。現實是要實現的，實現是要表達的。

出來表達。不願講空話增加噪音，就平實地做；吶喊千遍社會良心究竟不如實現一個良心社會。青年人拒絕苦悶，跑到貧民區、山地、海邊、鄉間。農人赤腳揹米捐送仁愛之家。退役軍人拾荒買書給別人讀。大家共同援助一位守寡的清潔女工車禍死後留下的兒女。一位寡婦撿剩菜養豬捐款建橋。要搭橋，無什麼長技的人都跑出來了。要改革政治而參與政治運動，竟被刑被關被逼瘋。有些統治者的表達只是喊口號；然而口號人人會喊，喊到口渴時，手還向上舉，簡直投降了。

表達出來。文藝工作者用沉默作品駁斥沉默。連書法都可抒發自己。唐朝書法家張旭就以草書表達他的「喜怒」以及「不平」。自周朝以來外儒法內道玄的中國文人，不但幾乎都寫詩而且要「言志」。他們不都像被貶的劉禹錫感嘆：「常恨言語淺，不如水意深。」有些仍相信清朝謝榛的雋語：「賦詩要有英雄氣象：人不敢，我則道之；人不肯為，我則為之。」外國文學家也有相同的見解。古羅馬詩人朱維納黎（Decimus Junius Juvenalis, 60?-140?）認為「即使無天才，憤怒出詩句。」對從一粒沙見一個世界的英詩人畫家卜雷克，連模仿也是批判！拒絕模仿而堅持批判的作家吃的苦更多了。巴爾札克在《人間喜劇》序言提及，作者辛辛苦苦以人間最難得的文字寫出眞實時，就有人誣蔑他不道德。難怪因文學的有限效用而苦惱的夏目漱石直截指出：「無坐牢的思想準備做不了作家！」而諷刺的是中國謎題「獄中」，謎底是「言」。即使像貝克特（Samuel Beckett）那樣懷疑語文的有效性，仍堅持寫作，因為「沒有別的，但我還有文字。」既然識字，海明威乾脆建議：「寫一個眞實的句子，寫你所知最眞實的句子！」

既然活在語言中，連罵都很眞實。齊白石有一張繪老人的畫，題為「人罵我我也罵人。」憤怒昇華成藝術，而藝術也是一種行動。米開蘭基羅要從高山的硬石發現活生生的人形，但如果他不動手，石頭還是石頭。連無臂的人都用嘴咬筆用腳來畫；因為正如法作家馬洛（Andre Malraux, 1901-1976）所說：「所有的藝術是對人命運的反抗。」採取行動，作曲家把憤怒藝術化成音樂，演奏家以樂器表達憤怒；發誓只要專制還在西班牙就不可祖國的大提琴家卡薩爾（Pablo Casals, 1876-1973）就以大提琴做他的武器。為了音樂，我們勞動整個交響樂團；盲啞聾的人與聲音掙扎，掙扎又掙扎，練習又練習後，盲啞聾殘障學生看著聽眾的眼睛合哼「媽媽的眼睛」。大家默默聽媽媽的眼睛，大家看媽媽的眼睛默默濕了。

即使啞巴也要向殘障的社會表達，表達。

一九七八年

收錄於《吐》，臺北：林白出版社，一九八四年六月

鋁的

輕輕，任你重用。

據說它佔全世界硬外殼的百分之八，主要分佈在熱帶與亞熱帶。豪雨沖走雜物後，留下鐵礬土；開採後，提鍊，電解，溶解；熱壓軋了金後，又冷壓軋，乍看閃亮如銀，細摸堅硬如金。如銀，它可鍛可焊可鑄可塑，可厚可薄，還可彎直可伸縮。如金，它被擠被打被拉被切被剪被削被捲被鍍被併被加工，都很合作，做什麼都不失本質。

它的特質一比較就更明顯了。輕，只銅比重的三分之一。導電較銅高兩倍。導熱較鐵高三倍，而且磁怎樣誘惑，它都不被吸引。幾乎什麼都能抵擋與忍耐，就是厭惡碱酸。幾乎什麼都能做，就是不願做刀鎗。

鍛鍊成門窗。你在廠房裏替人操作什麼，我不知道。你跑出時，褲袋似乎只有幾個它做的硬幣，那溫和的聲音我很熟悉，你跳得多高，都鏗鏘不起來。

壓軋成箔，包食物進火烤，你吃完就把還強韌的它丟了。包香煙防濕，你抽完最後一支後就把還細薄的它丟了。包藥丸防腐，你服後就把還光亮的它丟了。

焊接成罐，把食品飲料帶到遠方，吃喝後，用手捏用腳踏後才把罐子扔掉。又被揀回來，送去電溶挨打壓軋又焊接成罐，用後又被丟掉，被拾回後又被壓軋。

焊接成鍋鼎壺，你烘炒蒸煮，滾了又滾，它們都忍著，忍不住破了，你就賣給收破物的。若別人不來收買，你就踢幾下聽它們叫幾聲後才甘心丟掉。

鑄壓成匙、盤子、飯鏟、與便當盒。因為一大早就空肚上學上班，你常餓得未到中午就吃便當，即使你仍不飽，但便當卻輕鬆了。

鑄壓成臉盆。你的臉從生滿面疱洗到紋皺，你只顧自己清潔，留下污穢，它都靜默。你為自己徒增年華而憤怒，揍它一頓，它就答空空，你喊痛痛。

彎曲成盂給你白天睜著眼吐痰，晚上閉著眼睛撒尿，醒後拿出去倒時才喊腥臭。彎曲成車殼、保險桿、與活塞生風迎風，成船殼斬風劈浪，使你覺得距離不那麼長了。

敲打成椅櫈，你坐後覺得涼涼的，它吸收你屁股的熱，你喊燙。敲打成盔甲坦克殼，使你受保護還覺威武，要不然你或許早就壯烈犧牲，而它也成了墓碑，為你穆悲。

你活著利用卻不一定瞭解：被壓死的總廉價地為你服務，耐冷保溫，硬是強韌辛苦。

發表於《民眾日報．副刊》，一九七九年七月二十一日
收錄於《吐》，臺北：林白出版社，一九八四年六月

閒

木頭和月亮進門就有閒（閑）了。照陶恩比看，閒若創造地利用，是產生文明的主因。歷史雖有些是閒人所捏，文明可不是閒人造的。然而閒人的創作卻蓋得我們越活越忙了。

我們越忙越懷疑有閒才有賢的論調。主人要僕人搖扇，主人沒汗後問：「我的汗到那兒去呢？」僕人忙答：「都流到我身上啦！」有錢人無聊就聊無，無錢人閒，因為無生意或無工作，有工作賺不夠錢的人連閒暇都要去偷。有錢的人因為凡事都要別人做，自己反而閒得發麻，就搓麻將，然後惺忪叫「我贏了，」或清醒嚷「我又輸了。」這些閒人煩得發麻，甚至製造麻煩。

很早以前，西方的上帝煩得發慌，就造人。祂看亞當單獨閒得發悶，又造夏娃，讓兩人悶在一起。從此世界上悶人就越活越多了——祁克果這看法鑾有西方存在主義活得不耐煩的荒謬。人類的演進與工具的發展相關，機器越發達的社會人越閒。普魯斯特（Marcel Proust, 1871-1922）小說裏一個人物的無奈：「這世界被聊悶吃了。」其實是在閑悶裏自己吃自己：「有人使我煩悶，這人就是我。」（Dylan Thomas）。最閒卻裝得最忙，難怪英文的「忙身」（busybody）是指好管閒事的人。閒也緊張，機器很進步的美國，大家閒得感到危險——每三十一秒鐘就有暴行，每兩分鐘就殺人。犯罪固然跟貧窮、價值觀念等因素有關，也由於人閒得發狂。

和西方文明的祖宗希臘人「不閒是為了閒」的看法不同，從前中國知識人「閒是為了不閒」。要造反既不成，又不願改變對自己有利的社會秩序，就慵懦自安如司空圖：「世間萬事非吾事，只愧秋來未有詩。」他們閒得發慌時不拿刀殺人而拿筆寫字，使得中國詩裏處處鹼，詞裏常常酸。中國詩人不但把「閒」當「空」，也用來指「平常」「不要緊」或「隨便」；把「等閒」當「無端」。閒既然這樣平常與隨便，難怪他們連落魄時也要故做閒人樣，彷彿不閒就不能禪，也寫不出詩；甚至把人間寫成人閒，閒哭閒笑閒氣閒叫，很少例外——杜甫寫詩不用閒字是避父名。宋朝以後詞籠罩閒哀，詩畫講究閒趣。

閒若是無聊就有什麼看什麼。中國文人尤其喜歡無聲的無聊，沉默看自己的影子默沉，靜得彷彿所有的聲音都被風景吃掉。他們的「文人畫」，寫山水花鳥的意，不求形似，彷彿世界無別人。花朵朵開，他們躲躲閉。把花園指南讀得花都謝了，他們才出去問花，問得他們自己都花了。既劈不開心園的霧靄，就看不出崢嶸壯偉與迢遙深邃。自己恍惚卻說地昏厥，自己蒼癯卻怨山憔悴。被月光騙了兩千年，今得圓了又缺，到民國還有些留學生回國後掛起來標榜新。但新月總缺，缺就缺在別人餓古典的肚子，他們飽寫浪漫的詩。葉在時間的感喟飄走後，還無端撿到詩裏。然而怎樣唱紅葉都燒不了荒地，點火才能燎原，詩人卻怕燒到自己。

閒久就愁，越寫越糾結。詩人寧在愁中講究情趣，而忽視大多數人的苦衷。詩人在愁海自溺，久就受不了，以致閒時什麼都怕，怕「客裏看春多草，總被詩愁分了」的張炎甚至還勸人「莫開簾，怕見殘花，怕聽啼鵑。」閒時怕自己愁，也恐風景忙，而硬要說它閒；自己不播種卻說土地空閒，正是自己閒所以「非自己」也閒的謬誤。風若靜，就以為景也閒。王安石寫「青山捫虱坐，黃鳥挾書眠」把風景閒化，自以為「不減杜詩」。然而詩人把大自然人格化後，也把風景揉得和人間一樣冷酷。

閒有時被說成靜悟的心境，彷彿萬物閒觀皆自得，相看兩不厭，總有山與用。不經過勞動的靜悟牽就環境，卻也誇耀是創造境界；表面上雖如元朝鍾嗣成所說可以「閒中解盡其中意，」事實上「暗地裏自恁解釋。」一六六二年左右來臺灣的沈光文，「夜深常聽月，門閉好留山。」月象徵衰微的明朝，他越聽越忙著想。知道回不去後，他雖「恨餓來還不死，」卻腳踏實地服務平埔族，這畢竟比閒看邊疆讓心野荒涼有意義。

閒有時被文人利用來做消極的抗議。唐朝詩人愛用宮詞為被凌辱的人抗議：「柳色參差掩畫樓，曉鶯啼送滿宮愁，年年花落無人見，空逐春泉出御溝。」（司馬札）蘇軾寫農夫：「千人耕種萬人食，一年辛苦一春閒，閒時尚以蚕為市，恐忘辛苦逐欣歡。」宋朝學生運動的一個領袖陳東乾脆把一般人閒看的雪翻譯成腐敗的官吏：「雪花看地不肯消，億萬蒼生受寒苦，天公剛被陰雨遮，那知世人凍死如亂麻。」中國詩人喜歡寫漁夫隱者抒發自己的閒淡態度，白居易認為這是「獨善」而覺得「偷閒意味勝長閒。」有人問李白為什麼住山上，拒絕考科舉的他雖主張「苟無濟世心，獨善亦何益，」那時卻「笑而不答心自閒。」這淡泊名利的態度也是後來關漢卿所寫的四種「閒忙活」與張可久所唱的「準備閒人洗是非，樂亦在其中矣！」然而閒著獨善既培養不了變革的意志反挫擊患難意識，只打叮自己的蚊子也揍到了自己。

閒或不閒也和小說有關。孫悟空不願悟閒而有《西遊記》。老孫最怕閒坐禪，玉皇大帝最怕他「閒中生事」，叫他管桃園他閒把仙桃吃後，覺得皇帝應輪流做，就大鬧天宮了。大觀園太閒而有《紅樓夢》。賈母說：「我那裏閒的丫頭多著呢？」（三十五回），但最閒的是主角。賈寶玉連做夢都聽見女孩子唱：「春夢隨雲散，飛花逐水流，寄言眾兒女，何必覓閒愁」（五回）閒愁裏他覓閒趣。他的丫頭晴雯撕扇時說：「我最喜歡聽撕的聲兒。」他看著微笑：「撕的好，再撕響些。」（三十一回）林黛玉就是不撕他送的舊絹子，甚至寫上：「鎮日無心鎮日閒」（三十四回）。閒人最苦啊！

閒只佔生命一部份，能得到閒的逸緻當然有趣，卻須有空！但閒久了人的機能反而退化——死人最閒。活著再瀟灑也會蒼老，老孤坐創作再怎樣開藥方摻補藥都不比實踐運動健康。講道理的人愛說人生如大海，然而面對大海拴住自己的船，既不能乘風破浪反被風浪乘破了。

把自己鎖在門內就成木頭，只在門內玩月也玩弄了自己。閑是香蕉皮，任意丟棄，別人踏著會滑倒的。

發表於《民眾日報．副刊》，一九七九年八月二十五日

收錄於《吐》，臺北：林白出版社，一九八四年六月

回家

大家自古以來就吵著要回家。

西方人的鄉情雖也詩意，卻不如中國的豐富。希臘史詩《奧德塞》敘述偉大的回家旅程，但自荷馬以後，西方人漂泊更遠了。拜倫長詩裏的英雄赫洛德（Chide Harold）與唐璜流浪異國都沒回到故鄉。英國作家卻斯特頓（Gilbert Keith Chesterton, 1874-1936）認為英詩裏最美的一行是「遙遠的在山那邊」。有些詩人，像格雷（Thomas Gray, 1716-1771）、朋斯（Robert Burns, 1759-1796）、丁尼生（Alfred Tennyson, 1809-1892），也寫過類似的詩句。豈只英詩。海涅（Heinrich Heine, 1797-1856）熱愛德國，但憤恨那裏的統治者，而自我放逐到法國。有一次回去，聽到德語時悽然覺得心貼切地流血。在巴黎死後，他墓上刻的是懷鄉的詩。一直到當代，喬埃斯（James Joyce, 1882-1941）二十二歲離開故鄉，也在外國流浪到死。他說：「流亡是我的美學。」小說寫的都是故國愛爾蘭。海明威的老人在魚被吃後，想起究竟什麼打敗他時，大聲自答：「沒有，是我走得太遠了。」然而走遠後，西方人並不一定像中國人感到「無奈歸心暗隨流水到天涯」（秦觀）。這歸心在溫庭筠的「雞聲茅店月，人跡板橋霜」上，也在馬致遠的「枯藤老樹昏鴉，小橋流水人家，古道西風瘦馬」上；都無動詞，因鄉思已貫通了詩意。鄉思更擴展了民族與歷史意識。英文裏的「故土」（old sod），父土（fatherland），「母土」（motherland）或「家土」（homeland），中文叫「祖國」，把時間推得更遠，感情拉得更近。英文裏的「生地」（nativeplace）或「家鎮」（hometown），中文叫「故鄉」，把時空親切地連在一起。中國詩人甚至把空間概念「舊家」或「故家」當做時間概念「從前」用，彷彿提到過去就想起家。

家與孝牽住中國人，照禮不許遠離。然而留在家有時更要掙扎。唐朝王建有首詩寫被官吏差遣的水夫，胸被縴索擦破了，腳被石礫割裂了，曾想溜掉算了，卻又覺得「父母之鄉去不得」；孝思使他忍痛拉船。離家既然不得已，出門前就拜祖宗，保祐早歸，有的還從井裏挖出一把土，在外生病時當靈丹服，想家時當親人撫，而識字的就寫詩。兩千多年的中國詩歌裏擁擠著游子。懷念是風箏，情愫如線，但再長再高都飛不回老家。家思比牙痛還苦，牙痛請人拔掉發燒後就好了，鄉愁卻是請人都拔不掉的呀！

一出去就是天涯。曾怨家鄉太小，遠離後家鄉卻在懷念裏放大了。開始是離開後，偶爾憶起的濃甘藷香；逐漸是流浪中，時常遇見的薄人情味；後來是泥濘思路上，一踏就滑倒的激情；再後來是擁抱祖鄉的意識。結束前，慘的是歸不得。客船上看雁群飛成人形，離散後就飛不成人樣，任飄零的葉落入飄零的客愁：「我已無家，君歸何里？」（宋，劉辰翁）。歸不得的惆悵更寫在二十世紀異鄉的門聯：「年年難過年年過，處處無家處處家。」悲的是不得歸：《詩經》說黃河雖寬，小舟就可渡，問題卻是到不了黃河。遠望不能當歸，悲歌不能當泣。柳宗元要把自己分成千億，「散上峰頂望故鄉」只是增高鄉愁而已：「天涯豈是無歸意，爭奈歸期未可期」（晏殊）；妄的是得不歸。被江南迷住的韋莊甚至還嚇別人「未老莫還鄉，還鄉須斷腸。」但一般人的腸很有韌性，由於謀生、災難、做官、放逐、當兵、亡國而離鄉的，即使空腸也要回家。

出外謀生，活著盼望回去團圓。只因拒絕補破網而出去，回來就不願是補破夢。無田地，只好出去，留下怨婦望君早歸，硬望成石頭。即使有地，也不夠兒女耕，兒女只好出去，希望出頭天同樣奮鬥，不同遭遇，以至有敦煌抄卷提到的富不歸，貧不歸，再貧下去就死不歸了。為生活，甚至不得不出國或自我放逐也已好多年了。在異邦，用筷子，怎樣夾都不如家鄉味；讀古文，怎樣臥都不像長城；捧唐詩，怎樣吟都不成黃河。再不如，不像，不成也要精神上認同；然而身在外嚷叫心愛鄉，口再響亮頭頂的仍是別人的天空。不願空做煙囪冒煙，裊裊鄉思卻變成精神分析家艾利克生（Erik H. Erikson）所指的自責，責備自己脫離了自己的土地，良知吵著要回去；然而有人只因積極關懷鄉土竟不能回到鄉土。

逃難為的是結束流離。從前災難多了，天大吹大淋大乾大搖外，人還大打大壓大搶大撈，撈得大家無家。替人做稼的，一遇天災，要拋棄妻兒都不一定有人要。一八五〇－一八五一年澎湖饑荒，不少婦女被賣到臺南，「望鄉齊上赤崁樓」（劉家謀），連浪濤都沒看見，得放在心田。故鄉只有家的，一遇人禍，就可能剩一條命。漢末蔡琰被匈奴擄去，與酋長結婚生子，後來雖然伊父親的朋友曹操贖伊，但兒女須留在匈奴，伊回去已幾乎什麼都沒了。

即使幾乎什麼都有，做官的也叫不如歸。中國的官僚制度一向發達，為了公正防私，不准在故鄉當官。當官的在外，因大家不認識反而歪哥。他們被罰懷鄉，偶爾聖賢起來就學孔子在陳國時吵著要回家。清朝來臺灣當官的大多要儘快撈回家，像鳳山教諭吳周禎苦吟「落落竟忘歸」是例外，連少數好官像孫元衡都哼「他鄉莫望遠」。從前好官也被功名誤，嗟嘆「故鄉回首已千山」（陸游），但也有不全為功名的被放逐後更發願回去服務。屈原早就用很多「兮」標點實話了，以後敢說實話建議或抗議的，都不怕被流放到荒野想家。

到比荒野還恐怖的戰場打仗的士兵數著歸期。不像西方個人主義的反戰詩很少提起家，從前中國詩反戰的主因是要回家，早在《詩經》裏就表達得很悽楚了。回鄉「行道遲遲，載渴載飢」；「我徂東山」歸來的士兵，段段「零雨其濛」回到家卻發現妻已改嫁。十五歲從蒼茫找不到鄉親共享。木蘭從時已無家，用野菜做羹野穀做飯後卻軍的漢朝詩人八十歲回鄉軍，聽到黃河嗚咽，胡騎叫嘶，卻聽不到父母叮嚀；凱旋後天子要把官銜給伊，伊毫無興趣，只因要快回去！人民防守邊疆為的不是爭功名而是保鄉土。唐朝征戰繁多，邊塞也淒涼。聽到蘆管，「一夜征人盡望鄉」（李益），「日日雙眸滴清血」（貫休）。戰士流血未死還流淚，只因要回家。

失土亡國的更期盼凱旋。從前匈奴哀「失我祁連山，使我六畜不蕃息；失我焉支山，使我嫁婦無顏色。」整個民族要回到原住的草原卻越跋涉越遠。遠離後，不爭氣的是只叫國仇家恨的君臣。生活糜爛的南唐李煜被逮後，竟問我們有幾多愁，自答「恰似一江春水向東流。」朱太宗嫌他向東流回家的哼聲太吵，乾脆把他毒死。到了南宋，帝王不想恢復失土，使江南到處繁榮著鄉愁，「故鄉何處是，忘了除非醉」（李清照）；不肯醉忘的志士「淒涼四顧，慷慨生哀」（劉克莊）。辛棄疾慷慨生氣，自己睡不著卻埋怨「老僧夜半誤鳴鐘。」鐘聲挽不住鄉情，憤怒卻迴盪更遠。遠走的丘逢甲睡得著覺，但嘆「故鄉成異域」，「夜夜夢臺灣」。只因不回去，故鄉就成了夢魘。

殘酷是禁止別人回家，悲慘更是阻止自己回家。既然想家就回去。讓想家的回去吧！雖然他們已不一定有家了。

發表於《中外文學》八卷四期，一九七九年九月一日
收錄於《吐》，臺北：林白出版社，一九八四年六月

吐

口和土分不開；無土無食物，口張得再大吐的也都是氣。

氣：人不是土，不能吐泉水給動物喝，濕潤白己。人不是蠶，不能用吐出的做絲。人不是仙，不能吐劍光消遣。人不是龍，吞噬傳說吐出神話舞弄。人也不是魚，不願吃回吐出的苦水。人既然是人，吃苦，吃痛，吃虧，吃不消就吐。

連小孩都有本能吐。大人用發酸的進口牛奶餵嬰兒，他吐；大人挖掉肉後給小孩吃核，他吐。不吐出就壞了。我兒子有一次吐時去看醫生，醫生說讓他吐，吐吐吐，該吐的全吐出，自然就好。

長大後還悽慘的人唱歡樂的歌雖是自嘲，卻也許比只哼悲哀好。幸福，那他們所期盼的唱啞了仍是別人做的詞。曾去聽看歌仔戲，戲名已忘了，但記得那個花旦唱完輕快的歌後，觀衆還要伊唱哭調。伊不願站在臺上哭，囁嚅半晌後坐下，凝視聽衆的凝視，似乎消化不了聽衆的凝視，憮然捧腹而吐，觀衆聞著伊吐出的酸味悻悻散去。

受不了，要吐就吐。看到朋友的老爸咄咄逼他把吐出的又噍入時，我哽噎，忍不住吐在他老爸臉上。十五年前耳朵動手術，醒時感到痙痛；護士拿水給我，我一喝就吐——只被麻醉十小時就受不了了。曾聽工頭斥責工人在機器前吐，但工人要吐就是要吐。不會吐的機器最後也忍不住而故障了。

電視上，歌已極肉麻還胡扭，聽衆像吃到蒼蠅反胃。電影中，獄卒把無辜者擊昏後還猛踢他，他猛吐；觀衆像吃到蟑螂咬牙切齒。報紙裏，菜農已蝕本，菜販卻還殺價；你像吞進魚刺，喉嚨咕嚕。溪邊，銷不出的豐收香蕉都堆爛了；你像吃了生蟲的爛蕉，溢臭酸。小攤上，正吃牛肉麵，忽然看見老牛垂著頭蹣跚走來，我一嘔心就吐出，狗趕來舔。

吐什麼都可以，內容可不要是血。只因廉售勞力仍養不起家就去賣血，血輸太多，扛重時就嘔血——那苦苦流出卻賣不出的血。只因為多數人說眞話就被打，打到咯血，血塗濕了臉，還打，打死後，血仍流。一位曾被打到吐血的人回憶壯年航往小島時，他們一起顛簸帶著鐐銬吐向鐐銬，一起聞所吐出的臭酸，又一起吐。他單獨回到家鄉時已是老人了。現在！咳嗽就吐血絲；他不願咳嗽卻忍不住，因為空氣實在太汚臭了。

汚臭使人作嘔，但只咒罵卻除不掉汚臭，向汚臭吐痰，痰乾後更汚臭。吐既是問題就解決不了問題——問題仍是怎樣化痰除腐。

受不了就吐吧！然而吐出的若只是泡沫，吐後也不一定仍受得了。最好不必吐。吐最好別把補牙也吞下去，因為我們還須咬與咀嚼。

發表於《文學界》第五集，一九八三年一月
收錄於《吐》，臺北：林白出版社，一九八四年六月

本事

本來就消極的事，回憶是種浪漫的諷刺（romantic irony）：自我憐惜與自我嘲弄；憐惜過去，嘲弄現在。如果是蝶，就飛不回做蛹的日子，偏偏是人，走不出青少年的苦澀與甜蜜。

最初的甜蜜是聽不懂搖籃曲的年紀，搖啊搖，搖啊搖，已被搖得受不了，母親還謠啊謠，謠啊謠，聽不懂就乾脆睡覺。

醒後自己會走眞是本事，穿比自己的腳還大的鞋，無人和你捉迷藏你也東躲西躲。上學了還調皮，老師打屁股，你不哭，噘著嘴回到座位放屁抗議。還是遊戲有意思。玩陀螺，團團轉，轉昏了才過癮。天眞就是那樣如毽子，破布包硬石，單腳直踢，雙腳輪踢，外踢內踢，又跳又踢；痛，落地的是小小年紀。

家與學校路上，忘記老師給的習題，問雲朵與花朵，雲忙著飄，花忙著開，無閑答覆你。你怡然躑躅，沿途時光如鳥，倏然飛逝。有一天在學校找來找去，找不著那張哈哈大笑的臉。有一天在家凝望，居然看不清自己，戴上眼鏡，明白後卻頭痛，才發現自己已是所謂青年。

青年卻不像春年那樣精力充沛地做，那樣滿懷理想地活。青年不表現青春，偏偏懷念童稚，把米雷（Edna St. Vincent Millay, 1892-1950）一首詩的題目「童年是無人死的王國」當眞，癡癡流鼻涕治理。童年的記憶，如迪倫．湯姆斯（Dylan Thomas, 1914-1953）所想的「沒有秩序，沒有結束」，但有的青年回憶下去系統化，生活起來卻化瑣碎，而太多童年的回憶也扭曲了青年的志氣。

時間那把刀刮破了青春痘，割裂更多皺紋後，不甘心進入中年。中年又不願像中年那樣踏實地做，穩重地活，偏偏愛哀悼自己的青年；然而青年時的戀人現在已是別人幾個孩子的母親了。明知那些甜蜜已爬滿螞蟻，也吃下去。明知蝴蝶再多都造不了春，卻仍在幻想中捕捉飄逸。

如不自憐就聊讀詩詞裏古人婉約的本事，小園獨徘徊，空回首，霧靄迷濛，被落葉絆倒後爬起來吟錯，錯，錯了。

如讀不懂朦朧詩詞，就閒唱本事：記得當時年紀小，我愛談天你愛笑，不知怎麼鬧翻了，清醒後髮落知多少。阮不知啦！教我如何不想它，忘不了，忘不了。充滿甜蜜的哀愁，唱久口也苦澀。不如望春風較實際，即使被月亮笑戇大呆，被風騙不知，至少還有期待！若老唱記得記得，記是記了，得什麼呢？

往事如煙，還要回首難怪走起路來都癡癲。回憶如搖椅，坐在上面雖舒適，搖久就昏憒。過去已如黑夜，連流星都下來做石頭了，再怎樣懷念也化不成螢火蟲，更點不亮燦爛。該活，卻祇憶戀，那就活該。偶然溫習，也許美得淒迷，若當眞去追尋，還像蝸牛沿途留下唾液，那是笨事。

一腦袋裝不了多少尸首。大風吹，吹過去；死的，別吹了。緬懷澎湃如浪，浪不是手，抱不住你，卻會把你淹沒。如「昔」是謎，謎底是「措手不及。」與其消極炫耀過去的本事，不如積極發揮現在的本事。與其怨嘆童年無玩具，不如造玩具和小孩嬉戲。與其自我憐惜年輕窘困，不如給青年製造機會。與其老在自己童年的幼稚裏撒嬌，在自己青年的妄狂裏撒野，不如為青少年創造落實現代，展望未來，培養意識的文藝作品，希望後代比自己更有本事，更幸福。一如畢卡索與薛果爾（Marc Chagall）畫孩童畫到老，一如小說家沙林傑（J.D. Salinger）堅持：「我一些最好的朋友是孩童；事實上，所有我最好的朋友是孩童。」失掉創造力的才者誇耀逝去的本事，回憶再怎麼轟烈都是消極的能力，使人糊塗。最重視童年與過去經驗的莫過於佛羅依德了。他老人家有一天在森林裏漫步回憶少年時，想著想著，迷失了。

一九八三年三月十七日

收錄於《吐》，臺北：林白出版社，一九八四年六月

給「能」

「能」——英國雕刻家亨利．摩爾的一個銅鑄作品——座落芝加哥大學校園。雕刻前一塊銅牌刻著：「一九四二年十二月二日人在這裏成功了連鎖反應而使人控制核能。」雕塑看似鋼盔，似無腦的頭顱，似中空的心，似凝固的蕈狀雲，似傷損的拳頭，似滯重的問號。

問題太多了，不一定有答案而已。丹麥物理學家鮑爾（Niels Bohr, 1885-1962）認為每種科學不應被瞭解為肯定，而應被看成問題。對於問題，主持連鎖反應實驗的費米（Enrico Fermi, 1901-1954）更強調無知總比知道不好，但我們究竟知道環境與人類多少？

無創造，我們就發現。

我們發現科學已進步到迷信。什麼都是機器。機器說什麼，人就做什麼。錢一進去就有力，按鈕就有勢，無勢被鈕按。按計畫又製造更多機器，機器繼續收集資料，資料雖不等同實情，卻被當作知識，大家死記與分析，傳述時連講話都透過機器，聽了雖不相信那聲音屬於自己卻也得意。我們更得意輪子已代替腳，使人坐著就可舒適到遠地，使人站著就可舒適到高處。然而站得再怎樣高走路畢竟仍須用腳。我們也很得意我等等於電的子女，不必叫爸就乾玩，還被玩得很甘心。然而要開動電子畢竟仍須腳踏或手按。

我們發現手一按，能就可破成力害死無辜。然而各國仍迷信武器，藉口要維持和平。和平最怕武器了。公元前一世紀羅馬詩人維吉爾的史詩「伊尼德」（Aeneid）劈頭就說：「我歌唱武器與人。」武器從未歌唱過人，只殺害人；殺到二十世紀，武器文明最發達了，人也更須要歌唱人類了——人可貴的能力並非製造武器而是避免戰爭。戰爭中，爆炸的影子都比人的還大。影子消隱後，煙霧淒迷，我們看見屍體堆積著屍體，頭身分離，血怎樣流都無法把頭身連在一起，更使我們拼湊不出人的形像了。

我們發現所謂發現並非瞭解。發現外在世界並不一定發現別人發現自己。人瞭解機器卻不瞭解自己瞭解別人，而機器不能瞭解人。機器甚至已被誤解是文化。文化本是要解脫野蠻的努力，人現在卻努力比機器更機械，比原始更野蠻，簡直要機械而不要文化了。人總是誇耀能操縱機器，但人能控制自己嗎？公元前第五世紀希臘史家希羅多德（Herodotus）早就感喟：「人所有的不幸中最痛苦的是知道許多卻無法控制。」無法控制到十九世紀中葉梭羅還抗議人已成為手上工具的工具。二十世紀工具與產品更多，毒氣毒水廢物廢人也增加，更多發明使人活得更久也死得更快，更多能使人更舒服也更無能。科學更厲害了，科學雖非全部，卻製造更多可能性——包括毀滅人類。

我們發現現代是陷袋，人類活到現代都不願掉入陷袋。很多人放逐自己要逃避陷袋，但仍不能逃避現代。很多人靠自己的體能想站起來，但仍像古代那樣被壓下去，仍只能在飢餓中發抖。常發抖的祁克果在十九世紀中葉說所有的存在，尤其是他自己的，使他恐懼；二十世紀人存在的顫慄與其說是宗教的或哲學的，毋寧說是政治的與科學的。

科學發現我們有限卻硬要無窮。然而連宇宙都有限，世界更縮小更脆弱了。世界上的動物中據說只有人能決定將來，將來還有人？

眼前「能」無語，如鋼盔如蕈狀雲如拳的心頭空空——那空蕩的沉默使我惶恐。

然而大家還能活著，還有希望！

發表於《聯合報・副刊》，一九八三年十月十四日
收錄於《吐》，臺北：林白出版社，一九八四年六月

【輯三】

疊羅漢

上去下來。比，上去，逼逼逼，下來。這疊跌的體操，大家為了飯碗是天天做的，只是不一定鍛鍊得強健而已。一開始就逼，逼，逼，頭頂別人的頭頂別人的手頂別人的腳，肩肩兼梯，給別人攀，越上越閒，越閒越險，越險越尖，尖成金字塔——他們把疊羅漢叫造金字塔，名字雖不同，無非在下的辛苦扛著在上的舒服，越高級越孤立。擺個民主的姿勢，就搭自由女神。女神為了高級不惜擎假火炬，為了自由不熄給風吹噓，我們不願自由喝西風而昏厥，就全體喊殺跳下——連下來也要擺姿勢。前騰翻空，著地後滾不到那裏，卻都壓到自己。我們雖然暫被壓，卻不願被踩——我們雖然很土，卻不是土。再痛也要起來繼續上去。既然不肯再搭過去存放屍骨的塔，就合手搭鷹架，架上去，再架上去，樓是那樣架上去的。橫排是長城，迤邐著兩千年的抗議。縱列是島，聳立著三百年的苦難。許多頭顱為了許多朝代斷過，許多血汗塗成統治者的龍。龍是假的，我們蛻變成虎，吼！祖先把許多聲音圖畫動作創成文字，我們現在還原。原應抗議的還是要抗議，抗議就不忸怩，鎮靜可如山。堆「山」很容易，無樹不怕火，燒不起來，再堆一座山就

「出」了。下來疊「米」很簡單，眞的耕種卻苦。「苦」自古就口上掛三個十字，苦已够多，不要再挖，更不必再疊了。拆開「苦」，可編排許多字。但就簡單在地上做個「人」樣。兩個人相助做人很簡單，我們十個人排人形反而困難。不疊也罷，再高也搆不到什麼，吸進的仍是汚濁。既然是十個人就值十個人，就挺身手拉手站著，把祖先的文字變成聲音圖畫動作，有多少文字就有多少聲音圖畫與行動。又是比比比，我們抗議這被操縱的比賽，我們不肖那不操作卻收穫的姿勢。卽使逼逼逼，大家都倒地，壓到自己跌進別人的陰影裏，也要起來再疊。疊就不怕跌。跌到那裏就那裏爬起。反正翻筋斗，抱負摔不破的，了不起回到土上再證實萬有引力，疊上去。再疊，上去！

發表於《臺灣文藝》第六十八期，一九八〇年八月

收錄於《水邊》，臺北：洪範書店，一九八四年七月

籤

「一點一橫長，一撇當做牆，十字對十字，日頭對月亮。」——謎底：廟。

我站在謎底外，分裂的文武門神前出神，竟忘記是來探究早期廟與臺灣開發關係的本來目的了。就看不是為廟而存在的攤子，聽是為生活而叫喊的交響：

來啦，這裏坐。豬血湯，熱的，坐啦！排骨飯、炒米粉、魚圓湯，氣味眞好哦！臭豆腐，請坐啦！香腸熟肉，又起價了？總要賺淡薄啊！不然，你吃肉，我吃什麼？肉羹、杏仁茶啦！這裏坐，龍眼乾茶啦！

只聽看熱鬧，我打寒噤；剛才那碗龍眼乾茶的溫暖已消隱。無意把手放在冷看熱鬧的獅子時，才覺得石頭更冷。但那個年輕人不怕冷，已全神貫注畫了有些時候了，似乎要把獅畫活才甘心。這一對獅似乎比由於愛情而受苦的牛郎織女更倒楣，竟為了死守別人的門而永遠分離，還要老翹著尾巴，張著嘴。似乎畫够了，年輕人收拾畫具，走到獅旁，用手塞住牠的嘴巴：「若要吃我，先瞭解我。」哦哦絮語著，突然發覺自己對石頭說話，而且越說越不像話，他拍拍獅背快快走了，留下石獅蹲著繼續冷冷守門，香客繼續向牠們點頭；頭越點越擠，把我也擠進去。

廟裏香燭漠漠晃著微火，烟不都虔誠飄向觀音；彷彿怕把已燻得烏青的神窒息，又彷彿怕把仍熟睡的神弄醒；有的烟悠悠撞著雕琢神奇的列柱，有的烟裊裊冒向彩繪豔麗的廟樑。恍惚撞冒出了朦朧的溫暖，雖有人咳嗽，沒人發抖；而從不咳嗽或發抖的神繚亂裏彷彿更神秘更神氣了。一向和神無話可說，我聽看對神說話的人：

人凝神跪拜，卜念著。合掌握著太極，一擲開就滾。滾成怒卦，再卜；滾成笑卦，再擲。滾出正反時才顯出輕鬆的神情；但仍繼續卜，繼續滾。反正滾到神滿意，人才露出神采，站起來走到神前搖籤筒，抽籤，拿籤詞：

「一見佳人便喜歡，誰知去後有多般，心情冷暖君休訝，歷涉應知行路難。」問頭路，答了等於沒答。

「東西南北不堪行，前途此事正可當，勸君把定莫煩惱，家門自有保安康。」問女兒出嫁，卻勸伊別出門。

「一春風雨正瀟瀟，千里行人去路遙，移寡就多君得計，如何歸路轉無聊。」問遠行，還未出去，就要回來。

「花開花謝在春風，貴賤窮通百歲中，羨子榮華今已矣，到頭萬事總成空。」問生意，只為了生計，卻寫了一紙空道理。

「木有根荄水有源，君當自此究其源，莫隨道路人間話，訟則終凶是至言。」問兒子考高中，答非所問。

「言語雖多不可從，風雲靜處未行龍，暗中發得明消息，君爾何須問重重。」問世事，越問越氣。

「一般行貨好招邀，積少成多自富饒，常把他人比自己，管須日後勝今朝。」問生意，莫害人，人卽己，還想賺錢呵！

「越問越不懂！求人，人不應；請官，官不理，不然我也不來問神了。」

「但是神無……」

「佛無所謂我這無錢無背景無教養的人。」

「但是神不……」

「佛不放屁，就笑瞇瞇；卽使看我不滿意也不生氣。佛要一爐香，我爭一口氣。」

「但是神不能……」

「佛不能不聽我對不公平的不服氣，不然祂在上面靜坐，就太不合理。」

「但是神不能應不能理也不能幫你的。」

「但是我仍來抽祂的籤，看我的謎語。人已太勢利，我不再求人了。求人簡直是香爐前打噴嚏——徒碰一鼻子灰。」

他跨出眾神昏迷的廟，回到他的生意。

我走出謎底，又進入那沁涼的熱鬧裏。

發表於《聯合報．副刊》，一九八一年四月十日

收錄於《水邊》，臺北：洪範書店，一九八四年七月

節目

裸凸著肚子，那些枯瘦的小孩向我蹣跚走來，我跑上前去要和他們握手，但他們已虛弱得伸不出手了。手即使伸出，我握的不是肉而是骨。骨突出他們的饑餓。餓著吃完我帶去的食物後他們還餓，餓得快瞎的眼又呆滯看著我。但我已無東西可給了，想逗他們玩，他們搖搖頭。他們還餓。我不知如何安慰他們，就試著哼輕快的歌，但他們笑不出來。他們還餓。我在索馬利亞。非洲還有很多國家，黑是膚色，貧是特色，餓是忍受。忍受久了他們已不呻吟，因為呻吟徒消耗掙扎的力氣。他們仍要活。然而活是苦難，苦難竟像瘟疫傳染著，父母走了，苦難遺傳給兒女。但兒女仍要活，不知父母已斷氣，仍餓著要父母醒來。而睜眼看到的卻似乎是一切都已枯萎。他們餓著掘，掘，掘，終於掘到泥漿，卻喝不到水，因為泥漿很快就曬乾了。盲盲天空，看不見人間。太陽是還有的，但乾光熱有什麼用？茫茫地上，他們連偷都不可能，大自然已把土搶光，也已成了大自然的屠場。天，大地母親，慈悲在那裏？這地球上每日八個人中有一個挨餓，每週上萬人餓死。然而生存仍是挨餓者的希望。為了逃荒，兩百萬依索比亞人走過沙漠到索馬利亞，但索馬利亞也饑荒，他們就那樣從一個困境逃到另一個困境。睡野外，既無毯子也無火，因為樹早被砍去做木棚了。有個婦人在野外生下一個男嬰，慶幸被帶到帳篷去住，但三天後，她又被擠出。嬰孩哭著，母親噙著淚說別哭別哭。別哭別哭，何況人們已聽慣各種哭聲而不再注意了。別哭別哭，有人給她食物，她啜泣著吃，吃完要餵嬰兒時才發現嬰兒已不哭——死了。別哭別哭，嬰孩出生不久就死也許反而是福。長不大的小孩餓著哭，蒼蠅不能從淚吃到什麼卻也纏著不飛開。別哭別哭啦！一個垂死的老人躺在地上，把花生分給小孩，還叮嚀他們別把殼也吃下去。他一看到我走近，就剝一粒花生仁要給我，他想我也挨餓，因為他所看到的都挨餓。挨餓的人似乎最能體會一無所有的人的窘困，他們想互助卻無能為力，但竟有富人還要從他們獲得些什麼。從前殖民者要東非人民種咖啡、茶等商業作物，而忽略主食物的耕作。現在外國商人利用居民種菜，然後把菜空運到歐美。種菜的居民得了微薄工資，他們大部分的同胞卻仍無菜可吃，仍挨餓。從來沒挨過餓的你們，遠離別人的窘困，也許以為我在講故事，然而我不但不會講故事，我連這殘酷的事實都不知如何描述：活的仍挨餓，挨餓的仍要活。別只向挨餓者廣告食物了，別專報導明星撒嬌，流氓撒賴，政客撒謊了，提提想活的人們吧！你們分配給我的時間已到了，但我還沒講完呢！

謝謝收看。這節目由豐盛公司提供：貓食物，魚肉雞肉牛肉，任你選擇，柔軟多汁，營養豐富，如果你愛你的貓，就買豐盛牌，喵喵喵。狗食物，脂肪少，維他命多，味道好，消化易，你的狗吃了一定更愛你。汪汪汪。

發表於《中外文學》十卷一期，一九八一年六月一日
收錄於《水邊》，臺北：洪範書店，一九八四年七月

春去找樹仔

每站都停。公共汽車可不是停讓乘客欣賞街的打扮的。街上春已沒什麼可熱鬧了，弄龍舞獅把大家熱鬧一陣子後又已沁涼，即使乘客再多也擠不出多少溫暖，而互睹陌生的臉仍看不出熟悉的春風。都還得站些時候，我閉起眼。

我看見春那時一到，陋巷就又被鬧樂了，自然又穿新衣亂跑，跑急了隨地方便，隨便跑步就可找到樹仔。

一起跨步出去，綠就簇擁而來，風也和我們嘻嘻哈哈。笑著，我們要除掉不屬於春的東西，拿開幾片枯葉，看到一條蚯蚓蠕動著，我們嫌這春蟲蠢蠢的找不出什麼，又走開。走著，我們要發現屬於春的東西，東張西望，撥開幾根草，驚動一隻草蜢；看牠的瘦腳綠綠跳著，眞活躍。

天空也活躍起來了。鳥爭飛，我們爭論是鴿鶯是燕是雀是烏鶖，但不必爭論的是鳥聲；只因有爽朗的心情，我們就把所有啁啾當做鳥的喜悅。不必爭論的還有風箏，但風不知是什麼意思，爭著要帶走風箏，幾次都被我們拉住；爭久了，風生氣而胡吹，把風箏吹破。只因有奔騰的心情，我們不願呆握斷了的線，就不斷跑。使春花花綠綠走了，我們還花花綠綠跑著。

跑累了，我們躺下聽地呼吸。跑了很久以後是墓地。我們停下來喘氣，摸摸心，急急跳動著；摸摸墓碑，涼涼靜默著。我們看到墳上已繽紛長出不知名字的花草等待親人的撫摸，連墳墓都溫柔。然而死畢竟是時時都冷酷的氣候，我們又跑開。春的生機對我們雖沒有什麼特別的意義，世界卻顯得更好玩了。我們跑到阡陌田埂，看莊稼人插秧，似乎並不好玩。整個天空都跑進田裏幫不了什麼忙，還賴著不走。「走開啦！這裏有什麼好看的？還不快回家去？沒事做就到處亂跑，跑得腳都流血了。」跑開後，我問他痛不痛，只聽他答不痛不痛，很快就到啦！

「快到啦！快到啦！」我睜開眼，聽說已到郊區，卻看不見多少綠。聽說田賺不了什麼錢，農民只好賣給別人建工廠。聽說工廠排出的二氧化硫枯萎了稻，污水流進田灌死了稻。聽說農人要加速農作物成長，施肥撒藥，土頻吃藥早已受不了。聽說農人廢耕後，不願讓養活他們的土埋葬自己而想賣給別人做墳。聽說田不許闢成墓，他們只好賣給別人建工廠。聽說梧桐和油加利都擋住通往工廠的路而被砍掉。聽說從前鳥比人的眼睛還多，現在人的眼睛越多越看不見鳥——牠們早被吵死人的機器嚇飛了。

到了工業區，一下車就看到煙囪。那些無耳無目的怪物，整天張大著嘴猛吐，空中畫不出什麼圖卻繾綣不散。我逆著有味的春風找到永春化工廠，找到加班的樹仔。他在記憶裏找到從前的我，我們在回憶裏找到許多共同的興奮。

「我回老家，伯母說你大概還在這裏吃頭路。伊說你這遍又沒回家過年。」

「回去又能消解多少鄉愁呢？那一季對我幾乎都一樣：工作工作工作工作，沒什麼可興奮的了。從前我們帶著春跑，現在春能帶我跑去那裏？我簡直把生命交給了引擎，即使是樹也已栽定。現在這裏連種樹都要從別地搬來泥土了。」他苦笑著：「你不覺得在工廠區連樹都呆板嗎？不屬於春的還枯，原屬於春的多已被除，我們究竟發現了什麼？」我們冥思著，眼眸各自映著被鐵窗割裂的廠外春景；一條蚯蚓，從土裏鑽出來，緩緩向幾根乾草匍匐，還忙要找些什麼。

發表於《聯合報．副刊》，一九八一年六月十三日
收錄於《水邊》，臺北：洪範書店，一九八四年七月

看火

那些木屋剛才似乎還發抖怎麼突然發燒起火了。住大樓的高高遙望著火的噴泉，過路的看到火急去救人，然後消防隊趕來救火，警察趕來維持秩序趕退救人的路人。路人退避到水火交錯的魅影外蓋著，怎樣大聲都蓋不住火與哭泣；但看火要爭光水要爭氣，水火無情爭執著。火水搶著一個時鐘。火燒時鐘，燒不死時間；水沖時鐘，沖不倒時間，就強迫長短針停在五點四十。把時鐘燒黑了，時間仍默默自走，通過天空愁雲，地上慘霧。也許又是一個人的錯使很多人無以對。也許有人爭不到財產而把房子放火。也許有人又偷用電而走火。或者有人苦悶又睡不著而抽烟，烟蒂還未熄自己已打呼，火不睡就胡鬧了。或者有人火氣大，踢火出氣，就這樣火大了。說不定房東又提高房租有人惱火。說不定有人拜拜後，香火繼續燃，假銀紙又把眞鈔票惹火。火花濺散，大家嚇退。有人抗議不知影也黑白講，不協助光談原因暗遮怯懦。也可能是畜生搞的。比如老鼠咬破電線而走火。比如狗要偷吃，吃到火，慌張要吹熄反被火咬，就帶著火亂叫。但只向火叫，火非但不熄而且越聽越火，越燒越燦爛。圍睹的覺得溫暖，繼續紅著臉看火抱柱不放，放肆跳著不知是什麼的舞，火熱纏著，纏到柱倒了，火彷彿賭氣被水沖昏還冒氣。嘆氣，居民平時無災便是福，但過去顛倒的「福」現在都已燒得烏有。柱倒似雕刻卻是焦灼的損失。聽說損失至少五百萬。有人加到七百萬，恍惚拍賣著什麼而叫價。因為還沒燒完，還有人加到一千萬。因為還有通貨膨脹，還有人加到一千五百萬。因為熱烈談錢幾乎忘掉人。忽然慘叫，聽到有人燒死。聽說是要救錢，火不認識錢，錢不認識人，統統燒了。錢是借來的，人死了錢仍要還的。他太太痛哭，記者繼續追問，圍睹的不哭卻也被烟燻得流淚。淚擦乾吧！房子燒了還有地，地燒了還有人，人沒被燒死就還有意志。哭什麼？房子與土地又不是你的，只因在這裏住過就這樣傷心。別哭啦！淚再多也不能滅火，何況火都快熄了。哭別的吧！土燒不死，總有土可住。住那裏呢？忽然有人衝出圍睹，被警察攫住。我要去看我的家呀！警察仍不讓他往前去，但開始勸大家走開。有家的回去吧！都快燒完，沒什麼可看的啦！圍睹的緩緩解圍，市政府官員趕來，巡視烟燼，嗆著指示隨員火速撫恤後匆匆離開了。警察舒了一口氣，火已把這些木屋拆得很利落，以後大概不必再來取締了。燒毀別人財產而輝煌的光亮終於燠暗下來。遠遠暗處轎車內有人微笑計劃著如何在這塊地上投資。

發表於《聯合報．副刊》，一九八一年六月二十四日
收錄於《水邊》，臺北：洪範書店，一九八四年七月

夜谷

夜谷太暗了，這荒蕪的洞只繁殖蝙蝠，我們受不了而跑出。無星無月無燈，黑壓壓另一個洞裏他們也許還活著。

靜，冷極了。靜得彷彿連貓吃下鼠後都已睡著，冷得連草都枯萎而絆不倒人。自從剛才踢到一塊堅硬的東西沒跌交後，腳就覺得溫暖。這溫暖一定是我自己的血，那堅硬大概是石頭。外頭多石頭，前頭坑裏頭還有更多石頭，兩腳都踏入就翻筋斗。暗是陷阱的空虛，會把掉進的摧殘成屍體。而活著若只暗呼吸就太沉悶了。四面不是黑板，無法寫，但看不見也可說，既還跑不破這夜，姑且談黑。雖然暗並沒什麼可說的：仍是一種顏色、許多事實、一些象徵、幾樣感覺。

黑，默默一抹，毫不討論就蓋髒，竟也成為流行的顏色。連畢卡索都建議不知塗什麼的人用黑色，但太黑的畫算什麼西方？不如潑墨的中國，有時詩意有時生氣。何況要看清黑總需光，光已不多就不必再炫耀黑，把點塗成烏面；何況識字的人蘸墨水在空白上已經寫得太髒了。黑，這顏色我們並不缺，卻逼著我們念。

暗，我們念的事實已不少了。烏天暗地，只因光明被擋住，就有人什麼都幹，暗是他們的掩護。黑白講的甚至把影子捧成實體，暗是他們的歌。清白活著的仍摸索，暗是他們的路；不肯在饑寒裏暈眩，從一門暗進入另一室暗，卽使找到鑰匙也不一定開出光亮。清白活著的仍掙扎，暗是他們的坑，煤雖已採到，出口卻堵塞，仍清醒著摸索。

仍黑，黎明的徵象還遠，就近扯些象徵吧！從京戲的臉譜到牢獄的陰森，從非洲的滄桑到西方的悲痛。黑曾是包公的臉伸張正直，卻也成了判官的袍，拿著法律隱私。那為了標榜公平而瞎眼的女神就曾把無辜者踢進牢獄，四壁碰黑。黑碰非洲，以黑為非，以白為是；過去在殖民主義下被外人奴役，如今在民族主義下被同族欺壓。想黑已如火藥隨時可爆裂，炸出光明後他們就會發現自己比影子還黑，而且強壯美麗。美麗的黑也是禽獸的毛膚，貴人穿著赴約；強壯的黑甚至成了西方的喪服，白人穿著走向墳墓。然而黑對我們並不美麗，只因黑封閉我們的兄弟。

仍暗，惶惶的信徒仍暗暗祈禱，把神燻昏，說暗是他們唯一的朋友。坑裏不信神的正拚命要站到亮處來，但即使有神也隱遁而不看人掙扎的臉。不信神而信邪的恐懼如嬰孩，開著燈昏睡。坑裏燈早熄，不信神不信邪的兄弟，正醒著憂慮。

黑暗，仍是我們的旅途；說了一夜，還扯不到半天。宇宙既然是陰陽就不可能都黑，世界既然不全是北極就不可能整天暗，而文明一半是征服暗的勝利。我們都已感覺象徵黑暗的事實；只因黑，才暗談所沒有或看不見的。白痴才把暗叫光，瞎子才光叫暗，懦夫才暗叫光，不痴不瞎就不必怕暗。談暗並非只為了光，暴露暗並非只為了眞。而眞理希臘文本意「無隱蔽」，即使暗隱什麼，沖洗就白了。

再黑暗也隱藏不住腥臭。又是暗享溫暖的房屋吐出的煙，又是暗享成果的工廠放出的污穢，又是暗蟄的蜈蚣匍匐的腥味，又是暗吃的蟑螂亂爬的臭味，又是暗發霉的混進這濃黑的夜。夜再臭也一定滾回拂曉的。

加緊腳步，只談黑並無濟於事，黑解決不了問題，但黑問題是解決得了的。洞裏兄弟一定還活著，我們就快要到了，進去和他們一起出來。黑將是煤，一點就亮。

發表於《臺灣文藝》第七三期，一九八一年七月十五日

收錄於《水邊》，臺北：洪範書店，一九八四年七月

水邊

糞倒進安平魚塭時連春都糊塗了，虱目魚卻張大著嘴爭吃，吃亂了漣漪——爭吃長大後，買的人要煮湯、蒸、煎都隨意。

看够別人的吃法，隨意就跑向小溪。溪畔跟春風散步，看小魚悠游給鴨吃，浮萍飄泊給鴨吃。鴨吃飽後上陸亂跑。跑大了，飼鴨阿伯就笑嘻嘻希望大家天天過節。

聽多別人的希望後，去看阿誠的阿公趁春還沒走前在臺南運河垂釣。釣垂了一個下午自己的身影，釣到天昏，太陽都進水吃魚了，他的魚桿還悠閑。越悠閑越不對勁。忽然魚桿晃動，他從容提起；上來的怵然是一隻老鼠！他憤憤要摔死老鼠，老鼠卻跑了。就是無魚肯上鈎。他自責明知蚯蚓是益蟲也掘來誘魚。或許連魚都拒吃益蟲了，但他仍不相信魚都死盡或都出國給外人釣。

波士頓查理河夏悶得發昏。橋下很多水流著，推擁一隻死魚；有人釣魚——大概還有魚活著。橋上很多人走過，一個傳教士背著「信耶穌必得救」的紙牌徘徊，行人並不理睬。驀然看到又一隻死魚浮起，一個人跳下去；橋上大家止步，看不見浮上來，又有人跳下去。大家看著，看到跳下的都一起上來，聽見他們互相說找到了。橋無言，橋上大家聽後無言，各自走過。

泰晤士河夏繼續走著，無人釣魚，有人凝視倫敦塔，古老可愛彷彿出神。陌生人走來：那塔自十一世紀以來曾是堡壘曾是王宮曾是監獄，因為現在什麼都不是才開放參觀。觀光客擠進去想看鑲嵌鑽石的皇冠。皇冠雖小卻重得一戴上就要拿下否則頭受不了。頭下還有鐵甲，統治者從前穿著外表威風，其實怕死。死是塔的夢魘。只因國王不高興，如亨利第八，就在這裏把王后與為皇家服務的人砍頭。國王斬人像切魚頭，連莫爾（Thomas More, 1478-1535）和他的烏托邦也被斬了。講了一大堆，都是史實；要看，就快進去，塔都要關啦！怎麼還在河邊流連？

密西根湖邊秋還流連。風颯颯吹著，吹不走芝加哥的喧嘩，吹來魚的腥味。不知又死什麼魚，但知魚並不願死，又是被害的。一個碩壯的年輕人怏怏拾著丟回湖裏，死魚又被沖回灘上。他憤憤抱起魚，跑向湖，一個老黑人輕拍他硬朗的肩膀：

「老兄，湖水更冷！」

「老頭，放心！我活著可不受水擺佈。在人海裏我並不是魚。何況這湖雖大卻不是海！」

蒙特芮（Monterey）海岸冬不懂音樂，任浪亂打拍，岩石上海獅閑曬著。曬整天後，太陽也要洗澡了，卻怕人看見，悄悄使海天蒼茫。蒼茫裏陌生人感慨他曾在這裏救過一個人。朋友讚美他的勇氣，他說他救的是自己。他說經過許多挫折後曾想跳下去，但仔細思索後決定活著。他說從前有人成功活著愛釣魚，釣著釣著自己掉下去了。他還說從前有人成功卻不想活而跳下去，海獅受驚也跳下去，默默看那人淹死後浮上來。他還說活著就不算失敗。說著，他豪邁笑了，然後悒悒沉默。

池上冬的冷漠仍不能使水結凍，金閣寺愛靜甚至把自己倒過來浸入。還有魚游著，要釣靜的漁翁似怕釣到魚而不來。來的陌生人說破自己的沉默：那寺正如日本大半的古跡也是複製品。第一層模仿藤原時期（八五八—一一六〇）貴族寢殿造，第二層模仿鐮倉時期（一一九二—一三三三）武家照，頂層模仿唐朝禪寺。原來是足利義滿——那個被明朝誤封為日本王的將軍——削髮後在一三九七年造的別宮，但在一九五〇年被一個禪師燒毀了。聽說他不願看日本戰後的恥辱，不願看真假不清的現象；而跳進池也拆不掉假象，乾脆把真的燒掉。但燒不掉的是象徵。象徵什麼？我不知道。反正日本人有的是中國明朝以前的心情，五年後又重建金閣寺。至於那個放火的禪師，據說被送到精神病院。我可不清楚他是不是真的神經，但依稀記得有個叫沙勒文（Harry Stack Sullivan, 1892-1949）的精神分析家曾告誡年輕醫生：「現在社會上病人對，醫生錯。」病人總比醫生多，我就怕病人自以為是醫生。越扯越遠了，我只是個遊客，別聽我胡說；你我看到的其實都差不多：死魚靜靜浮著腐爛。

名字叫灣的港，四季輪流進出，偶爾相撞。陌生人怕被撞著而感冒，只在港邊釣魚；偶爾用手掩耳鼻，罵油水太臭，還罵船進出鳴笛嚇開魚。但仍有魚勇敢上鈎。釣上後，他把魚放在路邊，看在地上翻不了身的魚回不了水而掙扎到死還睜著眼睛。魚死了四尾後，他全要給同伴，因為魚已進步到不再吃糞，而他已退步到不再吃魚了。小魚吃汞，大魚吃小魚，人吃大小魚，破壞腦神經與排泄系統，還可能中毒而死。他的同伴聽後拒絕接受，他只好把死魚放回水上飄浮。船仍鳴笛。有的剛從冬的遠航回來，也許帶回許多魚；有的要航向春天。

發表於《聯合報・副刊》，一九八一年九月二十五日
收錄於《水邊》，臺北：洪範書店，一九八四年七月

輕重

喧鬧的市場口，花店前，白天常安靜坐著一個老人，身邊站著報攤與秤重器，據說是他用壯年的積蓄買下的，給坐著猜想世界輕重的買報，給站著想知自己輕重的秤秤，各兩毛五。

彷彿連芬芳也被吵散，彷彿連花也看花了，他都面向大街，偶爾向行人打招呼，使市場口加添人情味。因為他並不妨礙交通，警察偶爾來，不是找他麻煩，而是聽他唸報上的消息：在倫敦一個少女被強姦後自殺，強暴者被抓到，訊問又訊問後，並沒被起訴，因為受害者是唯一的證人，已死了。在熱內盧一個證人要賣自己的腎籌款給女兒讀書。在波士頓一個婦人實在無東西可吃了，就煮豬骨頭，她吃骨頭。

女士來買花時也聽到的。她們買菜後偶爾也買花，理由是餐桌上放花，菜再壞也吃得下。因為買一次花看幾天，她們對花很挑剔，說小的不香，大的易萎，還笑問花是否新鮮，老闆照舊代答新鮮。花按朵計不必秤，而她們不願秤自己就很少和老頭打交道。倒是有一次一個苗條少婦買報紙後問那秤重器準不準，老頭點頭後又搖頭，氣憤反問：「若要詐欺，賺錢豈不容易。」

男士有些不買菜卻來買花，有些什麼都不買就晃來晃去，卻裝著思索與尋找什麼的樣子。找不出什麼理由，有的給他兩毛五，他不但拒絕還硬拉那男士來磅重：「別怕知道自己的重要啦！把自己穿得那麼複雜，當然比實在的還重，不穿最輕，羅丹的沉思像不都是裸體的嗎？」大人就那樣辯論起來了。

我們這些小孩不必買菜或花，偶爾來秤秤，他都不收錢。像許多老頭一樣，他也有許多故事，卻從不肯講自己的。他感慨過去並非童話，曲折後還可團圓，何況過去已是遺棄了他的戀人，他決不跟在後面癡癡纏著。老頭甚至唬我們往事如煙，吸多就咳嗽，吸久會肺炎。那天雨後，我們跑回家時被他攔住：

「來，來，不知輕重的，秤一秤淋溼後多重？上月下雨，有個母親又帶小孩到火車站等雨停，有個紳士噴著煙走來，小孩咳嗽。紳士給小孩一塊錢。母親把熟悉的鈔票還給陌生的紳士：『先生，他要的不是錢，而是故事──從前有一次一個父親回來的故事。』上週還下雨，有個婦人要為枉死的丈夫買棺材而乞討，我把全日所得給她，她卻藉口我賺錢不易而拒收。有人說她瘋了，其實她只是窮不肯屈服而已。別跑，別跑，還沒完！前天還下雨，警察抓到一個女子，只因老父手續需錢，她不得已賣身體，一開始就碰到便衣警察，移送法辦。昨天雨稍停卻仍冷，一對夫婦起火，溫暖燒掉了公寓，剩下老命；公寓沒投保，房東要他倆賠償。」

「不要再講下去啦！這些故事都太悽慘了。為什麼他們那麼悽慘呢？」

「因為別人使他們悽慘。還有更悽慘的，都是事實——我親眼看見的怎麼可算是故事？」

「為什麼你老告訴我們一些悽慘的事實呢？」

「使你們感到痛苦呀！痛苦會增加你們的重量，不信？要不要秤一秤？」

我們相信，但不要再秤就跑開了。

發表於《聯合報．副刊》，一九八二年二月二十日
收錄於《水邊》，臺北：洪範書店，一九八四年七月

昨夜的馬戲

今早一到學校，大家就談昨夜的馬戲。同學差不多都帶他們父母去了。大嘴的問我怎麼沒去，我不願回答在家看弟弟，就反問他為什麼也去，他哈哈大笑說去看畜生與人表演。跑，馬上站著大人，大人上站著女人，女人上站著猴子。猴子穿西裝比人還神氣，用兩腳站時比女子還端莊，跳繩比人還靈活，爬梯比人還迅速，撒野比人還嬌滴滴。連獅虎也比人乖巧，叫牠們吼就吼，叫牠們住嘴就住嘴，要牠們在地上滾就滾，要牠們跪就跪，要牠們跳火圈就跳火圈。指揮的威風揮鞭，和獅虎親嘴，大嘴的說獅虎都要服從，表演後才有牛肉可吃。不吃肉的象也比人斯文，鼻子連著尾巴跳舞，步步打拍。但瘦子一拿火出來，動物就都跑開了。他把火吃光後，一個胖子踏在球上，圓圓向前滾滾，滾可眞不容易！在跳板上兩個人卻很容易就互相把對方彈上空。空中一個女郎把長髮繫在纜索上旋轉，旋轉旋轉，大家鼓掌。掌聲塡滿的空中，一對男女盪鞦韆，翻觔斗。大嘴的怕看見他們掉下去，蒙上眼睛。眼睛一睜，看到走索者在繩上跳繩，越跳越高，越高越得意，忽然失卻平衡而掉下去，嚇得觀眾都站起來，聽報幕的說沒事沒事，看走索者從網裏走出，觀眾才又鼓掌。觀眾的手也很忙啊！啊！大炮射出小丑，個個腳成V形跨步走。有一個比大嘴的還矮，卻誇說他已六十，笑說最好別相信，相信以後就不相信了，大家大笑，他笑說他只是老而已，沒什麼可笑的。走時脫下帽子，露出無髮的頭。無髮還有法天眞，大家拍手。手拍了幾下後，一個高的小丑宣佈若誰不接觸桌上的鈔票而能拿走錢，錢就是誰的。小丑們無論怎樣認眞試都摸到鈔票，那些不工作卻想獲得錢的姿態使大家大笑。高個子的看大家都笑夠後，一把抓住桌腳，沒接觸到錢就把錢都拿走了。然後走來小丑拿著大水桶團團轉，轉眼間把水桶倒向觀眾，觀眾的驚叫聲裏，倒出的紙屑飛起。還有兩個小丑，互相踢屁股，互相用蛋糕丟臉，互相用木板敲頭，互相用成語咒罵，大嘴的聽不懂，他父母說那兩個小丑都大學畢業，互相欺負，互相訕笑，使大家嘻笑，小丑汗淋得臉都離譜了，比肉還紅的胭脂如血滴落。小丑沉默，完了。大嘴的說散場時看到一個婦人，長得很像媽媽，叫賣爆玉米。他反覆說眞的很像，我說眞的又怎麼樣？

發表於《聯合報・副刊》，一九八二年三月二十日

收錄於《水邊》，臺北：洪範書店，一九八四年七月

過街

一踏出門，猛然衝來飛機的噴射聲，他快快縮頭，恍惚胸膛挨揍，怦怦呼吸後，探頭看電線割裂的天空又縫補了平靜，才踽踽出去。

走過貼「腫瘤免開刀，保證根除」的電線桿，逕入機器尖叫的窄巷。又是塑膠廠車床的齒輪與領班的齒唇喧吼，彼此喋喋共振，咄咄威脅。又是操作機器的工人不願變成機器而向機器訴苦，又被領班機械地臭罵，又被機械聲壓住。塑膠廠隔壁，冷氣機把一對男女的吵架聲熱烘烘排洩出來，聲音鬪著聲音，鬪得彷彿連牆壁也對罵，越罵越碰壁越兇，簡直要爆裂了。他一反胃就踢牆壁卻先生氣：「你是什麼東西？給我滾出去！」他一時楞住，怔忡捂住耳朵要離開這擾躁的巷弄，腳卻滯重遲鈍。蹣跚拖到巷口，駭然計程車爸爸擦過，他感到挨了一巴掌，怵然退縮，搖搖頭：要鎮定自己，敲敲頭，頭上恍惚羣蜂盤旋，伸手要趕走那些嗡嗡聲，胳膊卻抽搐，只好暫呆站在巷角。猝然「恰似你的溫柔」的歌聲跳樓，襲中他的頭後跟著電動玩具殺出圍睹的驚叫聲一起晃盪，不聽交通警察的指揮就風騷過街。他想自己可以泰然上街了，倏時機車引擎發動，恰似一把刀刮他的耳膜，毫不溫柔。他掩耳，卻聞到煙臭；掩鼻，聽到自己放屁，就忸怩裝著沒發生什麼，倉皇踏出巷。

亭仔腳下人行道上，腳步與臉譜嘩然浮動，無法凝眸。趕路的都趕不走路，路硬是在那裏把行人趕得臉都走樣了。有似要搶或怕被搶的，臉是恓惶，有似剛看完恐怖電影的，臉存餘悸；有似剛出院的，臉蒼癯；有似要向街道講道的，臉嚴肅；有似要復仇的，臉憤怒；有似剛被解僱的，臉霉氣；有似剛探監回來的，臉風霜；有似應徵職業的，臉愁雲；有似赴考的，臉靄霧；有似赴戀人婚宴的，臉衰痿；有似剛被吻過的，臉開花。一概踩著雜沓的噪音，踩不息噪音，越踩越吵，越吵越躁，噪音踩著他雜沓的思路。

路上引擎嘶喊引擎，喇叭謾罵喇叭，輪胎叫喚輪胎。車車車轟著，舶來交通車轟舶來小轎車轟國產小轎車轟計程車轟公共汽車轟卡車轟機車。車車侵略街路，到處乖張，到處囂張得他緊張，響亮得他瘖暗了。

路上車車爭相生氣吐煙。煙很花錢很科學，一氧化物混合碳氫化物混合氮氧化物，大家吸毒，使市街繁華得很迷糊。繁華的氣味，他越吸越暈。煙卻繼續靡靡鹵莽敢冒，使他彷彿感冒，嗆口咳嗽；煙也似乎靉靉溫柔擁抱行人，那麼纏綿，使他不感動也流淚。

他繼續睜著眼走，車煙繼續趕著人煙，灰煙繼續擁著灰塵；垃圾擠著狗味擠著人味，臭汗擠著香水擠著狐臭擠著口臭，屁趕著人，人跟著人。恐怖，他拔腿想跑，但既已在路上，只好走。

走過很多如畫錯太極圖的斑馬線，緊張追著緊張，慌張趕著慌張；經過很多等人服從的標誌：「行人優先」，行人優先給煙欺負，優先給喧聲衝，優先給車撞，優先給狗咬。「危險」、「當心號誌」、「當心腳踏車」、「當心兒童」、「當心行人」、「慢行」。一慢行就被推擠，擠得簡直斑馬線都歪了。「禁止超車」、「禁止左轉」、「停！」車嘶喊煞止，車主吼叫搖頭，行人咒罵搖頭，他默默搖頭，安全島上樺樹默默搖頭，路燈紅黃綠輪流搖頭，樓房與招牌橫豎一起搖頭。樓房與招牌又各自站穩後，他經過很多迷人、唬人、與騙人的招貼：「僅有機會，小小投資，大大收穫」、「大犧牲，本公司又一大貢獻」、「解除疲勞，精製良藥」、「搶購！每坪只賣十一萬」、「男性的驕傲，不油膩，易梳理」。他梳理不了那些鼓勵大家花錢的藝術字，要擺脫而急走，卻覺得路橫蠻纏著他，縱恣向他衝來。他驚悸閃避，彎入巷弄。走進「歡迎捐血，救人救己」，走出「道路真理活命，來信主必得救」；走進「廁所包通，不通免費」，走出「隆重推出，獸慾！狂暴！殘忍！血腥！包你滿意」；走進「禁止小便」，走出「禁止各種車輛進入」；走進「禁止暫停」，走出「禁鳴喇叭」；走進「禁止入內」，走出「遵行方向」。

他遵行方向走出街巷時，衣領黑了，鼻孔黑了，心情也暗淡了。天仍陰沉，晦澀難懂。日頭仍怕廢氣吵鬧而昏頭，不敢出來。

發表於《聯合報·副刊》，一九八二年四月三十日
收錄於《水邊》，臺北：洪範書店，一九八四年七月

妨礙交通

風雪封鎖的公路上突然出現一隻鹿。鹿倉皇跑著，風倉皇刮著，雪倉皇飄著車倉皇駛著。車車車鹿車車車。車轆轆閃避，避不開的車猛然滑歪，撞倒鹿。車疾駛開，鹿掙扎著，掙扎著站起來，想走，卻蹎蹶倒下。又掙扎著爬起來，但還沒站穩就又倒下。雪從牠身軀流下洗著腿上的血，牠看著自己的血呦呦哼叫，叫來了一輛警車。警察慍恚把鹿拽到公路旁時，一輛轎車煞停，走出一個婦人。她急趨跑到路旁使力要從警察手裏抱起鹿，但抱不動，只好蹲下。顫抖的手輕撫著鹿顫抖的身軀，鹿輕舔著她輕撫的手腕，深情凝望她溼漉漉的臉。她的臉緊貼著鹿的臉絮語，鹿聽不懂，就呻吟。車疾駛過，風雪迷濛：

「我們快把牠帶去給獸醫看！」

「不必啦！醫後牠也殘廢，在樹林裏生存不了的。」

「我願養牠。」

「只不過是一隻鹿的生命，妳何必這樣認眞？」

「那我自己帶牠到獸醫那裏。請幫我把牠扶上我的車好嗎?」

「獸醫不會理你們的,他要急救的貓狗太多了。」

「我只請你幫我把鹿扶到我的車上。」

「別傻啦!妳要知道,自從人大殺狼以後,鹿就毫無顧忌繁殖,傷害樹林,偷吃蘋果、玉米及蔬菜;如果冬天凍不死,餓得發慌時就到處亂晃。本該殺掉些的。」

「什麼都要殺,要殺到什麼時候?已殺掉那麼多樹林還不夠嗎?我們不檢討人的殘酷,卻責備鹿。如果我們多保留些樹林,鹿也不必跑到路上了。」

「閒話少說,問題是妳要玉米,要住屋與交通安全,還是要鹿?」

「現在對我那不是緊要的問題。問題是怎樣救這無辜的生命。」

「問題是妳未按規定停車。別管閒事,先把車停好再說,否則我要給妳罰款單了。」

雪泠泠落著,婦人緩緩放下鹿,悻悻走去開車。

她發動引擎時,砰然聽到一響槍聲。

發表於《聯合報・副刊》,一九八二年十二月二十九日

收錄於《水邊》,臺北:洪範書店,一九八四年七月

逛書店

臺南老家對面是書店，無店而賣整夜杏仁茶的老人一收攤，它就開門。放假時，早上我在附近吃完菜粽後常進書店消化。放學後，我偶爾走過店前升學指南之類的書到裡面看雜書輕鬆腦筋；一些較薄的傳記，如貝多芬傳、居禮夫人傳，都是賴在那兒看完的。大概因為我也買書，老闆從未趕我。我站累了有時乾脆坐在他的椅子上，曾幾次被顧客當作店員，問我那本書放在那裡？

上東海大學，大家都不必問書放在那裡，要看，去圖書館的書庫拿就是了。在那裡，第一年下山三次都是為了回家，第二年起先每個月下山一次看電影和逛書店，後來台中火車站前一家書店每週按日派人到學校賣書，不必下山就可買到很多盜印的英文書。為了買書，偶爾過著窘迫的生活。然而怎麼窘迫都還吃得飽。有一天在報上看到一個中年人，月入一千元，為了養活一家五口過分操勞而昏倒，我就不買書了。很多樹為很多書而倒下，但有多少書為倒下的人而寫？很多書非但未能使人振作起來，反如伏爾泰所諷刺的使人愚昧。我為什麼要買書唸書呢？我自以為找到答案時，那中年人又站起來，我也畢業了。當助教後，月薪一千，除掉伙食費兩百元及其他雜費外，每月可儲蓄四、五百元，又買書了。買過頭時，甚至厚著臉皮向女朋友借錢；女朋友後來是自己的妻，債就索性不還了。

我還是伏爾泰眼中的傻瓜，讓書店遮掩許多風景。台北迄今我仍不熟，因為從前每次到台北，出了火車站就走去重慶南路一帶的書店與書攤。曾去東京兩次，覺得銀座和西門町差不多，就逛神田的舊書店去了。三年前在京都時，去大阪找兩個日本朋友。他們先帶我去梅田大阪驛附近阪急電鐵路的紀伊國屋書店（總店在東京），書多人更擠，有的甚至在那裡吃便當。我們在那裡三、四個鐘頭後捧著岩波、三省堂等出版的「新書」，趕到大阪城時已快關門了。去年到巴黎的第二天，在聖母教堂內外徘徊一個早上後，被教堂旁塞納河畔的書攤迷住。那些書攤有不少十八、十九世紀的老書，除非老闆允准，都不許摸。書是要看的卻不許接觸，我雖心裡罵豈有此理，卻在那裡把去龐畢杜中心的計畫流連掉了。

大學附近幾乎都有較大的新舊書店給書呆子流連。哈佛大學有合作社，芝加哥有芝加哥大學書店與神學院合作社，劍橋有鶴福，牛津有黑井，都是較易找到書呆子朋友的地方——尤其是大減價時。大學旁的書店中，牛津的黑井不但規模大而且服務好，簡直是新書圖書館。函購若少寄錢，他們照樣把書寄來；若多寄錢，餘款常退還。在牛津，我逛黑井書店比去博德廉總圖書館的時間還多。幾次約朋友都在黑井龐大的地下室見面，等時隨便翻書而不浪費時間。在這些大學旁的書店，也較有可能買到冷門書。高本漢英譯的詩經，我在美國幾家書店找不到，卻偶然在劍橋的鶴福買著了。西北大學附近有間叫「大期待」的書店，不大，卻可期待店員告訴你剛出版的書。店內有專室放冷門的哲學書，可坐在沙發上聽古典音樂喝咖啡看現象學，學哲學的老闆有時為了表示友善還找顧客辯論。

書店默默花掉我許多時間與鈔票，也裁掉我不少人生景緻，我似乎仍不知悔改。其實買的書不一定都有看，看後不一定都懂，懂了不一定受益。卡夫卡曾認為，如果讀了額上無挨打的感覺，那本書就無意義。無意義的書越出越多越貴了，現在美國一本新書價錢竟然是十年前的三倍，嚇得我這一兩年較少逛新書店，怕去後抵擋不住新書的誘惑而買，乾脆改逛舊書店，新書只好向圖書館借了。

發表於《聯合報・副刊》，一九八三年七月二十日

收錄於《水邊》，臺北：洪範書店，一九八四年七月

苦瓜

粗韌的籐牽住細長的柄，柄撐著金黃的花，花在風雨中結成果，果比我緊握的拳頭還大。彷彿怕熱，初夏就生痱子，沒蚊子釘也起疙瘩，沒生病也長瘤，彷彿要假裝滄桑的臉，臉漸拉長漸成熟，成熟後越穩重越低垂，颱風怎樣搖撼都不肯落下，然而還是被人摘了——苦瓜成長的綠，高高低低，我從前很喜歡看的。

現在去唐人街主要是為了苦瓜摻豆豉肉絲。吃苦瓜時總覺得既清涼又甘甜，苦的是在飯館互相聽不懂家鄉話還需用外國語：

「苦瓜好甜！」

「但洋人幾乎不吃，而中國人欣賞這道菜的也不多了。」

「那你們何苦煮苦瓜？」

「因為總有人來賣苦瓜。」

「苦瓜賣不了多少錢吧？」

「還不是因為那老鄉自己喜歡吃苦瓜，就多種些拿出來賣。他還研究過苦瓜，說苦瓜比其他甜瓜營養都豐富。」

然後他又教我怎樣煮苦瓜。當然要摻豆豉，可放些肉，肉剁得很細很碎，可加些蒜頭，但別放糖，別煮太爛而把苦瓜的綠煮碎；慢慢燉，淡綠的苦瓜自然就燉出淡甜的汁。

然後他又請我慢慢咀嚼，慢慢嚥下去。

然後他就走開不再理我了。

發表於《聯合報．副刊》，一九八三年十月十四日

收錄於《水邊》，臺北：洪範書店，一九八四年七月

【輯四】

探索

許多距離已摧毀過去，我早不願提及了。

許多意義，我已忘記。記得探索，那意志在字典裡我不服氣，氣活的沉默，死的出聲。但生命那一次山，卻淡漠執拗著錯誤。

記得上山念佔據農民田園的大學時，看到土地公微笑著，我不知祂笑什麼。

那山有星星無眼睛，佇立山巔也被山顛。挨餓的人很多，我卻吃飽探索生命的意義、堂皇的眞理、空洞的象徵、與虛幻的境界；擁抱雄壯的愚昧，忿懣但惶惑，激慨卻盼望，自矜那樣比失望高級。然而惱悶無非抑壓的憤怒，悒鬱成了紋身避邪，沉默成了棉被蓋得我渾身汗。土生土長卻被政治疏離成邊際人，而沒進入人群。我高興我不快樂，含淚微笑，笑社會浮誇的外表，卻未探究虛妄的內容。即使抗議，也古意温和，刻意個己純眞而沖淡社會存在。表面尋討，其實靦腆逃避如鹿，被歲月與天真追逐，憧憬的也多無扎根鄉土。

土上讀人，讀得很忙──「忙」是喪失「心」的字。讀到的多半在歷史裡，歷史死被偉人把持，我踏不響他們的散步。在他們墓埔的青苔跌了好幾跤後，發覺歷史交雜衝突，只繞碑文轉，就抓不住發展的軸心了。偶爾雖也掇拾些塵封的理論，卻從未實習過。學問上雜掃人家的落葉，無自己的樹；認知上如蜘蛛，自編網。

只因枉尋無門之門的境界，就投奔自然自燃，忽略讀書人所謂境界常建築在別人的苦難上。風景無情也入畫，與山巒比高，與石頭絮語，為一棵樹遺落了森林。自然的光芒眩花我對人世的觀察，忽略最接近自然，及與自然搏鬥的耕作者。心境浮起，人情沉澱；濃妝印象，輕描現象，抒發的真善美就近童話了。童話裡無人和我玩，我也捉迷藏；日子平凡也吟唱，未攀登大山畫嵯峨，未航行大海寫浩瀚。而纖柔早給古人輸光，我還請天空照破鏡，引風喚醒星星，欣賞風情，最後被冷冽放逐。

浪漫浪費，對不起社會。而青春和面皰一樣，把血水擠出後祇剩疤痕而已。從探索的旅程到旅程的探索，出發再出發。探索無非眞相的發現與再發現，我再發現的比我讀的更矛盾不平。殘酷仍然很眞實，眞實是臺灣被列做開發地，問題是為誰開發？答案很殘酷，我親眼看見的早已平常得不算新聞。

聞見的仍然是學校裡不讀書要分數，社會上不工作要錢財。雖然有錢不一定買到幸福，「有」並不等同「是」，但仍然有人提升金錢蔑視人性；用別人的本做生意，貪婪地累積利潤。把別人的勞力變成皮球，他們踢。別人吃力吃苦，他們吃利吃香，別人吃緊，他們緊吃。他們強迫農村為都市破產，掌握社會關係，顛倒社會公義。他們把社會量化兩極化，卻要別人少講話；把感情投資無聊——富人的美感是窮人的悲憤。知識人卻仍鐵齒。當農人漁人小販與被僱傭者還自由地被榨取，知識人卻侈談自由競爭，把社會衝突歸咎近代化，漠視剝削的悠長歷史，已是罪惡；還為可鄙的人服務，脂飾肥養自己，甚至輸出貞操，外嫁靈魂。

然而每個人都活在別人的血汗裡，都吃用別人辛苦的成品；大家都欠大家債。欠人半斤，還人十兩；但多的卻是老鼠咬布袋。從前漢人侵佔原住民土地還要鄙棄他們，現在都市人吃農人米還要誘剝他們的兒女，文人住工人建的房屋，卻自造煙囪吐污氣燻黑社會。島上煙囪實在太多了。

該生產的不做，不該生產的卻充斥。文壇暢銷廉價的感情，作者坐在社會變動外，恬靜撐古旗霸佔藝術，塗畫連自己也想不通的東西，死吻謬斯的腳卻不為活人講話。躲在房裡脫光照鏡，以褻衣給人間遮羞，不敢穿帶信念出來裸露醜惡，卻標榜前衛而要領導現代，不看看後面倒落的影子驢步尾隨，一味跟著既得權益者和聲，而成了精神的剝削者，剝削者自捧為英雄，我拒唱他們的歌。

鄉土上，挨餓的仍找工作，打工的，工打他們，加工枷工；工作的仍找房子；有房子的，機關仍找計劃拆除，建高樓給富的住或舖成路；路趕窮人，窮人趕路。一點尋找，許多血汗。探索呼喚著探索，有盡路程，無止探索。

從落空的探索到探索的落實，我走著，星星仍是長不大的孩子，一入夜就迷路，等天亮才回家。我不迷失，雖走到雪上，但短暫的雪下是永恆的泥土。泥土在我生長的地方最芬芳，我屬於那裡。

忘了下山前怎樣去看土地公，只見祂仍笑箸。然而沒什麼好笑的，生死許多事不能一笑了事。探索，記得人間。

一九七八年

收錄於《人行道》，臺北：新地出版社，一九八五年五月

交響樂

奮鬪！奔放的感情交融强渾的意志，要讓沈靜的人間洋溢音樂，要從荒誕的命運尋求生命的意義——這是一個英雄的寫照——也許是你的。

他是浪漫的個人英雄主義者。生命不是負擔，他忍受。雖然感到自己「沒有什麼！從沒有到沒有」但他擁有希望——那「整個生命的鄰居。」雖然咒詛生命延長窘困的存在，但仍堅强活著創作。「我創作因在心裏的必須表達出來。」「在地球上我除這以外沒做什麼了。」雖然埋怨「寫不出要寫的文章，」他拼命寫音樂。雖然說怕寫大作品，但還是寫了。雖然寫時也從民間攝取靈感，但他並不很關懷社會。雖然曾說要把藝術獻給窮人，但追求的主要並不是大衆心靈的解放而是自我解脫與肯定。

他是堅持肯定自己而總與命運搏鬪的勇夫，音樂是那些搏鬪的廻響。他不但拒絕與命運跳舞而且喜歡與命運吵架。命運諷刺，折磨，要逼他沉默，他却用音樂抗議。「講大聲點，嚷！因為我是聾子！」彷彿呼吸音樂長大，十五歲時就想寫交響樂，但交響樂還未寫，二十七歲却開始失去聲音。聲音對他越來越吝嗇，但他總慷慨創造聲音，壓抑著耳疾的困擾，掙扎著要淨化痛苦，表達喜悅。在二十九歲完成的第一交響樂，鬆緩的開始勾勒出喜悅後，漸漸緊促强烈，重覆著要擺脫別人底影響而尋找自己底主調的努力。要告別十八世紀，要告別古典，古典卻迴盪著，音樂古典地鬆緩結束。寫第二交響樂時他抑鬱，但仍創造微笑而使音樂幽默爽朗。第四交響樂唱生命的戀歌，抒發浪漫的夢，表達對現實的信心。但儘管表達得多樂觀，實際生活卻是情感的漂泊。住在維也納懷念伯恩，不只因為伯恩是故鄉也因為那條萊茵河是父親，但從二十二歲那年抵達維也納後就沒再回故鄉了。心境戚皇，居然在同一都市流浪；在維也納至少換住了四十個地方。衣著不整散步，警察有一次以為他是浪人而把他捉去。但只要不是被命運捉去，他都不在意。他要把命運捉來！三十七歲時寫成第五交響樂：「我要扼住命運的喉嚨，它不能全克服我。活著很美麗——我要活一千遍！我覺得我並不是活來過平靜生活的。」以强烈的節奏邁入勝利，那些節奏一直震撼人們的心靈。有的人就如法作曲家貝利奥兹的朋友聽後感動得找不到自己的帽子。而無帽子可戴，無髮可生的聽了振奮，聲昏討債的叩門者，光頭光脚光手出去，跑入社會，走進自然。

他是愛自然的天眞矮子。愛到樹林與鄉間散步構思，以為樹林與石頭對他說話，「覺得在樹林裏受到祝福。」自然已是美麗的音樂，他把那音樂感情化。他的第六交響樂「與其說是有聲的圖畫不如說是有聲的感情。」表現蹓躂鄉間的欣喜漫步河邊的舒暢，「水越深音調越深」，舉行慶祝會的村民底歡樂，被暴風雨撕碎後又是自然與人的和諧，又是廣潤天地間羊羣的徜徉。那些羊是音調，在簡單的迴旋曲裏跳躍，他是幽思的天眞牧羊者。

他是驕傲而又卑微的單身漢。他卑微地向上帝祈禱使他克服自己，但也驕傲地向上帝挑戰；用音樂示威，上帝聽不懂，乾脆不理他了。他是大家的朋友，虛僞的敵人。他坦白承認「寫作是為了錢。」為了生活，他依附貴族，但在給一個侯王的信裏他說侯王可以有幾千個却只有一個他。受不了和無主見的人交往，却謙虛地去見諂上驕下的哥德。那個以「德國文學就是我」自居的哥德雖受不了這個「不馴服的人格」仍稱讚他「心神貫注，精力充沛，熱情洋溢。」他與哥德一起見到皇族踱來時，哥德向他們敬禮，他却仰頭走開了。他覺得該讓路的是那些皇族！他對抽象的理念不大感興趣，拒絕去聽康德的演講。他鄙視政治，但崇拜英雄。原把第三交響樂獻給拿破崙，但英雄帶上皇冠後就不算英雄了。他威脅要殺帶皇冠的拿破崙，撕破標題，把譜丟到地上踩。踩著踩著，踩不熄怒火。怒火使他驕傲地感到生命的溫熱，卑微地要擁抱些什麼。

他是踩住痛苦要擁抱幸福的硬漢。他要在與現實的衝突中表達和諧，過濾悲哀。自造幸福；以自製的愉悅開始第一交響樂，也以自製的歡樂結束最後的三首交響樂。第七交響樂強烈的生命力隨壯麗的曲調攀登幸福的山巒，第八交響樂以活潑的快板為最後樂章，第九交響樂更大聲合頌歡樂結束。席勒的詩「頌歡樂」，早在二十三歲時就想放進音樂的，構思十年後，在五十四歲完成時却已全聾。他邀大家合唱：「朋友們，別再唱這調調，讓我們更歡樂地歌唱。」但自己却聽不到了。首演完後，聽衆歡樂鼓掌，他還凝神看譜，有個女低音拉他的袖子，他才轉身面對聽衆。聽不到自己的喜樂，他看到聽衆的喜悅，他向聽衆鞠躬，向喜悅鞠躬。

他就是死不肯向命運鞠躬的老人。老拒演希臘式宿命悲劇，拒演莎士比亞式性格悲劇，他拼命演自己的歌劇。他要如普羅米修斯，但拿的不是光明而是音樂。音樂是他含淚的微笑，挑戰的吶喊——他要用音樂擁抱全世界。即使在生命殘痿時他還要「藝術繼續前進」。活了五十七年，最後雷電風雨交響，他從昏迷中睜開眼向上看，舉起緊握的拳頭，但隨即手無力放下來，頭無力垂下來，終於眼閉。

「他是個藝術家，誰要起來站在他旁邊？」有人在葬禮的追悼演說裏這樣問，很多人聽到，沒人立即回答。

他原在瓦寧（Währinger）公墓的簡陋墳上只有一個字：貝多芬。

發表於《民眾日報．副刊》，一九七九年一月十日

收錄於《人行道》，臺北：新地出版社，一九八五年五月

石雕

大岩石前那個印地安人曾以為自己自然在家鄉打石頭生活。

家鄉其實並不是祖先最初馳騁的原野，族人被拘留在這保留地已一百多年了。只因在自己的文化出生長大，他就以保留地為家鄉。土地與家庭對他仍神聖，但為了謀生族人大多已搬到市鎮。在那黑白社會裏，看不到高山却看到高樓；高樓影下，族人要發現自己却找到貧窮。不願死在家鄉的他們仍記住自己是紅人，兒女却已忘記族語。而他早就發現自己了——十五歲那年去叢林裏住七個日夜時在自然裏發現自己的。他留在故鄉肯定自己，在蒼穹父親下，泥土母親上。

浩浩蒼穹下漠漠土地上，那天他又踱到大岩石前。它是許多祖先從原鄉搬來這裏要後代記住苦難而繼續奮鬪的象徵。原鄉岩石前，探險者是侵略者，祖先為保衛土地與榮譽，為反對白人歧視與欺侮而戰。雖然越反抗越受摧殘，祖先並不屈服，勇敢抵禦到死。但白人藉口別地較好，命令族人遷移，族人回答別地再好也要住故鄉。不願遷移的祖先又勇敢抵抗到死，白人又强迫活的遷移。族人又反抗遷移，遷移反抗，最後被逼遷到這保留地。悲壯歷史紅紅過去，但這見證的岩石頭却冷漠。不願冷漠了，祖父活著時刻掉冷漠，刻出了石雕：那河狸、那熊、那剝玉米的婦人、那揹鹿的獵人，他越看越喜歡；所以那天那觀光客要買時，他拒絕了。再窮都不賣祖先留下來的。他想自己也可以雕鑿些——總不能都用祖先的東西啊！他撿了一塊凍石回家。

怎樣刻呢？他還記得祖父一刀一刀的鑿刻，但父親拒刻被人瞧不起的藝術，就把弓鉅、銼刀、鑿子用來削木切菜。他把工具都找出來磨亮。他要鑿刻石頭。

刻什麼呢？探出窗外，是那些從祖先到他現在都種的玉米。他決定刻這最熟悉的東西，就跑出去摘了一只回來，剝開葉，端詳著。種玉米二十多年來他第一次那樣仔細觀察它，覺得腦裏也有個玉米時他就開始鑿刻。刻了三天後他手上捧著石玉米。覺得玉米粒不逼真，他就撿另一塊凍石又刻。覺得玉米粒還是不逼眞，他撿另一塊凍石又刻。刻刻刻，刻出逼眞的玉米了。

玉米田邊太陽下，風吹無語的他刻著無語的石頭，但族人的話可多了：「刻石頭幹嘛？」「把石頭刻成玉米也不能吃啊！」「太懶了，就坐這裏刻時間嗎？」「蠢貨，有空不去喝酒，偏偏刻這沒用的東西！」「刻這麼多，不丟掉也可賣掉啊！」

賣給誰呢？看慣了玉米的族人已不再欣賞傳統藝術，即使丟在路邊他們也不一定撿拾。他想起或許白人肯買，就扛去都市。那裏他無語和石玉米擺在路邊。人來人去。來一個看看說可以騙小孩買了一個走了。來一個摸摸說可以放蠟燭買了一個走了。來一個拍拍說可以壓紙買了一個走了。來一個晃晃說可以擋書買了兩個走。最後來了一個摸摸拍拍晃晃說可以利用，不但全買，而且要按期派人到他家收買他以後所做的石雕。他很高興。

他高興地用石頭雕鑿族人的現在與過去賣給白人。他刻現在：老漢扶老妻，母親背兒子，兒子攪粘土，妻子磨玉米，織布，做鞋。他不刻蹲像也不刻雙手合攏的站像——雙手合攏卽做不了事還給人作揖的錯覺。他作品裏的手總做著什麼，他刻過去：歸來的獵人，出征的戰士，獨木舟、斧、號角、面具、棒、牛、鹿、狼，還有兀鷹——兀鷹原是他們崇拜的圖騰，已快絕種了。

他以為自己刻著永恆。他以為自己刻著幸福。一直到今早小時的同伴從都市穿牛仔褲回鄉看祖墳，看他刻石頭時，向他說了些話後，他就悶悶不樂了：「不是你靠那白人生活而是那白人靠你賺錢啊！他低價買去後高價賣出，而你竟保留自己為他刻冷石頭！」

大岩石前，他仍想著祖先辛辛苦苦硬把它從原鄉搬來要後代記住苦難而繼續奮鬥。雖然向白人爭回過去的失地已不可能，他希望還能保持這塊家鄉。原以為可在保留地過自然的生活，現在他才瞭解連過自然的生活也不可能了。

發表於《民眾日報．副刊》，一九七九年四月十八日

收錄於《人行道》，臺北：新地出版社，一九八五年五月

躑躅的代價

沒錯，那個工人愛散步。錯就錯在他離開鄉村到都市仍很質樸。

天還黑他就到公園踱蹀了。看天空要醒還睡，聽土地勻緩呼吸。高樓退隱在後，樹木守衛在前，花露芬芳裏，他感到置身鄉村的舒逸。忽然闖出黑影：「錢拿出來！」聽到他答沒有錢，黑影很生氣，搜索他全身找不到什麼東西，就打他耳光，要他出來時帶錢，然後用木棍把他擊昏。

他在醫院醒時，警察告訴他以後天亮才出去散步較安全。

天一亮他又去公園蹓躂。看日惺忪昇起，鳥清醒飛下尋找東西，啄食靜寂。他感到置身故鄉的自在，彷彿連時間都牽制不了他了。霎時一個壯漢問他什麼時候，他答不知道。那壯漢明知他連錶都沒有也亮出刀：「你總帶錢吧！拿出來！」因為他沒有錢，那壯漢就往他的胸膛刺了一刀。

他在醫院一醒來警察就勸他以後散步要帶狗。他養不起狗，但為了自衛，決定以後出去時帶把刀。

天還未黑，他又去公園徘徊。工作整天後他輕鬆欣賞黃昏的恬靜。日勉強落下，鳥自由飛起，他感到置身故鄉的安適。驀地衝出兩個警察。他一緊張就跑，警察追著後把他銬起來。「為什麼？」「你犯了罪！」警察從他身上搜出一把刀，他雖說完全是為自衛，警察並不相信，把他抓走。

原來公園附近有個婦人被刺殺了。

後來化驗滴在婦人旁邊的血，血型和他的一樣，檢察官就認為他殺了人。後來越看越覺得他像犯人。檢察官問他為什麼殺無辜者，他答從未害過任何人，他只是走走而已，因為無處可散步才到公園，警察來以前，一切安靜。

後來陪審團斷定他殺人。他拒絕承認他沒做過的事，堅決為自己的散步辯護。法官很生氣，判他服刑一百五十年。

兩年後警察逮到一個傢伙，並在那傢伙住處搜出被殺婦人的證件。那傢伙終於供認曾殺死那婦人，只因她抗拒搶劫。

他被釋放後清白又去公園走走，越走越覺冤枉，越冤枉越憤怒。政府只要賠他一萬多塊錢就沒責任，但錢抵償不了他所受的屈辱。他要向不公平的法制挑戰，決定到法院走廊去散步。

他僱律師控告政府，一直告到聯邦最高法院都被駁回——州政府有權決定賠錢的數目，一萬多塊已夠。

但六年過去了，他仍未收到州政府要賠他的錢，頻頻收到的却是催繳律師費的信，威脅他若還不付，就要控告他，使他再坐牢。

法律究竟保護誰，他明白了。

發表於《民眾日報‧副刊》，一九七九年七月七日
收錄於《人行道》，臺北：新地出版社，一九八五年五月

牛津街巷

街在牛津有些已被近代擠成巷了，名字却仍不肯改，仍蜿蜒著幽靜，錯雜著熙攘。從街的熙攘走入巷的幽靜彷彿瀏覽古典散文，無節奏却諧和，無韻律却雋永，還常碰到歷史典故。

三十五個學院的歷史組成牛津大學的現在。過去它如一個用來自各地的石頭所砌成的矛盾拱門，以人文與理性兩柱扛著宗教站了六百多年了。門上承霤石雕（Gargoyles）懸掛著哥德式的恐怖以及小天使的微笑。笑靨天眞爬滿皺紋，有翅膀的飛不上去，捧書的總待在那裏，讀得臉黑嘴啞，矇矓的眼神仍瞥向街巷與學院。

踱進學院，擁來一園清靜。草坪惹人躑躅，若不願踐踏就進入建築。自十三世紀以來，各時代的校舍倒了又建，矗立黃灰石的莊嚴，過去破了補上現在，貼染著時間的潑墨，剝蝕竟如明瓷的細紋展顯不裂的典雅，而意味更在圖書館裏。在拉德克利夫閱覽館（Radcliffe Camera）和博得廉（Bodleian）圖書館內的韓福瑞（Humphrey）閱覽室，我雖花不少時間仍得不到什麼果，但因不覺得是浪費生命居然還開心。在十四世紀創立的默通（Merton）學院圖書館，看不懂用鐵鍊牽住的書，竟也磨了一個下午，荒唐只為些盎然古意。

意古而又堂皇的是各學院的教堂。教堂塔尖雖是飛不了的秀麗，不如煙囪可傳播些成灰的消息，但我仍常忍不住進去，看斑爛的玻璃窗篩出陽光的裝潢，輝映著破碎的統一，襯托奢華的虔誠。然而這幽閉也使我感到陰涼，懷疑神祝福窘困的人。記得雪萊有兩行詩說生命像彩色玻璃圓頂，污染永恆的閃爍。或許我不相信永恆，總覺得窗玻璃的詭譎攪亂光明，騷擾思緒。不寧靜的似乎是思索者。有時我也坐下，無神可拜，就想些俗事。晚間偶爾去基督會（Christ Church）學院、新學院、茂得蘭（Magdalen）學院，或皇后學院的教堂聽音樂。但聽他們起勁奏管風琴，簡直要喚醒中古與與文藝復興才罷休，只是再逼眞都無法把歷史譯成現在了。

然而歷史仍投影街巷。歷史裏有傳統；傳統有些如老樹已蛀，他們還膜拜，希望蟲死，死抱傳統懲罰抗議者。主張主權在民的洛克就曾在一六八四年由國王下令解除教職。甚至到了十八世紀牛津還是一個「中古」的大學。各學院堅持各自中古的利益，雖有科學教席，却忽略科學教育，一直到十九世紀中葉，醫學教授才只有四個學生。現在還矜持的傳統有些無非怪誕的古俗。例如學院餐廳在一羣畫像凝視下用拉丁文祈禱後吃飯時還有人服務，久了居然不覺彆扭。例如連王子都不許把書借出博得廉圖書館，館內書目不是印在卡片上而是貼在本子上，有些早脫落了。

傳統的牛津教育强調人文精神却忽略別人的存在尊嚴。在十九世紀他們注重古典，從羅馬帝國學些伎倆，把拉丁的古典咀嚼成英文的浪漫，瀟灑攜帶工業革命的經濟武器欺凌別國，強迫東方跟西方相逢。從窄巷到宰相的牛津學子曾大力助建大英帝國，向美洲賣奴隸，向中國賣鴉片，猖狂侵略與擴張。十九世紀七十年代自由競爭惡化成壟斷時，大英帝國的殖民地雖比本土大一百倍，但這吸收本土與殖民地人民血液的寄生蟲是豪華的腐朽。十九世紀結束前一年維克多利亞女王曾誇說：「我們對失敗的可能性毫無興趣。」然而沒有不垮的帝國，因為沒有民族肯老忍受欺負——不必導師解釋，學生早就知道的。

導師制也算牛津傳統。這傳統是不是從禪宗學的，還待導師們考證。傳久了也漸形式化，甚至傳出笑話：學生去見導師，導師可能問：「作者的意思是什麼？」學生答後，導師又問：「作者怎麼知道？」問問答答後，沒念書的導師也知道大意了。碰到會問的導師還可刺激思考，但碰到固執的導師簡直無法對話。傳說貝利奧（Balliol）學院院長著名古典學者卓耶特（Benjamin Jowett, 1817-1893）曾堅持「我是這學院院長，我不知道的就不是學問！」那笑話與這傳說幸虧我的導師都不相信。因為覺得不知道的學問才多，我在貝利奧學院和導師大多談得很好，但也常因意見不同而爭論。我們曾為費邊社的本質而辯了起來，辯到快吃飯時才同意費邊社雖姿態開明甚至激進，雖有像魏布（Sidney Webb, 1859-1947）那種人認為「民主理想在經濟上是社會主義，」但大體骨子是種族主義與帝國主義者。我們也曾為當代英國社會結構的性質而爭論。既然工人認同中產階級的價值觀念，工會領袖又成了資本家的代理人，社會不僵化嗎？既然百分之一的人控制百分之八十的企業，怎算得是莫利斯（William Morris, 1834-1896）所盼望的「共富」？我們蓋到牛津學聯（Union）曾公開辯論要把白金漢宮全讓給無家的窮人住時已是黃昏了。

知識上的討論據說是為學術尊嚴，但學術脫離社會存在與政治情況，就沒什麼尊嚴了。兩百多年前吉本指責牛津教員把良知踢出他們的閱讀、思考與寫作範圍。兩百多年後教師的心性似乎並沒改變多少。何況學術上巷多而窄，徘徊多年不見得通向何處，卻仍知識貧乏生活窮困，而收穫的也許是些自我欣賞。第二次世界大戰時，在高（High）街有個中年婦女猛然拉住一個年輕牛津教員學袍的衣角，責備他為什麼不去為文明而戰，他泰然答：「我就是文明！」那天去全靈（All Souls）學院圖書館，碰到導師，問他怎麼來的，他答從高街來，但回去時要走小巷。我笑他越走越窄，他說幸虧還走得通，然後向巷苦笑。

走出他的苦笑，我兀自踱過幾條街和醫院到溪邊的工廠。轟隆馬達聲中，繚亂火花外，我看到工人臉上汗越洗越鹹的淺笑。休息時，一個叫查理的工人和我聊起來。他擦乾了汗仍擦不掉苦笑，抽著煙凝視煙囪說牛津對他是做工的地方。他不住這裡，但不是過客。過客只是來讀地名而不是來看地方，不會來看他們的。他們也是這裡的一部分，但往這裡的人大多並不介意他們的存在。彷彿這裡對學生衹是一個讀書的地方，學生只是過客。

學生進出窄巷，像愛麗思亂晃，或許不知被誤；三、四年後走到大街，或許唬人，甚至倚牆攀緣進門後就不顧外面。而繼續為學問的反而受譏笑，得到的讚美或許是「傻得可愛」：明知沒什麼出路也走。

我沿著林肯學院與耶克設特（Exeter）學院間的巷弄去博得廉圖書館時，偶爾看到兩個漢子醉倒在還不倒的古城牆外，毫無爬牆的慾望。一黃昏他們就用舊報紙遮蓋輝煌的天色，不知是暗聽鳥聲還是光睡覺。那天細雨悠閑落著，他倆悠閑哼唱著，眼不理睬來往的人影，手卻伸向雨伸向口袋：

「但我沒錢。」

「可了解，明知以後沒錢也念，傻瓜。」

「但躺在這裏又算什麼？」

「嘻嘻，這條巷雖窄却沒人同我們爭，比較舒適。孩子，你讀你的，我醉我的。」

醉的還有那些划著船把淺溪幻想成大海把自己當作哥倫布的學生的頭。還有把黑井（Blackwell's）書店地下室當作書庫的人的眼神。還有那隻摹拓銅雕武士的年輕的手。還有把古代帶到現代威風的教授的脚，恍惚踢著馬要騎去和中古比武；霍地機車普普騎過，他跌回現代，氣散了情調。

醉的還有校旁酒館自以為醒的酒保，要大家多喝。而醒的彷彿是些教員、學生、與工人，吹牛而暫時融合在一起：

「嘿，你是念什麼的？」

「英國近代社會經濟史。」

「沒什麼好學的啦！你沒看到我們越活越窮？」

「為什麼？」

「為什麼？別問我，我只是給老闆做工罷了。」

那天講完第一次世界大戰前後的英國社會以後，博學的史家泰勒（A. J. P. Talyor）和我們在新學院與赫德佛（Hertford）學院巷間一家酒館談起他曾在美、加邊境看到美國但沒進入，問他為什麼，他不回答，就默看巷底。

巷底入夜一個學生忽然唱破了沈悶，陶醉在自己的歌裏。酒館內不少人出來聽，有人建議找個伴奏的，他很生氣：

「要找到伴奏的那我等到什麼時候才唱？」

他繼續唱，別人跟著哼；巷的回音使歌聲更嘹亮，大家哼得很自在。

自在雖是種窄而不擠的感覺，走久了卻會自溺。黎明以後，我離開牛津那天，陽光猛得使我目眩，要從巷拐進街時，撞到一個老人：

「對不起，我就走走而已。」

他說後脫下帽，已禿的頭光戴著晨曦，瘦癯的身軀穿過學院臃腫的陰影，繼續跟蹌向前走。

我不知道他是假裝散步，還是眞的要走出巷。

發表於《中國時報・人間副刊》，一九八一年六月三日
收錄於《人行道》，臺北：新地出版社，一九八五年五月

六十三街

再回到六十三街時，陽光懶散，進不去鐵柵包圍的商店，就在外邊休息。一個年輕黑人在店外看汽車輾過他的影子後陷入街上的窟窿。一個年輕黑人坐在垃圾筒上抽煙看街上的碎玻璃。一個年輕黑人坐在台階上看破報紙互相追逐。一個年輕黑人和著收音機唱嘿嘿嘿。一個年輕黑人在人行道上看飯店內幾個人吃飯。一個年輕黑人咀咒酒館不營業。一個年輕黑人臭罵藥房提早關門，他向前吐痰，我向前走；尿味腥臭，侵襲我的困惑，佔據更多棄屋，更多空地。

記憶裏火焰熾烈。只因不願心理發霉成氣候，房客要放逐自己而放火，忘記了隔壁一個男的出外工作，把兒子放在門窗裝鐵柵的公寓。火延燒著，小孩呼救著，大家聽著，但連救火員都無法打開鐵柵。火繼續燒，小孩繼續叫，大家繼續聽小孩呼救，求救聲越叫越慘越沙啞，終於窒息。

那是五，六年前我經過這裏的事了。現在是房東要趕走不繳月租的房客而暗地放火，把自己的房子燒掉後去領一筆保險金，讓地空給狗方便。

老頭的瘦狗方便後向上吠了幾聲，叫不亮路燈，只搖搖尾巴，天也漸漸昏了。

很沉著，一個小孩窮推著比他還黑的破輪胎。輪胎向前滾，滾，滾，滾到碰壁，他才停下來喘氣。我問他怎麼了，他說等爸爸。我問他爸爸幹什麼，他說不知道，也許今晚回來，反正不干我的事，要我滾開。我滾後，他又滾破輪胎，輪胎圓圓滾著，他直直追著。

記憶裏我追著那流鼻涕但不願流淚的小孩，追到他時他還不認輸。他愛看樹，羨慕樹雖瘦却綠，葉落後樹不必自掃，政府就派人來載走。他怨恨在貧民區過冬。那個冬天他出外偷，想那樣或許可英雄般搬走童年，但他手一伸出就被銬住。記憶裏還有些用雙手要縮短社會距離的黑人。邁克去北郊給富人打雜後回到污穢的公寓。肯尼出外油漆別人的房子後沾白自己的臉回到這裏。傑克去鐵工廠焊接後帶著被火花濺傷的疤痕回到這裏。比爾當警察去別區救人後回到這裏看到親人被殺。威力出外當酒保，被開錯槍的酒徒打中，屍體回家，臉仍是掙扎的黑，反抗的顏色。

黑也是棄屋恐怖的顏色。對神很有信心的傳教士對窮人並沒信心早已搬走，搬不走的教堂仍空著。活著能動的彷彿都搬了，沒人願再住欲倒不倒的房子，而房東不肯花錢拆除，就讓房子倒前空鎖陰涼。一間棄屋前狗正吠著，怎樣吠門都鎖著。老人趕來告訴我，今暑有個婦人在平台上納涼，平台突然塌下，她摔死後就沒人肯走近那房子。我們走開後，狗吠一家雜貨店：

「那家雜貨店前幾天又被自己人搶刼。大家互叫兄弟，兄弟兄弟，搶起來比較容易！幾個少年又在附近為爭地盤而相殺。這裏還有什麼地盤可爭的呢？我的狗看了向他們吠，他們要我制止狗叫，否則就把我殺掉。」老頭嘆了一口氣，狗打了個哈欠。

「我們養他們念中學，他們不念完就跑出來欺負我們。我們養他們念完大學，他們若當官也就忘掉我們。我們養他們到念醫學院，他們畢業後却去別地當醫生，不再回來了。」老頭陪我走向電車站。

「窮困也許是他們已躲避的夢魘，却仍是我們的現實。他們從這裏離開，但這裏並不是我們的終站。」老頭額上凹陷的紋溝突出了苦楚：

「雖然你只經過，但常來吧！雖然你並不能為我們做什麼。」

發表於《中國時報·人間副刊》，一九八一年十二月二十三日

收錄於《人行道》，臺北：新地出版社，一九八五年五月

防風林

海邊沙土上我們曾默默生長，一起活得很有意義。意義是我們看風而不遮景——我們綠在景裡，吃定土自然就不怕風吹了。

我們可不是閒站著的。天天吹風看海雖不寂寞卻單調。浪，從古到今翻筋斗都不認輸，雖然沖得再高都滾下來，但一烏陰就又洶湧，簡直要上去刷洗沉悶的雲。一大早海還眨眼睛浪就滔滔不絕，擾得日光都不平靜。即使在夜晚，也暗打呼，我們面對著上下失眠的星月惺忪昏睡。醒來，仍是喧嘩的浪濤與緘默的沙灘。

沙灘文靜地和粗獷的海爭些什麼，我們看不懂。反正荒涼整冬夜，鳥就和春風一起來散步。大大小小，過境的，迷失的，不願隨船飛的，覓食的；白翼，黑翼，紅嘴黃嘴，短腳長腿；邊走邊跳，也啄也叫，婉轉彷彿向沙訴說海上的故事。然而自從黑脊鷗沾了從海上飄到灘上的油漬，小燕鷗吃了死魚而倒斃後，海鳥就不再和春風一起來講故事了。最嚇死鳥的其實是人。

人偶爾來透透氣，看灘的風光與海的風韻；有的還向我們抒情，甚至和風談天。那些風流，我們可不了解；但偶然看見一些在附近建一座大房子的工人互相追逐，風追他們，追不著他們的影子，就湮沒他們的腳印。記得一對中年農人踱來我們的影子上，看不出那些追逐的風趣，卻聽到工人的風涼話。記得一對老人踉蹌來看我們，風吹得我們瑟瑟響，他們皮皮顫以為我們也發抖。記得一個小男孩攙著一個老婦蹣跚而來，老婦看海，小孩看老婦眼眸內的海。海無節奏跳著，風有勁撞著，彷彿要把他們倆撞倒才肯休息。小男孩緊緊扶住老婦，老婦緊緊依著我們，我們聽見她在冷風裡溫習過去，喃喃絮語：浪太多了，怪不得看不見故鄉。記得一個年輕人躑躅而來，眼睛比海還湛藍還深邃，但聽他說要去抱海，後來就沒再看到他了。希望他不是被海抱去，希望他航行的洋不是別國的海。記得幾個年輕人跳躍著來看我們看沙灘看海。我們看到他們有我們的豁達，沙灘的冷靜，與海的激情；我們聽到他們向大海挑戰，顯得很偉大的樣子，彷彿他們的胸膛是沙灘，不怕浪濤拍打。然而自從那次看到他們向前去打浪後就沒看見他們再來，大概他們都離開家鄉了。

沙灘旁是草埔，默默舖著養活它們的土，默默綠，默默黃；默默纖柔，默默強韌。默默被牛吃後又默默長出。牛顯然是從外國運來的，一大早給人擠奶後，整天不工作就閒蕩，害得小牛有時驚惶亂踏著草找。找到母親後，小牛吃奶時跪著，跪在默默養活牠們的草上。

草埔旁是田地——那最美麗的景緻。要耕耘這景緻，農人用機器先把土整得很慘，然後熟練地插秧；灌溉，然後長苗；再灌溉，然後成禾。把田澆綠，從我們隙間溜過的沙怎樣侮辱也不褪色。再灌溉；然後長出稻穗，然後稻草笑了，農夫笑了，從我們隙間溜過的風怎樣搖撼都不倒下。然後收穫。

然後我們看到農夫又用機器把土整得很慘。慘了。我們終於知道那座大建築，白白伸出的圓長怪物是做什麼用的：冒煙。煙據說有科學的名字，裊裊飄蕩著油垢硫磺氣味。從此日子彷彿陰霾再也不開朗了。恍惚夢幻的迷濛竟是很真實的臭霧，使一向無所謂的天空都迷糊，一向有耐力的我們開始發昏。田，漸漸發黃。

農夫感到惶惑，仍灌溉，但秧田仍乾枯。他們繼續灌溉，秧苗繼續衰萎。我們朦朧看到農夫凝視那些他們嗅不懂的怪氣而嘆氣喘氣。他們冒火去陳情，但煙繼續自在冒著。我們朦朧看到農夫憤憤踢土。土，他們幾代承繼苦命的掌紋翻了一百多年，翻到這般田地；他們似乎不願再翻了。從前他們認為農田是好土，現在他們覺得自己好土！未老邁就彷彿佝僂，走路步步向泥土鞠躬。他們受的了苦卻受不了臭氣。我們朦朧看到倔強的他們氣餒了，甚至悵悵離去。奈何我們是樹，跑不了，繼續站著。

然後我們的生命已呆滯了。我們曾在風雨中成熟，颱風抬不走；在散沙上挺拔，鹽分鹹不死。奈何我們過去積蓄的堅忍竟受不了這樣迷濛的現在。我們木麻黃從不麻木，卻遭到科學廢氣的折磨，逼迫我們痲木而黃。我們曾是會生長的籬笆，但現在什麼都不如，因為我們已枯。

發表於《中國時報．人間副刊》，一九八一年十月二十七日
收錄於《人行道》，臺北：新地出版社，一九八五年五月

東門城下

糧食局前，東門城牆下，「農商魚車販牛往來不許兵役勒索」刻石後，住著窮希望的人。我上下學都經過看到的。

城樓早已剝蝕，癱瘓如老翁要活仍硬撐著，看城下雜沓的窘困與斑駁的憧憬。

「住這裏還不是為了搬出去？」他細心補著我的膠鞋：「破的都可補好，苦的都可搬走，但現在連溫飽都不容易，搬去那裏？」餓不成蛾飛去，他苦笑拭汗。對面，汗流滿臉的中年婦人正洗衣，偶爾抬頭，乾竭的小眼噙著遼闊的天空。偶爾舒展腕臂，腦裏似乎驀然浮起什麼主意，抿著嘴笑，那笑如一瓣沾濕的秋葉滑落後我悄然拾起，又看伊粗腫的手繼續洗一大桶倒碎的天空和東門城外的衣服。

衣越破人越不服了。拾荒者的鄰居是木匠，已做過很多桌椅，想改做棺材較好賺，却苦無場地。隔棚已補過很多鍋，想改做菜刀較好賺，却苦無本錢。再隔棚做零工，給人清掃，自家零亂，蟑螂老鼠却偏愛搬進來同吃住。再隔棚賣木炭，全身除白髮外幾乎都塗黑，暗無風景也開著門。

再隔棚是母女，在畚箕後編織竹簍。竹簍據說用途很廣，雖不能放米卻可裝很多東西，但路人並不買。

路人停脚的多半是要吃。我較常買菜粽，因為只花五毛就可填飽。

「但是土豆、糯米、和竹葉都起價了，再這樣下去就倒頭賺嘍！」一抹乾癟的淺笑掠過他蒼癯的臉，皺紋凹陷，焦慮凸起：「加價到七角，顧客不方便；一塊，却多賺。大家不過是進城的時間長短不同，艱苦的不只我們啊！」

艱苦的還有賣魚羹的，總要我看被斬頭的水蛙跳動著掙扎要活：「再怎樣想活也是死」，說著他沾滿血的手就把牠們放進油鍋炸得救救響。艱苦的還有鄰居削甘蔗，削得瘦瘦白白的，看大家吐出的粕苦笑。艱苦的還有賣楊桃湯的，流汗喊清涼，看鄰居的水菓攤，越擺越爛。

艱苦的還有賣鹹粥與豬血湯的那對夫婦，熱騰騰煮得連汗都滴進粥裏了。他們總叫六、七歲的兒子拍蒼蠅，煽火，挑水，洗碗箸，抱小妹。我第一次看到他時，他深邃眼眸下蒼白面頰上浮起淡紅的笑。

那小男孩的名字，我一直不知道。每次他做得稍慢時，被生活逼得煩躁的老爸沒叫名字就罵。只有父母心情開朗時，他才靦覥對自己的希望微笑。他的希望太多了。他希望父母高興，而母親一高興就愛哼：「別人的阿君住西洋樓，阮的睏土脚豆（地板）；運命好歹免計較，若打拼就會出頭。……」

「再過些時日咱無定著就租得起房間住吧！」在母親的期盼裏，他又默默微笑，又諦聽父母對唱歌仔戲。但警察一來吃，又要免費陪他們說笑。水龍車一來灑，又揚起灰塵，闖進歌聲，又噪醒搖籃內的女嬰：「搖啊搖，嬰仔哭，阿母就念歌，哭不停阿母直直念。」

我念到較晚回家那夜，又看見昏黃燈光下他母親哼著搖籃曲補衫；他又收拾著攤子，因為白天賣飲食的桌子是夜間睡覺的床。我又走近向他招手，但他沒看到。天已黑了。

天亮，我又上學。遠遠看到大家驚惶往東走，看不見東門城。遠遠我聽見城樓昨夜猛然傾圮了。

走近時我看見一羣陌生人簇擁著。一地殘破：沒熟悉的棚屋，沒熟悉的攤子，沒熟悉的臉孔。我想叫他們，卻喊不出——我不知不同的名字，只知他們一起忍受與盼望。然而要搬出窘困的盼望已崩塌散碎；歷史的塵土正壓著只想暫住這裏的他們，再也搬不出塵土的歷史了。我惶惑看著我不認識的人哭喊尋找我認識的人。不認識的人譁然包圍著寂靜的死亡。

「本來只保存而不整修已是歷史的諷刺，一塌倒就壓死人了。」「聽說是乾隆元年建的，兩百多年了。」「這麼久了，老百姓再怎樣抗議，城都不吭聲。」「官廳總是拖到人民造反後才修理。」「卽使修建，也強迫人民造，然後又是造反。」「甚至老百姓反叛後政府仍不變不補。」「破到連鳥都不來築巢，窮人也住。」「明知危險還爭著搬來。」「明知會崩陷，又能搬去那裏？」「明知人已死，竟還責他們違章住。」「住自己的草寮即使倒落也不一定被壓死。」「大家都有房子可住就不會這麼悽慘了。」

活著旁觀的越說越激昂越不願旁觀，不願旁觀的越正視越認眞越想做些什麼，警察越圍越亂越嚷：「幹什麼？讓路，讓路！」我被推擁著：「快上學讀書。這裏沒什麼可看的，滾，滾！」

我被推開很多年了，那些期盼的臉仍在我的心城苦笑。

發表於《文學界》第一集，一九八二年一月十五日

收錄於《人行道》，臺北：新地出版社，一九八五年五月

晚會

笑話、笑聲、酒味、與爵士樂都這樣無聊：吃吃跳跳，重複類似的謠言，交換知識份子無能的感慨，成了閑話與學說的囚犯却洋洋得意。明知沒趣，我竟也總是等待學校為教員及眷屬舉行的這年終晚會，再冷我都來。自從我丈夫過世後，四年了，連他養過的鸚鵡都不再叫他的名字，系裏的同事也幾乎不再到我家了。從前他們找理由來，現在他們藉故不來。我只好來參加這晚會。如果我不來，他們或許以為我也死了。他們若來，看到我還活著，有的甚至問我丈夫最近研究什麼？我眞不知如何研究這些人。一些寒暄，我明知都是廢話，聽後却也興奮。否則我什麼時候歡喜呢？平時卽使我努力高興也無人看到，而我早已不願對鏡笑了。

鏡子仍照著不會笑的書。我丈夫留下許多書，沒人肯全部買。我曾想賣給舊書商，他們都嫌藏書太專門，只肯低價買。因為專門就廉價？我當然不肯賣。零散賣些後，曾想贈送給圖書館。館員來了看了看後，說圖書館大致已有，無空間多放，而拒絕接受。連送人東西都還要看人眼色，其他遭遇就不用多說了。不久前打電話給一個當律師的朋友，請教他幾個法律上的問題。一個星期後，他寄來一張帳單向我要半小時的諮詢費！前年我曾去美術館工作一陣子。不久換來一個年輕的主管，他用嘲笑的口吻說曾選過我丈夫的課後，嫌我這老骨頭顢頇，我不願被瞧不起，就辭職不幹。寂寞是無法忍受却又無法改變現狀的無奈。我原是要打發寂寞才去做事的，拒絕屈辱還可活：但對連要忍受屈辱都找不到事做而全家挨餓的人，那種無助的寂寞就太可怕了。

可怕，我最討厭廢話，竟一口氣說了這麼多，謝謝你忍著聽。這幾次年終晚會，好像都看到你，却都沒互相打招呼。即使打招呼，以後路上碰見或許仍裝著陌生呢！現在我們也算相識，明年你再來，如果沒見到我，就知道發生什麼了。

一九八二年

收錄於《人行道》，臺北：新地出版社，一九八五年五月

空地上的人們

我又要去空地。那裏過去擠排著拓荒者的木屋，木屋據說給鋼鐵建築丟臉而受排擠，最後被拆除，留下現在的空地，給樺樹站立，給鴿子跳躍，給人經過，嬉戲，辯論，表演，與示威。

春天匆匆經過時，一羣巴勒斯坦人正嚷著要回到趕出他們的故鄉。他們越來越多，聲勢越集越大，浩浩蕩蕩走出空地。默默走來幾個反虐待動物的人，背著「讓動物有家可歸」的紙牌發傳單：「每年約一億動物被用做實驗品，每年一千萬貓狗無人收養，救救畜生——五塊錢就可收養貓一天，捐十塊錢就可收養狗一天。」彷彿做貓狗的都已被收養，我在路上看到的貓都有人抱，狗都有人牽；流浪者却仍孤單徬徨，或無家可歸，或有家歸不得。然而一般人對他們並沒像對畜生那麼慷慨。我憤憤明白，悻悻走開。

夏天趕來嬉戲時，看到高舉「停止殺海豹」、「莫再獵鯨」的標語，沒寫標語的就高喊：「讓鯨魚活吧！牠們無罪。」「我們忍心讓世界最大的哺乳類動物絕種嗎？」不知喊什麼時就一齊唱流行歌。歌聲裏跑來生態維護者，唱著「我們要乾淨的水及空氣，」「為子孫留下清潔的土地」。樺樹聽著掉葉，他們拾起，確信與他們的歌毫無關係就更氣：「夏天也落葉，為什麼？為什麼呢？」

秋天不辯論為什麼就來掃走落葉與紙屑，卻掃不走空地上的激昂：「不要忽視我們！」「我們也要活」「活就有權利工作」「給我們機會工作！」失業者在大幅緊握的拳頭畫下緊握拳頭，叫喊著工作、工作、工作，我深呼吸抖擻的空氣，也和他們走來走去。

冬那天走來表演，也把雪拖落地，但填空的却不是雪而是人。年輕的幾個在帳蓬外絕食，胸前掛個牌子：「抗議饑餓」。一個年老的在演說：「以現代的科技，世界生產的糧食够四十多億人吃，但很多人仍饑餓，為什麼？因為分配不均。為什麼？因為政治腐敗。為什麼？因為人民還沒全起來。」饑餓者掙扎著要站起來，卻又虛弱倒下。畢竟饑餓並不只是空的感覺。地要空才可建，房子要空才可住，位子要空才可坐，靴子要空才可穿，肚子空久了人會死的。然而遠離掙扎的饑餓者，我也只走進抗議者的隊伍而已。雪仍繽紛，冷漠填不滿空地。

空地今天舉行和平示威。抗議世界現有的核子武器已是當年投下長崎的原子彈效能的一百萬倍以上，抗議先進國家仍把研究經費的四分之一花在軍事上，抗議花在研究殺人的錢比用在衛生、農業、環境與能源維護的還多，抗議擴充軍備，抗議用納稅人的錢買武器毀滅納稅人。荒謬，演講的繼續吶喊，各種年紀與種族的人繼續嚴肅聆聽，男人胸上帶著「公義勝利」的徽章，女人髮上插著雛菊，小孩穿著愛的汗衫，嬰孩圍著和平的尿布，手牽著手。有的無手，別人牽著他的衣服；有的無腿，別人牽他的輪椅。他們連成一圈又一圈，圈滿空地，攤開成一列又一列。二十多個人扶著一塊長布：「和平救人類」，大家一齊跟去，連狗也跟去，頸上掛著：「我是主張和平的狗」，「我跟和平走」。

遊行者走離後，留下春季及人們的空地。

發表於《臺灣文藝》第八四期，一九八三年九月十五日
收錄於《人行道》，臺北：新地出版社，一九八五年五月

温暖的話

從冰島買回的白羊毛圍巾，妳一直捨不得用。溫暖畢竟不只是穿衣的感覺，也不必圖案或彩色，色再艷麗，若擋不住冷就單給人冷看而已。臺灣冬季什麼顏色的圖案都有，却仍冷，而我幾乎什麼都帶來了，却忘記帶回圍巾。圍巾現在雖也成了裝飾品，畢竟比空話禦寒。議論再熱鬧，又能產生多少溫暖？要是溫暖的話，人和魚禽都好過些。

臺灣再冷，樹與菜都是綠的。然而冷風裏成熟的蔬菜有些却在田中腐爛。生產竟是生慘。據說失業的太多了，有的回鄉種菜，種越多，本越賠。一些大規模種菜的田主認為臨時僱人收割，付出的工資與販賣所得相差不多，乾脆不收穫。不久前蘿蔔豐收，價錢跌落，我買了些，不知怎麼煮，煮熟就吃，竟也吃出了汗。啃過許多菜頭長大的妳我仍然喜歡菜頭，但一離開台灣後就買不到新鮮的菜頭，而罐裝出國的蘿蔔都很辣——辣可不是鄉愁的滋味。

無鄉可愁的烏魚早已游過臺灣海峽了。這些原不屬於臺灣的魚，長肥後為了溫暖與交配而向南游，越冷越游在一起，游進人佈置的網裏。然後母的被剖腹，卵被取出，被壓扁，被曝曬，被烘，被煎，但人吃下很多卵後又能得到多少熱量呢？我們簡直什麼都要吃，連魚的後代也吃，就是不太敢吃危害人的畜生——例如老鼠，那軟軟的溫暖可是很棘手的。

本來也不屬於臺灣的虱目魚自從被人養後就更怕冷了。南部魚塭的主人怕牠們凍死，早在冬至前就搭架草篷為牠們擋風。但前些時寒流過境，不少虱目魚還是凍死，仍活著的，忍受過冬天後可和春意一起給人吃。

連鳥也飛來過年了。前幾天我經過淡水河，看到幾隻漂鳧及水鴨。牠們一定是從北方來的，臺灣雖汚寒，對牠們却已是溫暖。牠們只是在水邊張望，沒唱什麼歌，淡水河一流進臺北就沒什麼可唱的。土產的鳥還有些，只是不喜歡都市的寒意而已。一月中旬去溪頭，有個美國朋友對臺灣的鳥比妳我都熟悉。鳥一飛過，他就告訴我鳥的名字，並借給我望遠鏡讓我細看棲息在臺灣杉、柳杉、及紅檜上的冠羽畫眉、白耳畫眉、及山雀。這些生長在臺灣從不飛離臺灣的鳥，連這裏的陰冷牠們都喜歡，而我們却不認識牠們。我們知道名字的常是那些只會在平地上唱不出什麼名堂的鳥。在靜靜的杉林間山鳥是跳躍的音符，我也不知如何描述，妳就想像那些我們愛聽的臺灣歌吧！我哼著臺灣民謠走進孟宗竹叢時就深深呼吸。竹叢又高又密，但仍遮蔽不了天，天似乎勉強藍著，我可認真坐著，聽鳥聲芬芳飄來，看陽光漠然落下，鳥愕然飛上。我沒驚動鳥吧！

又想起客廳那株棕櫚竹。棕櫚竹雖不是臺灣的，只因也算竹，兒子和我都爭著澆水。兒子怕棕櫚竹在溫暖裏縮萎，即使在冬天也偶爾開門讓風雪進來。妳來信說棕櫚竹仍瘦瘦綠著，但屋外的樹已枯枯忍受零下十八度的凛洌多天。又凍死人了。一個自稱富强的國家會讓人凍死，那制度是有問題的。幾年前也凍死了不少人，我們簡直不敢相信我們所聽見的是眞實：

「這樣冷，怎麼不起火呢？媽。」

「孩子，我們家已沒有煤了。」

「但爸是礦工呀！」

「正因為你爸是礦工，我們才沒有煤。」

「為什麼？天冷大家就更需要煤，爸的工作不是更重要嗎？」

「他們說煤生產過剩，不再需要煤，所以把你爸解僱。」

我們聽後都憤慨社會太冷酷。憤慨促進血液循環，但即使熱血騰騰，若只憤慨既不能給自己增加體溫，也不能給饑寒者帶來溫飽。

這冬天妳也和往年一樣捐了不少寒衣，只是又不知能否給需要的人一些溫暖。我明知妳與兒子已經有些毛衣，前幾天還是去買了幾件。只因是故鄉的人織的，你們一定要穿上，雖然春天就快到了。

發表於《中國時報．人間副刊》，一九八四年二月九日
收錄於《人行道》，臺北：新地出版社，一九八五年五月

看魚

他是船員，隔水看活魚。明知海上危險也上船去，山風吹裂的皺紋給海風割得更深陷了。本不願離開故鄉太遠的，但船主要抓鯧魚與旗魚，所以航進巴士海峽，還沒抓到旗魚就被長得很像他的人抓了，被苦毒，被逼做苦工。傷痕纍纍被贖回來後，感慨行船無非把山區的困苦搬到海上，為了生活卻得繼續賣命。開航不久就又擔心妻兒是否會領到安家費，看到海水澎湃擁抱島，心裏澎湃也要擁抱島，島卻越航越遠了。那次船主要抓鯊魚，所以航向印尼。辛辛苦苦追鯊魚，追進無邦交的海域，被長得很像他的人追上，船被沒收了。因為他除了身體沒有什麼可被沒收的就被打被踢，被關進地窖裏。傷痕纍纍被贖回來後，不想幹了，卻發現欠船主一身債，無奈又返船。開航後又抱著希望，感到天像被海水洗過，藍得很清爽。然而航久後，只能天天吃魚，不能天天洗澡，他也感到自己比魚還腥臊。那次船主要抓鮪魚，所以航向印度與巴基斯坦。又是無邦交的海域，船被砲轟。他們與船被拖去修理後又回到臺灣。他決定不當船員了，借錢還債，改去打工，但不久卻被裁掉，很不甘心又回船。開航後又看到海鷗追逐船排開的浪，有強韌雙翼的海鷗一轉就輕易飛向自己的航程；他有强韌雙臂，却擺脫不開浪的追逐。船主追逐錢，無論如何要大賺一筆，所以這次航向澳洲撈到很多干貝，船主還嫌不够，貪心而被抓去，這次何時回來就不知道了。

你是魚販，隔冰看死魚。魚離開水的故鄉就不能活了。死後眼睛仍睜著，凝視恍惚一樣的天空，然而天空再藍都不是海；凝視人顯然不同的慾，然而人慾却不只是吃魚。魚鱗與燈光爭相閃爍著，燈光照著響亮的拍賣聲，拍賣聲滑落魚販的嘴後，魚就一箱箱被搬走。而滑落地的魚，打雜的老人，背著嬰兒的婦女，及早起的小孩爭相撿起，也許拿回去吃，也許拿去賣給魚池餵魚。

我是顧客，看到的生魚都是死的，却仍以為新鮮——剛死的就算新鮮。大魚都已被解剖，血也流過了，眼睛仍瞪著我。我要以最低價格買去，就無端挑剔，堅持刮掉魚鱗後才秤，因為覺得魚太貴了，聽說那些船員冒生命抓來的魚，拍賣時每斤八塊，幾個鐘頭後却每斤六十塊，既然不可思議，我講價就更賣力，惹得賣魚的發脾氣：「我們買來時價格就已不低，賺大錢輪不到我們這種小生意。其實我們也和討海的差不多只賺淡薄够生活而已啦！」賣魚的熟練刮掉鮨魚鱗後，也把魚頭割掉。

「頭我要！」

「你不是要省錢嗎？要省錢就不秤頭較輕。而且你留著這頭幹嘛？」

「吃啊！」

賣魚的聽著笑了，把頭抬起，秤完後，剝開魚脊，把骨頭丟棄。

「為什麼把骨頭丟掉呢？」

「難道你要吃骨頭？我聽說很多人吃過很多苦頭，但還沒聽說有人肯吃這不及小指頭大的骨頭！」

發表於《文季》二卷一期，一九八四年五月

收錄於《人行道》，臺北：新地出版社，一九八五年五月

番藷花

「小心，眞燒。」

獨臂老人熟練地把熱烘烘的番藷拿給我，我把番藷放進手提箱時，問他手痛不痛？他搖搖頭苦笑。問他生意好不好？他苦笑搖搖頭：

「番藷現在只是吃爽的啦！連老的都忘掉艱苦的日子。大家就吃，甚至忘掉番藷有耐看的葉與花，眞淡泊。」

淡泊的他為了賺淡薄幾乎每天都站在木箱後，沒有招牌，路人聞味都知道烤番藷，但很少停下來買。

上溪頭途中，聞到煮熟的紅番藷味，就停下來買了嘗：

「番藷已甜甜的，為什麼又加糖？」

「因為有些人覺得番藷還不够甜！」

因為覺得山上的紅番藷味道特別，就買了幾包餅乾回來給朋友分享：

「真够味！是什麼麵粉做的？」

「番藷！」

「想一定是番藷！藷藷本就香香甜甜，番藷花也是淡淡香香的。可是我們已經很久沒看到番藷花了。」

在東南海岸東河鄉，番藷綠葉陪著淺紫淡白的花給鹹冷的冬風擺晃，宛如向土地鞠躬。看來這些花葉已習慣在不穩定中生長綻放，自在搖曳，不矯揉婀娜，拒絕落到沙上亂舞。風侮不倒它們樸素的美麗，挽不走它們清淡的香氣。我們深呼吸欣賞，但風的揶揄却使我們感到沁涼而咄咄要走開。只有番藷花葉仍默默忍耐，一些沙受不了，隨風飄散，露出番藷。番藷有的已被蟲嚙，乾癟如滄桑的臉，我們只帶走健康的。

回來細看，番藷諸般形狀：人頭、狗嘴、牛脚、猪尾。不管像什麼，人都利用。切成塊，削成簽，磨成粉，釀成酒；做羹、做粿、做餅、做肉圓、做蚵仔煎。我們看著沈默土地生長的沈默根莖，想著，不再沈默了。

想起曾是臺灣漢人及先住民的主食，時到時當，無米煮番藷湯。番藷早已臺灣化了。本來自外地，從美洲傳入而歸化中國，大約一六〇二年渡海來臺灣，適應這土地，喜愛這土地，形狀像這土地，連性格都像這土地上的人民：皮薄却什麼都可忍受，不怕酸鹼性，多困阨的環境都生長。

生在沙土，莖莖蔓延，節節生根；長在乾旱，為了活下去，根就入土更深。然而再深入都被挖去吃。

番藷可不都是給人吃的。有個番藷像拳頭，粗拙可愛。我用松板墊著，放在窗口。過些時候，拳頭番藷長出了枝葉，開出花朵。

發表於《聯合報．副刊》，一九八四年十月一日

收錄於《人行道》，臺北：新地出版社，一九八五年五月

人行道

蜘蛛網著發燒的日，日斜照學步的女娃娃，笑瞇瞇走向籬笆，一把抓住蜘蛛，日猝然落土。一個小男孩見了，抗議著，要自己走路，搖搖擺擺流著鼻涕走向催繳所得稅的海報，驀然看見一羣螞蟻圍著什麼。什麼？他咿呀咿呀堅持去圍螞蟻，還未跑就跌跤，壓死一些螞蟻，哭了。

哭聲以內，三個小學生雀躍圍睹黃鶯怔忡喙撞著籠。他們想把小鳥放出才有意思，就打開鳥籠。鳥翕忽飛出，悚然自由不知飛往何處，一徬徨就被小學生的帽子罩住。小學生都爭著要鳥，都叫是我的，是我的，是我的，黃鶯掙脫不出，活活被捏死：「怎麼一摸就死呢？」小學生慌張把死鳥放回籠後，各自跑散。

急遽駛來一個高中生，放手騎著脚踏車，嚼著口香糖念絶句，小學生聽不懂要躲開，高中生看不懂也要閃避，撞到消防栓，在小學生的驚惶裏翻進窟窿。霍地躍起垃圾，他咒罵臭東西，悻悻拍拍屁股後又跳上車，駛向街時，險些撞到一個大學生。大學生用一本翻版的英語會話書去擋，擋不住自己的中文粗語。

盲人聽了仍專注拄著枴杖敲地，也彷彿告訴他怎樣踏，他踏著緩慢的節奏。節奏緊促的中年人和長毛狗賽跑，跑輸就命令狗慢走，走慢的狗反吠他。他喘氣看老人陪灰狗對著天邊的紅暈撒尿，尿澆著綠草，草主人出來罵狗，狗主人上前罵草主人。人認眞爭吵得連狗都不愛聽，也聽不懂人吵什麼就吠草，草仍默默不管人的閑事，狗吠著牽老人走開了。

下班的看了笑笑，從急駛過的轎車光亮的車頭看到自己扭曲了的臉。臉轉向公共汽車，公共汽車駛近了，大家推擁前去，公共汽車不停，大家又退後。很累，即使想依偎公共汽車站牌也怕牌子受不了疲憊的重量。已工作得不願再想人是為生活而工作，或為工作而生活，生活現在竟是能擠上去就搶，搶累也得擠。不想徘徊，因為還有路要趕。穿長袍的不想趕路，挪近電線杆研究艷舞的廣告，手顯然不知放何處，顫動時露出西褲。警察不想徘徊，在垃圾箱旁守衛一棵樹，有路人問樹的名字，他答不清楚，叫路人別擋路，因為公共汽車駛已來。公共汽車總算停了，大家搶著擠，擠不上，只好再等，等著回家。

發表於《中國時報．人間副刊》，一九八四年十月十日
收錄於《人行道》，臺北：新地出版社，一九八五年五月

#【輯五】

山居者

雲走開了，陽光跳下來，驚動鴿鳩，一隻一隻飛起，飛過山谷。谷不感動，山仍冷靜。冷靜伸向天空的岩石仍堅硬，從岩石冒出的爬牆虎已肉紅了，更紅的櫸樹前總直直綠著冷杉及松。松杉自從斷續被砍後，綠就不再那麼濃，但杉下杜鵑一定還等著開花，杜鵑下苔蘚一定還爬滿地皮，只是草已漸漸接近土色了。比土色深褐的枯樹附近原長著梢楠木，但自從鋸子尖叫後已落得一片蕭條。近處更焦黑寂寥，是盜林者要掩飾而放火燒的，留下的空瓶空罐，燒不掉，卻都已燻黑了。

山豬默默注視著靜靜的山巒，毫無吃的慾望——牠不吃與自己的膚色同樣黑的東西，也不願再和風賽跑了，只凝然站立，呼吸風送來的松香，恍惚自己也是山寧靜的一部份。一想起人，鼻子就哼氣，氣得蘆葦也搖曳了。無疑破壞山最厲害的是人。牠撞樹摩擦身體，用樹脂濕潤身體，樹有些受不了而枯，但總不像人那樣粗魯，不住山上卻要拿走山景，一鋸就是半山麓。幾乎所有長葉的都要砍下，幾乎所有跑的都要殺掉，幾乎所有飛的都要獵捕。鳥曾很多的，但熟悉的綠蓑鷺、林鵰、及小水鴨已不再常見了。去年飛來一大羣赤腰燕，或許在平地無法生存才搬到山間的。

牠喜歡所有的鳥聲，曾隨著鳥聲跑，鳥卻跟風逃，牠追不到。以後怕驚動鳥，就躲在蘆葦內屏息聽著。總是想不通鳥要跟風逃到那裏，今年風照樣吹，但赤腰燕卻不再飛來了。或許鳥也知道連深山都不安全。但山再危險牠都要住；山已是故鄉，牠不願離開故鄉。祖先從前住淺山，因為刀箭陷阱太多而搬來深山，不再和人爭什麼，人卻爭著帶槍來搶山。

又是因為人——牠最不願看到的動物。牠什麼都不怕就怕武器與人。人無用才什麼都靠武器及詐欺，人也無種才不敢赤手和牠們比武，怕輸卻以獵殺牠們為勇敢為快樂甚至光榮。人一來總是幾身，各帶兩隻獵狗。所以牠嗅到狗味就知道人來了。牠的朋友恨狗，嗅到狗味曾衝去和狗鬥。但聽槍聲響了，一隻狗倒地，別的狗繼續跑來纏。槍聲又響了，牠的朋友倒地，又有狗衝來要咬，朋友站起後繼續和狗鬥。槍聲亂響了，狗亂倒地，朋友也倒地，掙扎著翻身要爬起，槍聲又響了，朋友又倒地，再也爬不起了。牠遠遠目送朋友被兩個人用粗繩綁住腿，倒吊在竹篙扛走。

為了避免被暗殺，才決定暗時出來覓食，卻仍避免不了暗設的陷阱。為了對付人，白天都盡可能成羣。然而越犧牲越活不起了，再怎樣團結也已剩無幾。為了生存，什麼都吃。吃落下的野果，用鼻子撥土找爛根，抓鼠類及蛇，什麼都找不到時就吃草。可吃的已被人殺的剩下不多了。低山或許還有田地或許還養些什麼，但不願看見那些被養的，拒絕去那裏。

這裏眞清靜，對著這樣的山景不自禁撒尿，看煙冒起，覺得舒暢得很。天更冷了，然而人假如不來，樹會活著，草會活著，鳥會活著，山會活著，牠也會活著。

發表於《中國時報·人間副刊》，一九八五年一月十三日

收錄於《同情的理解》，臺北：新地出版社，一九九一年七月

孕

確定有喜後，心情就亂了。她一路愁著。路過開隆宮時，想起曾進去燒香，看到婦人求七娘媽保庇生育，覺得女人做母親最美，美是那愛：竹椅上母親抱著嬰孩，抱累了把竹椅掀倒過來給嬰孩坐，嬰孩笑，母親也笑。美是那天眞：小孩學步搖搖擺擺，學話聒聒叫，不舒服就哭，母親來就含淚微笑。美也是天倫：加班夜歸時看見人家燈光下母親陪兒女做功課的側影，自己也感溫馨；假日郊遊時看見人家帶兒女邊談邊笑。自己也笑了。

然而現在卻笑不出來，恍惚又被隔壁小女孩攔住：

「阿姨，牽牛花，給妳的。」

「爸媽還沒回家嗎？」

「大概今天又加班吧！阿姨，我餓昏了。」

她看著小女孩眼眸裏的夕陽像煮熟的蛋黃，卻不能吃。

「太陽眞討厭，要走了還照得我睜不開眼。」

「它討厭，妳就不要看。」

「那我看什麼呢？我不看，可是太陽不要臉看我的臉。」

她摸摸自己的臉，覺得烘熱。想起生下嬰孩後仍須工作，就無法好好照顧小生命，小孩會撒嬌時將也那樣寂寞，她深深嘆了一口氣。其實嬰孩還未出世，困難就已先生出了。去年阿玉懷孕七個月後，動作緩慢就被藉故辭退。雖然不久前聽說勞動基準法通過一條，婦女懷孕時可申請改調輕工，工資照舊。但再輕易都會累死了的，何況老闆肯不肯守法都是問題。也許再七個月她就不能加班了。前年阿淑懷孕後繼續加班，身體不支暈倒導致流產。她摸摸肚子，覺得渾身發抖。

「孕——無痛流產」的消息又抖落她的心懷，她戚然想起打胎。聽說世界每年墮掉四、五千萬胎，美國每年一百五十五萬婦女合法墮胎，每四胎就有一個被弄掉。聽說台灣二十歲到三十九歲婦女有四分之一曾打過胎。聽說平均每分鐘就有一個胎兒被刮掉。

然而打胎並刮不掉將來的憂慮。還記得去年阿慧打後一直悒鬱，常作惡夢，夢見兒子哭訴不應殺掉他。有一次突然尖叫，嚇得大家都停止操作，工頭卻說沒事沒事，要大家繼續工作。連墮胎都要偷偷摸摸到小醫院。阿華壯著膽子去，子宮被刮破而流血過多，幸虧轉到別家醫院急救才撿回一條命。那蒼白的臉使她聯想起墮胎的可能後遺症：子宮穿孔、菌血感染、習慣性流產，甚至不孕。她感覺腳軟而停下來，又想起醫生告訴她已懷孕一個多月了，胎重一公克，有頭尾，若打胎就要快決定。醫生還說第二個月後開始生五官四肢及臍帶，頭佔一半。三個月以後胎兒心臟跳動，那時打胎不但較危險，費用也更多了。

她摸摸肚子時才感到餓。是餓了，無論如何絕不能讓後代挨餓。倘若不能好好養育，不如不生。工作是為了家，不能活哪有家？為了活，或許只得暫拿掉自己的一部份。聽說拿掉的費用須六千元——兩個月的房租。

快到租房了，他一定已回家等著她。不知他今天找頭路找得怎樣？不知他今天心情是不是好些？不知和他商量時他會不會生氣？不知他會不會同意？假使同意，不知去哪裏借錢？假使借到錢，不知去那裏打胎？

發表於《中國時報．人間副刊》，一九八五年四月十一日
收錄於《同情的理解》，臺北：新地出版社，一九九一年七月

拆

雨濛濛，帶著木棍與槍枝的開著卡車與怪手車來了，要拆除這裏所有的房屋。

房屋都是合法建築。一、兩百年來居民在這裏住，在這裏生，在這裏活，在這裏死。在這裏種菜，一年收成五、六遍。在這裏做生意，勉強過日子。即使到外面吃頭路也多半回家，在這裏睡，在這裏醒。

醒來，居民反對政府遷村。多少風雨都已過去，現在活著不懼風雨，卻受不了法律。法律他們並不完全同意，也從未挑剔，然而清白的竟像犯人那樣要強被拖走了。罪犯甚且有監獄可住但他們能遷居哪裏？他們的土地每坪一千元被徵收，卻須花兩萬元才買得到一坪指定的遷居地。他們抗議這種詐欺，推派代表去陳情要繼續住這裏，無效。陳情緩拆，至少等到遷居地的房屋建起，不但未准，還把遷居地換到容易淹水的低窪。再陳情，回答是都早已計劃好了。

雨未按計劃落著，他們按計劃拆著。屋頂塌了，牆壁倒了，器物毀了。雜沓的聲音穿不過混亂的煙塵，塵埃彷彿被居民的抗議哄起，要昇上去又被雨淋落地。

一個中年人徘徊屋前。

「再不跑，房子一倒就壓死你！」

「我連多看一下住過三十幾年的舊厝都不可以嗎？你自己的厝若也無理被拆，你怎麼想？」

「想，要想的太多了。我連房子都没有，租個房間都要看別人眼色。」

「想不到拆別人的房屋是你的頭路。你為什麼不改行呢？」

穿制服的無語繼續執行任務。

一個老人大聲哀慟兒子過世，還未放靈位，請求緩拆，但命令不管死活。老人悲憤拿農藥要吃，被小兒子制止。

「這些人強拆，明明是要我死，我死給他們看！」

一個孕婦收拾東西，身體不能太彎曲。穿制服的要她動作快點，她請求暫緩，但命令是無論如何都要拆。她不明白，她抗議，她昏厥而流產了。

一個中年寡婦抽噎著：

「我靠這片地生活，你們把土地拿走，叫我怎麼種菜啊？」

一個年輕人拒絕陌生人進屋，陌生人說他妨礙公務，把他拖走後房屋也倒了。幾個小學生回來，看見很多陌生人，看不見熟悉的家。幾個女工回來，找不到家，熟悉的似乎只有雨。

計劃的顯然都已執行了，雨仍濛濛不肯停。居民把能用的都盡量運走了。他們運走舊厝的木頭及磚頭希望能重建，運走農具希望再耕；運走豬希望提早賣出。他們抱著土地公，土地公也不知道要到何處，抱著祖先的靈牌與家譜的吩咐，吩咐永不屈服；抱著悲憤：他們居然這樣給人趕來趕去，多少風雨可能來襲，但他們還要活著。

活著大家都没家了。第二天白天居民仍然回來，想找些可能遺忘的物件，但要拿的幾乎都已帶走了，就是帶不走懷念。黃昏，白鷺鷥仍然經過，看見廢墟後面夕陽默默沈落。白鷺鷥叫著向昏雲飛去，天黑了。

發表於《文學界》第十四集，一九八五年五月

收錄於《同情的理解》，臺北：新地出版社，一九九一年七月

從花園到街路

在東海大學歷史系當助教時，有一次散步到校門外，看見一對五十多歲的夫婦澆花。圓胖的夕陽映照著老人瘦削的臉，染紅澆花的水；水也是汗，他擦拭後，凝視著泥土。澆完花，天也暗了。以後暮靄時偶爾去向他買花，他堅持要找我零錢。我跟他到竹搭的房門外，瞥見屋裏不少日文書時才知他是讀書人，就更常去。但看他忙著澆花或思索，買完花又默默走了。後來聽說他是個作家，日據時期參加過文化運動，年前從綠島回來。我對他也敬仰起來，打聽出他的名字是楊逵。多次去都想和他談，但靦覥的我買花後又默默走開，不久也出國了。

十七年後，一九八二年秋天，楊逵先生應聶華苓女士主持的艾荷華大學國際寫作計畫邀請訪美。他與媳婦蕭素梅女士在我家住兩個星期，我們就什麼都談了。他愛談過去。他說四、五十年前的事仍記得很清楚，昨天的事卻常忘了。他和夫人葉陶積極參加農民與文化運動時，由於他們的社會主義思想而被排擠。他們的意志雖堅強，生活卻不安定。有一次兒子眼疾，醫生說須多吃雞肝或魚肝油。他們期望兒子光明，卻苦無錢買雞肝。葉陶曾以此寫一首叫「病兒」的詩，寫出他們的悲憤。他越談越有勁，彷彿不想睡。芝加哥的秋意沁人，但他睡覺都讓窗開著，說是習慣了。我曾被他的咳嗽叫醒，問他是不是好好的，他說不要緊，已經習慣了。有一天一個訪客告訴他有報紙提及他被利用，他氣憤說他是從來不被利用的。第二天整個早上在房間起稿要報社更正。大概太貫注精神寫，寫完才發現煙落下，把地毯燒了個洞。洞不大不影響他的談興，他談到要把已荒蕪的東海花園改建成文化中心，連設計圖都有了，就是錢不夠。他知道我們正籌組「臺灣文學研究會」時，不但贊成而且要加入。一九八二年十月三十日「臺灣文學研究會」在洛山磯成立，他與蕭素梅女士都參加了成立大會。

一九八三——八四學年我回臺灣，可利用的時間大多在故宮博物院看清朝檔案。因不喜歡社交，很少與外界接觸，只與幾個朋友聚，但幾乎每個月都見到他。那時他住鶯歌，每月臺北老作家的「益壯會」聚會他都去，也要我去。我靜靜聽老作家們交換四、五十年前年輕時寫作的往事，也向他們請教一些問題，他們對臺灣文學的關切總使我很感動。這些已做阿公的老作家們率眞熱誠，有時開「貴兄」玩笑，他只默默微笑，偶爾揉揉眼睛。他有眼疾，但似乎没認眞服藥。我勸他給長庚醫院蔡瑞芳醫師看，他就先到我住處過夜，又談到不想睡。第二天我們一起去長庚醫院給蔡醫師看後，他說要回家。我們坐計程車到火車站時他竟搶著要付錢。那年底他得臺美基金會人文獎，基金會希望他到美國領獎，我陪他去辦手續。手續未辦完，看為楊祖珺助選演講的時間快到了，就叫計程車要趕去松山。一上車，司機認出他就說他青年公園的演講很精彩，他微笑了。下車時我要付錢，他和我爭，司機笑了。臺北太吵，他多次要我去大溪或鶯歌住幾天。有一天黎明他打電話來，我以為有什麼事，原來只是要我有空時去鶯歌。然而不喜歡打擾別人的我竟一直未去。離開臺灣前夜，想了許多，整夜醒著，想著盼著再回臺灣久居，然後去東海花園大溪，或鶯歌找他，翻看那些從前在門外瞥見的書。

他晚年雖健康衰退而沒寫作，但對文學的熱誠絲毫未減。他接近的仍然是文學朋友。「臺灣文藝」成立股東大會時，我們一起去參加。他不但自己入一股，還為孫女楊翠入一股，希望文學薪火傳下去。他的書銷路一直不很好，簡直是自己推銷。晚年希望出版全集。在芝加哥時，他送給我三本書，有位醫生想要，我想救人的醫生看他的作品後也許可救更多人，他同意把書轉贈給那位醫生時說：「等我出全集時再補送給你。」在臺灣他多次提及全集（包括別人對他作品的評論）已輯好，但還無出版社肯出版。臺灣仍然把文化當商品，暢銷的大多是沒什麼文化水準的消遣性東西。已進入文學史的楊逵全集竟還不能出版！

楊逵先生的一生縮影了臺灣知識份子探求人民福祉持續的努力與遭遇的困境。到晚年他仍堅持年輕的理想做個社會主義者，仍強調作家都應有使命感，瞧不起為快樂或錢而寫作的人。早期他用所能掌握的外來語言寫出充滿社會意識與人道精神的文學作品，晚期他本可以用原屬於自己人民的語言寫出更有意義的作品，時代的交替卻使他那一世代的臺灣作家創作時常須在腦裏先翻譯而較少動筆甚至停筆。然而楊逵先生即使在監獄裏仍然寫作——壓不扁的玫瑰。

發表於《文季》二卷五期，一九八五年六月

收錄於《同情的理解》，臺北：新地出版社，一九九一年七月

榕樹與公路

小鎮不管怎樣著色，榕樹都堅持綠。綠給大家年輕的感覺，然而它比鎮上任何人都老，兩百多歲了。

兩百多年來，榕樹在小鎮的滄桑茁壯。開拓者把它栽進這塊土後，它看過荒土耕成農田。它看過反抗清朝的叛變，起義者被凌遲。它看過互相反抗的械鬥，參與者互相殺戮。進入二十世紀後，那些年文化運動，它看過演講者被抓去。那些年太平洋戰爭，它看過子弟被抓去。那些年動亂，它看過居民被抓去，都沒回來。這些年它看著居民一家一家搬離，掃墓時才匆匆回來，掃完墓又匆匆離開，因為家鄉已無家了。

這次回來，長輩們痛心不願回首，然而看見榕樹就使我們回到用樹葉作口笛，用蘆葦作蚱蜢的年紀。記憶往上爬，爬到板根可擠進兩個小孩的洞。洞傳說是野蜂飛來建窩時，父老點火後燒出的。洞裏午睡醒來，鳥聲喙得我們也嘰嘰喳喳，旺根伯不能忍受，就剃我們的頭，邊剃邊講些民間故事，自己笑卻叫我們別笑。他愛吹簫，只有我們是聽衆，吹完後，說什麼南管北管，要教我們，我們一聽又要學，不管什麼都跑了。但再怎樣跑開都又回到榕樹。識字較多時，他給我們的謎題也多了：「二個王字轉又轉，二個日字肩並肩，四個口字邊挨邊，四個山字尖對尖。」猜天天看見，做來流汗，寫來容易的字。他等不及我們猜就說是「田」字，我們覺得沒趣，他還要我們繼續猜「挖空心思」後是什麼。我們不願想就都猜不出，他在手心又寫個「田」字：「把心放回就是啦！要加上心才算思哦！」趁他沈思時我們趕快跑開。晚間我們跑來聽吃蚊子的青蛙呱呱叫時，他卻走來講鬼故事，說鬼最喜歡找缺德的。榕樹保庇，我們從未見到鬼。旺根伯過世不久，我家也搬走了。後來才聽說他的獨子被日本人調去南洋當軍伕一直未回，他告訴我們的那些都是從前在榕樹下說給兒子聽的。

聽說以後接連好幾家搬到台北，而台北的艷舞海報，美容中心及化妝品廣告也接連搬到小鎮，張貼在榕樹上。只是仍住這裏的很少來看榕樹了。閒時他們不再來下棋，交換經驗與謠言，而改在家看已知結局的歌仔戲及沒什麼結局的連續劇。普渡時榕樹前不再演子弟戲了。小孩也很少爬到榕樹上凝望遠方——遠方已被洋房遮擋。

榕樹更寂寞了。忍得住寂寞的也受得了殘酷，有輛轎車曾貿然駛來撞，車翻人死，榕樹仍挺著粗壯的身體站著。然而外人卻不讓它生存。這次我們一聽說築路計劃中，榕樹擋路要砍除，就都趕回到它身邊。我們不反對築路，但堅持保存榕樹。它不像台北街上那些被剪裁的年輕榕樹可隨便移植，它的根已深入泥土。我們的泥土已是榕樹的故鄉，故鄉的榕樹比居民還執著。居民為了生活，很多已遷移，回來共同認識的只有榕樹。榕樹沒被附近工廠的二氧化硫燻死，政府就計劃要除掉。該除的不除，不該掉的卻要掉，大家都很憤慨。

榕樹默默聽著大家的感喟。它聽說阿惠到台北後就沒消息了。它聽說從前偶爾來打拳賣膏藥的到士林擺地攤賣膠鞋，遇見榕樹下的熟人都算便宜些。它聽說阿良去台中開計程車，被乘客搶過，僥倖還活，不久卻死於車禍，它聽說到高雄做工的榮仔，兒子已上大學，本計劃今年退休回家鄉，去年卻被解僱。他深深嘆息，榕樹輕輕撒下幾片葉，他一葉一葉拾起，愛惜地摩挲著，摩挲著。

一大堆工具來的那天，我們六個人合抱著榕樹，眞像要保護無端被處極刑的家人，緊緊抱住，榕樹簌簌掉著，我們惟恐觸傷它，就手拉手圍成圈，但都強被拆散了，都以妨礙公務為理由被拖走。

不願走的榕樹被砍除很久了，路卻迄今仍未築。

發表於《文季》二卷五期，一九八五年六月

收錄於《同情的理解》，臺北：新地出版社，一九九一年七月

秋頁

秋葉亂飛時，我去俄艾奧州牛津鎮邁阿密大學參加亞洲研究年會中國思想與社會史研討會。研討會由一位著名學者主持，四位史家念論文，我綜合討論。參加年會的據說四百多位，只六位來聽中國歷史。

第一位史家討論漢末黃巾之亂的口號「黃天」。黃是漢朝統治者最喜愛的顏色。他還沒講到口號，聽衆就走掉一個。第二位根據花三四年寫成的博士論文分析明朝丘濬（一四二一——一四九五）「大學衍義補」的經世思想。那本書明清兩代印了又印，還出現節本，表示有不少讀者，聽衆又走掉一個。第三位史家以近年來所收集的曲阜檔案，概述孔家地產，氏族組織，控制系統，及佃戶生活，勾畫出統治者的運作與被統治者的反應。第四位講她研究十八世紀中國南海的海盜，搶是為了生計，不是社會抗議，也與意識型態沒有關係。我細心做筆記，根據他們辛勤研究成果做綜合論討就容易多了。研討會兩個半鐘頭後準時結束。堅持聽到底的四位，兩位隨研究海盜的教授而來，另外兩位面熟，一個研究明史，一個研究清史。

會後走廊上人又活躍起來，大家爭相社交。看來學術不但與一般大衆無關，也與這些學者無涉了。我踽踽離開人群的雜音，走入校園的冷清。校園已被枯葉佔領，偶爾輕佻的微風吹過，引起大地紅黃交錯的嘆息。這些嘆息再過幾天也會被掃走的。我佔據這片幽靜，還不想走，就依一棵楓樹，想看些什麼。一張楓葉颼颼飄來，蓋住我漸禿的頭頂。看來連樹也不可依了，我拿起葉放進皮包。

回家把葉給兒子，他笑了：「楓葉到處都有，從別處飛到我們家草坪，又多又大，掃不完，你竟坐飛機去遠地帶來？」他不要，我悵然拿起，把不能寫上什麼消息的衰敗楓葉夾進我所做的綜合討論筆記。一片秋意。

發表於《聯合報．副刊》，一九八五年十一月十日
收錄於《同情的理解》，臺北：新地出版社，一九九一年七月

想笠

土色的，戴在頭上，遮一臉的風雨和陽光，許多汗水後，迎接成長的綠：那些稻田、果園、茶園、和菜圃，以及收穫的歡愉，魚蝦大了，雞鴨肥了，花笑了。

我默默看著笠下的臉，歲月的裂痕比頭上竹葉的雜點還斑駁。他是勞動者。也許是農夫，笠陪他耕地。也許是挑夫，笠陪他頂天。他曾是做土水的，戴笠蓋好房子後走出，戴帽的搬進去住。他曾拉胡琴，琴聲幽幽，跑進戴帽的學童耳朵。現在他大概不是工人，工人多半把笠丟在家裏而到不見天日的工廠操作了。連有耕耘機可駕駛的農夫也已改戴帽。只因西方沒有笠，臺灣就誤以為笠是無用的東西。雖然什麼都改用機器了，編笠卻仍需用手。手做的已賺不了多少錢，不賺錢的，再怎麼編織傳統，現在人很少肯做了。

笠，宛如頭上的傘，不怕汗不吸汗，不但通風清爽，還散發竹葉的香味；帽子卻祇能遮頭，吸汗後又臭。然而一般人仍選擇帽。戴帽的還喜歡把自己痛恨的帽拋給別人，戴笠的可沒有閒工夫去給別人戴帽。愛笠的大半討厭帽——那些不是土色的帽子常是僞造的。這些年來，臺灣社會與政治意識昇高，流行鄉土。一向愛古帽與洋帽輕視老百姓的也忽然戴上笠，利用鄉土，宣傳政府永遠和人民在一起。永遠站在觀衆前面的演員甚至戴著笠笑唱燒肉粽，實在肉麻。而穿洋裝戴太陽眼鏡的摩登女郎，為了搶票房也戴上笠，廣告風騷，很可怕。

眞戴笠的人是少了，在都市更罕見。其實在市街，笠是隨行人走動的亭仔腳，既不妨礙交通也不影響市容，行人卻怕被笑土而不肯戴笠。在台北住一年，我只看過一頂笠。那天我從士林回北投住處，上公共汽車時看到一頂笠突出人頭，就擠到他旁邊。我一直凝注他的笠，他笑了，我笑不出來，問那頂笠的來歷，他說戴笠在北投山上做田已好多年了。

雖然很少人肯頂著樸實的笠，但臺灣桂竹還生長著，竹枝竹葉還強韌，不怕日曬祇怕人彎曲。用竹枝葉編的笠雖輕意卻重，雖薄卻耐久，擋風雨，不出風頭。我有些朋友喜歡這人民性格的象徵，就用笠做標誌辦詩刊。他們並非想戴上笠遮陽光——他們不怕流汗，而是要帶著笠的沈默，以詩招喚社會。

社會也許使人眼花，卻仍撩不亂一些人的執著。我仍喜歡凝注那土土的顏色，念著耕作者的笠。

發表於《臺灣文藝》第九七期，一九八五年十一月十五日
收錄於《同情的理解》，臺北：新地出版社，一九九一年七月

垃圾箱旁的樟樹

被迫搬到台北後氣氛就不對了。彷彿連陽光和露水都髒，卻也得蒼翠成長。吸硫化物，收灰塵，放氧氣，折射雜音，活得很忙，還要應付雜務。連小學生穿制服受委屈都跑來踢踢出氣。受氣的女孩受不了日曬踱來摘葉，不知那算是什麼嬌嗔。生氣的青年衝來捶，我硬不怕，卻怕被劈去雕成佛或刻成印——被人拜或蓋最可怕了。喝醉的大人酩酊來抱不住，未醒就離去了。受冷落的老頭踉蹌來依偎咕嚕，狗來他才走開。狗嗅不出垃圾箱有可吃的廢物時竟向我撒尿。

路人走近我時大多是要投擲廢物。丟下報紙，丟下空罐，丟下果皮，丟下煙蒂，丟下痰，丟下鼻涕。丟不進去也不撿，假裝有骨氣不肯彎腰，以致我常被廢物包圍。風一吹，就輕易飛起掛在我上面。我簡直成為會成長的垃圾箱了。來收拾廢物的人只管垃圾箱內，彷彿遺落在外的都不算廢物。

他來賣冷飲的夏季，我生意也旺盛了。他生意卻清淡。没事就在我的影子下看書，從不虐待枝幹，更不會無聊到玩弄葉子。即使凭倚，也輕柔宛如擔心瘦削的我承擔不住。然而汽車行的人卻多次叫來警察把他趕開。警察走了，他又來。

人行道屬於大家，汽車行卻以為是他們的，我屬於人行道，汽車行卻誤會我阻礙他們營業。常看到他們讓顧客把車開上人行道，幸虧我不是人，否則早已被撞死了。

活著看人間越混越難了解了。我根向下長與世無爭，竟被認為妨礙建設，挖地下水道時鋸掉一部分。連向上長也不可以。汽車行的人嫌葉遮擋他們的招牌，偶爾來剪斷枝椏。雖然明知會被摧殘我也要生長。

一陣風雨過後，我洗得更亮麗了。然而路上車仍趕著車，把積淤的污水趕給我。午夜路燈照不到行人，光把人行道擦得更淒清。黎明以前也許不會有人走過了。忽然看到汽車行老闆拿著電鋸走來，我想跑，卻被根拉住。他知道我跑不了，從容鋸，鋸斷後把我的上身塞進垃圾箱。很多車駛過，一定很多人看到的，但都沒人出來。

拂曉，老兵退伍的清道夫看到我。驚叫哀雅，邊罵人無情邊深情撫摸我半截的身軀。然而我根還在，還要成長；掛垃圾吸硫化物收灰塵，放氧，氣。

發表於《中國時報．人間副刊》，一九八六年二月五日

收錄於《同情的理解》，臺北：新地出版社，一九九一年七月

一生

猩猩從西非森林被運來芝加哥動物園，聽到獅吼看不到獅子，看人卻看了三十七年了，從十一磅天真成長到五百多磅苦悶。苦悶是人間的懲罰。只因他不是人就被獨禁，被罰看人。

人從各地來給他看。有人扮各種臉，一直扮到做不出臉還不走開。有人指著鼻子，喃喃絮語努力介紹自己。有人穿西裝模仿他的動作，要和他比較文明，笨拙無趣，他忍不住放屁。有人默默看他，似乎和他一樣不會說話。有人拿來鏡子，他看被鐵條隔斷的自己，鏡子被拿走後，他看見鐵條看不見自己。有人照相證明見過他。有人把槍朝他，說些他不懂的英語，被警察捉去。有人把園長帶來，邊提出問題邊做筆記；要報導他卻不問他，不知那行業叫什麼。有人來笑，他覺得可笑卻笑不出來。有人亂拋帽子，他放在腳下踏扁。有人伸入手，他也伸出要握，人卻退縮了。有人畫了半天，不知把苦悶畫成什麼顏色。有人投進冰塊，他撿起來抱到溫暖濕潤自己的胸懷。

有人曾經照顧他。小時一伸出手，餵他的女孩就抱他，他摸女孩柔細的臉，摸那綻開的笑紋。他拍掌，然而不管他怎樣盼望她來，她長大後也走了。現在看到小孩來，他一伸出手小孩就退後。

他喜歡小孩，小孩卻愛捉弄他，向他投泡泡糖和石粒。他在小孩的掌聲裏拾起石粒，看那些小眼珠內無奈的自己，也玩也踢；小孩高興離開後，他才費力要拿掉泡泡糖。雖然已吹過泡的不再香甜，膠卻如苦悶緊黏。一個小孩曾送來猩猩娃娃，他天天抱，抱煩了，撕碎，看破布紛飛，飛不出鐵欄，抓住幾片玩著。一個小孩曾投入球，球如日子，他接不著，落下了，他拾起來擲，球滾，他隨著走；球停，他踢，又跟球轉，轉暈了，他才坐下，注視那失落的東西。

走了不了的是椅子、桌子、輪胎、和他。椅子除了坐以外還可舉起來玩弄時間。桌子除了放手，吃飯，支持沈思，拍打以外想不出別的用處。和他同樣膚色的輪胎，怎樣踢開都被鐵欄彈回來，乾脆坐在上面。輪胎受不了他苦悶的重量而破了，人仍不拿走。日子重複著鐵欄相似的外景，不同的只是肉做的臉。日子重複著鐵欄相似的內容，不同的只是鐵生的銹。

真沒意思。連鳥、蝴蝶、落葉都不飛入，而蒼蠅進來只是舔大便。所以陽光下午來時他都枯坐在鐵條和自己交錯的影子上看天空。風怎樣吹都不動，動的人卻不動人，他已無興趣看了。但人跟黃昏走後，又覺得時間和自己一樣黑。他默默擁抱黑，黑默默擁抱鐵欄，抱到鐵欄溫暖時也累了。

活著很累，然而不自殺，再受不了也活。七年前完成空氣調節的新建築，給剛從非洲捉來的十多隻住。要他搬時，他憤怒撕破兩張臉，踢傷一個肚子。他們人多，終於制伏他強迫遷入。沒有天空，沒有陽光，沒有風雨，每天總是一樣的空氣一樣的溫度，更加沉悶了。他大叫大跳大撞，最後絕食抗議。已住過三十年的地方雖是鐵欄也算老家，家設備再好也是沒有樹林的牢房。他又回舊牢房後也覺得老了。只背向人坐著，目中無人。人依舊扔進東西，他不再拾起了。泡泡糖依舊黏，他不再拿掉了；黏著痛苦也坐著忍受，因為站起來支撐自己更滯重了。

那天走來幾個穿白衣的男女，猛然射來一支箭，他覺得頭暈，就躺下睡了。醫生量他的體溫、脈搏、照X光、抽血。診斷他齒齦有毛病後拔掉一顆臼齒。診斷他缺乏運動而得關節炎，須吃阿斯比靈。他天天坐著看天，天落雨時關節更痛了，看著雨落忍受。

聽說他生病，三十多年前照顧過他的那女孩從遠地趕來看他，給他一束薔薇。他輕柔抱著薔薇，看那些綻開的皺紋，他已認不得做祖母的女孩了。

恍惚什麼都看不清了。鐵欄外，恍惚白雲飄浮著，飄浮著，飄浮著，忽然不動了。什麼都靜止了，什麼都暗了。

黎明時飼餵者按時來找他：

「嗨！該醒啦！今天放假，來看你的人一定更多。今天天氣特別暖和，就像你故鄉，你一定喜歡的。起來啊！」

他並沒有起來，懷裏的薔薇已枯萎了。

發表於《中國時報·人間副刊》，一九八六年二月十五日
收錄於《同情的理解》，臺北：新地出版社，一九九一年七月

家在臺南

火車穿著夜向南疾駛，我凝視窗上的臉。臉如果在白天就可貼著臺灣的風景，風景動著我的思緒。思緒二十五年前追著田，田接力賽跑，比的都是綠。綠過北回歸線轉黑後，蛙聲送我回臺南走出火車站，沿著中山路，暗淡燈光裡依稀看出高等法院分院的莊嚴。經省立醫院，穿過民生綠園，走入中正路燈就較亮了。過了希臘羅馬式建築的土地銀行，兩旁商店相連，店前椰子樹陪我回家。家在鬧區，再喧聒都已習慣了。習慣晚間看完書後守在窗口，看逛街的人群，守不住的時間隨人群走過。

「外面一片黑暗，沒什麼可看的了。你在想什麼？想家？」他看我點頭。

「家在彰化、斗六、嘉義、臺南？」他看我點頭。

「臺南曾是我最喜愛的地方。二十年前在那裏當兵。那時臺南眞美麗，一出去就碰到古蹟。走到民權路的古井，已枯了，卻流著傳說：十五世紀鄭和下西洋的太監王三保曾來這裡汲水。傳說不可信。歷史上十七世紀井邊是渡口，移民上岸後在島上發展。這井也許是臺灣史最值得紀念的象徵了。巷像典故。沿民權路去社教館聽音樂，踱到館後，豁然看見小池，池邊疊石，池上亭榭。我喜歡那原是道光年間建的吳園遺址的幽靜，假日常去胡思亂想。要不就循著公園路的鳳凰木到市立圖書館看書。如無看書的心情就看廟。街巷有廟，廟內還有廟。曾去一間福隆宮，廟內坐著一個保生大帝和一個老頭。我問老頭在廟內做什麼？他答看廟。我說廟有神還要人看嗎？他和藹微笑。臺南就像那老頭，保守質樸殷勤，諷刺他，他還請我吃茶，卻發現祇有一個茶杯。我問路，他親切說明後，還擔心我不知道怎麼走，送我出來時天也黑了。街燈亮起木屐聲，彷彿敲木魚，奏著無譜的韻律。韻律最古雅的是安平。在運河坐船，到安平上岸，沿碼頭看妙壽宮和天后宮後就是古堡。古堡前的磚牆是三百年斑剝的壁畫，仍可嗅出拓荒的土味。有棵榕樹怕它倒塌，緊緊抱著。在臺南住了一年，我抱著歷史心情到基隆教書，每次回屏東都經過臺南。前年下車，驚奇連臺南也變了。法院改建成呆板的現代式。民生綠園封閉，圍著標語：『政府和民眾永遠在一起』『人人防火，家家平安』，只好繞過去。忠義路要擴寬，把土地銀行大理石牆壁切斷。路上看不到鳳凰木椰子樹了。樹不犯法，卻依法砍掉。前人種，後人砍，據說那是發展。沿著中正路，從前的戲院已改成百貨公司和銀行。走到底，運河口不見了，填上又髒又亂的中國城，連標語『髒亂就是落伍，整潔才合衛生』也是髒的。我受不了，很快就走出。去看古井，已蓋上鐵板，任人踐踏，任車輾過。蓋住或撤走歷史只是搗亂人民的記憶，然而歷史已成了我們自己的一部分，我們能把自己趕到那裏呢？我覺得臺南趕我走。走到火車站前看鄭成功，他鬍鬚彎曲，顯然很生氣。從前他看到我時，都是笑咪咪的。」

沒有微笑，他沈默了，凝視窗外的黑暗。我轉向窗，看到在我們的臉外，黑暗隆隆呼嘯跑著。跑過新營，還聽不到嘓嘓聲，蛙很多已被農藥毒死了。很多已黯然失去了，然而我把所記得的都帶回來了。

「臺南，臺南到了，下車的旅客請不要忘記帶自己的東西。」

發表於《聯合報．副刊》，一九八六年三月十八日

收錄於《同情的理解》，臺北：新地出版社，一九九一年七月

臺南街巷

臺南街巷穿梭著歷史。歷史裏有廟，廟旁有人家兼店舖，賣豬血、菜粽、藥材、棺材板、做餅、皮鞋、裁縫、頭髮，還有相命的，譜系大多已兩三百年了。

從我家向東走三分鐘就碰到總趕宮，傳說是祭永曆年間鄭成功部將倪總管保佑航海而建的。廟前榕樹幹已枯，但葉仍生長著古意。古意下三個男人喝茶聊天，聊了很久天都無動靜，他們笑了。沿著笑聲和餅舖香味走入永福路。路上應是忠烈祠的。從前暑假我每天黎明都去樹下看書。樹已砍除，因為忠烈不再比繁榮流行了。英烈雖不怕吵，政客卻強迫他們搬到郊外，寂寞聽新栽苦楝的啁啾。鳥也不再飛來，因為這裏已改成永遠粗俗的體育館了。大門上廣告著和體育無關的四個紅牛頭。牛頭看著一六六五年建的文廟，牆上是和孔子無關的壁畫，大門「全臺首學」下擺著「屋頂倒塌，請勿靠近」的牌子。從旁門進入，一片幽靜。榕樹蔭下一對老人默坐，盤根上一個年輕人看武俠小說。我穿著幽靜經過「義路」，踏入櫺星門內肅穆的寂寥。走進大成殿，孔子靈牌上面掛著清帝的匾額，無非讚揚老師偉大，仰望得我頭昏。走到殿後，崇聖祠屋頂已塌，據說牆外的市政府擴建時，地基震動，崇聖祠受不了了。明文發揚儒家思想，但要擴建就不管什麼傳統。傳統有時害死人，文化卻使人斯文。奈何專橫宣揚傳統文化的常很野蠻，孔子最怕野蠻，叫我走出文廟禮貌些。經過一七七七年建的泮宮坊，進入小時的小巷。從前的木屋已變成樓房，門前擺著記憶裏並不存在的牆和機車，較不易交通了。出了巷是開山路，右轉可到延平郡王祠，但我不願去看那些生銹的大砲。左轉到青年路，經過萬川餅鋪後，邊吃水餃邊踱到拜張府千歲的祈安宮。門開著，但一走入就碰到不准進的牌子，只好又出來。去一六六九年建的府城城隍廟。從前清朝官員每逢初朔都來燒香祈求風調雨順，現在即使競選，候選人要殺雞咒誓也不來這裏了。這裏油燈已換成電燈，把臺灣最大的算盤照得更明亮了。

「幾何代數留古今，乘法歸除定是非。」

明亮的還有壁上陰間不同表情的二十四司和匾聯：

「問你生平，所幹何事？圖人財？害人命？姦淫人婦女？壞人倫常？摸摸心頭，悔不悔？想從前千百詭計奸謀，那一條就非自作？」「來我這裏，有冤必報！滅汝算！蕩汝產！殄滅爾子孫！降罰汝禍！睜開眼睛，怕不怕？看今日多少凶鋒惡焰，有幾個到此能逃？」

都是寫給識字的壞蛋看的。我安心從城隍廟出來後，想去臺灣最早的臺南神學院和長榮中學，但據說已無從前樸實的氣氛，就拐到公園路。路上鳳凰樹也早已被殺風景的官僚砍除了。我不是風景的一部分，轉了幾個彎後，來到一六六二年建的武廟。兩根石柱撐住廟頂，廟前綁著腳踏車，大概是肉員店的食客的，吃時請關公看顧。廟前兩根電線桿和關公作對，關公早已不憤怒，任廟內荒蕪。軒昂仍是古字：

「和而介情性無偏，不淫不移不屈，此之謂大丈夫。」

「大丈夫」下面一個老頭彈古箏高山流水。他說河南老家關帝廟和臺南武廟一樣古舊，從前常去玩，現在老了還不能去，走東走西又來這裏。我告別他的苦悶到隔壁的大天后宮。廟原是朱術桂建的王府，施琅到臺灣第二年改成天后宮。除了媽祖外，還住著臺灣民間信仰的千里眼、順風耳、四海龍王等九十多位神。三百年來留下的木雕石刻都傳神，石碑匾聯更豐富，都要「德侔天地，惠澤群生」，然而連臺南人都不願看了。古蹟竟是滑稽，外地的人不來，他們寧可去沒有什麼可看的臺北亂逛。從天后宮的小巷出來就到石精臼，廣安宮前吃虱目魚湯，肉吃入肚，刺吐出，因為已是傳統，沒人認為不體統。吃後經過赤嵌樓。這座可能是臺灣最著名的古建築收藏著被誤用的歷史。最先是荷蘭人一六五三年建來管漢人的，鄭成功一六六二年趕走荷蘭人後做承天府署，他兒子改做火藥庫。滿清把鄭家趕走後，要利用卻不修建，差點被朱一貴的人攻破了。十九世紀中葉乾脆在樓上拜觀音菩薩。日本人來後，改做軍人醫院、師範學生宿舍。把日本人趕走後，在這裏設歷史館，館不管也罷，竟把不尊重的東西也放進去，把毫不相干的九個紀念一七八八年平定林爽文起義的石碑也搬來。參觀還要錢，有人生氣就把石獅偷走了。我走過成功路，彎進自強街，到開基天后宮，鄭成功登陸不久後移民建的。廟前三個小孩在熱門音樂裏踢塑膠球，守門的龍柱被鐵絲關禁；廟內穿高跟鞋的女郎跪拜著。我向微笑的媽祖微笑，女郎向我瞪眼，似乎我這穿運動鞋的是隨時準備跑的，不夠端莊虔誠。我走出後，從成功路到西門路，彎進慈聖街，街內有巷亂停汽車機車腳踏車。彎進人和街，街內又有巷，巷內四聯境普濟殿。殿不大但建築瑰麗，紅簷紅椽紅柱，樑棟雕畫都不俗氣，使我有氣俗的感覺，流連好久後才去神農街的水仙宮，一七〇三年建的廟，三郊商人曾做為總部商量如何賺錢，人民一起義，他們就組織「義民」，幫統治者打擊起義。兩三百年前廟前的港，現在是市場，擺著裸體的雞鴨、分屍的豬、炸的魚丸，充斥著叫賣聲，吵得廟內水仙尊王臉都黑了。我也累了，走到和平街「看西街教會」，這座標誌著長老教傳入臺灣的羅馬式建築如一首古雅的歌，歌詞雖莊嚴卻與環境不和諧，我不願唱。我穿過安平路走窄到祇能通行一兩個人的正興街，經中正路回家。

看的幾乎都是廟。眞妙，我不信鬼神，散步到廟，只因廟關聯臺灣歷史，而歷史是我思考的街巷。

一九八六年五月

收錄於《同情的理解》，臺北：新地出版社，一九九一年七月

經歷

過去大家都和牛一樣耕犁。平地種稻，山坡種甘藷。大家和牛不一樣的是還拜土地，拜後其實也是自己吃自己。活著單調親像家譜，家譜上名字和家訓都是別人代寫的，家訓讀不懂，只知好好作人就是了。

識字的少年，祠堂神明會捐助到臺南市繼續讀書。書讀多後他們都不願做牛了。也許嫌村落伍，連祖先的墓都不回來掃了。有的到臺北參加文化運動，被捉走，放出來後，有的去中國，被嘲弄；有的去日本，被欺負。有的不知去那裏。後來戰爭發生，更不知他們生死了。

回村的少年只有張大田。他不願做田，在小學教書，常幫大家做東做西。還講些村外發生的事情，講世界很大，不要憨，要敢。講從前祖先開墾的邊疆已變成外人剝削的樂園，要做就自己做主人。大家忙著生活，聽後都沒什麼興趣。但注意到星期日他都和一個女孩一起在田畦散步或跑步：

「我們都不要再跑了，你這樣跑，我趕不上。」

「妳跑快點啊！我等妳。」

伊叫阿雪，是他在臺南相識的。高女畢業，很害羞，碰見村人只是微笑。很沈默，村人問伊才答。問伊老爸做什麼，伊答醫生時臉又紅了。大家都覺得眞是可愛的一對。奈何老的都不同意。伊父母不願獨生女嫁到草地，他父母怕他又離開，因為他阿兄去南洋替別人打仗後就不再回來了。

這些都是聽阿爸說的，我沒看見。

一九四七年我出世那年，小村多了些墳墓，有一天幾個人來找他，以後就沒再看見他了。聽說古意的他讀書要叛變，村人都不相信，但都沒出來替他辯護，都以為辯護也無用。以後也沒再看到阿雪，伊也被通緝，不知躲到那裏。聽說還活著，但不再住在臺南了。

這些都是聽阿母說的，伊沒看見。

以後記不清了。大家都以為他已死。他老爸發瘋，碰到人就說：「阿田是好人，我做老爸的最清楚，絕對清白，冤枉啊！」不能做田，大家輪流幫忙，一直幫到他倆去世。他老母出葬時，有一個婦人帶一個小女孩來，但都不跟人招呼。很害羞很沈默。要找伊時卻已不見了。後來有一天卻突然看見阿田那個怕被牽連的阿叔，把土地賣給農藥廠，搬走了。

這些都是聽隔壁阿爐伯說的，他都看見的。

後來我也長大了，也去大學念外文系。系裏有個同學，桌上都放著他父親相片，眼神炯炯臉嚴肅。同學說他父親被國民黨特務捉去後就失蹤了。我又想起阿田；臉斯文卻嚴肅，目光炯炯凝視著我。

服完兵役後回鄉鎮高中教英文。有一天聽說阿田還活著，關在綠島。我很興奮回家告訴父母，他們半信半疑，對傳聞已不輕易相信了。父母還做田，照顧秧種比照顧出疹的嬰孩還認眞：整田，插秧，除草，噴農藥，繳水租，繳稅捐。他們做田比我教英文更没有前途，但勸不動他們賣土地，正如同學勸不動我出國一樣。

我没出國，但離開過臺灣本島。那次去綠島，是想看他，但不是親人不能會面。寫過幾次信都無回音，也就不寫了。

雖知道他還活著，村人卻漸漸淡忘他了。這些年來村人也夠操煩的。有一年遭到稻飛蝨蟲害和紋枯病，稻穀變褐色，稻稈都倒下。專家來看後說秧插得太密，肥太多，不通風易生蟲。秧插密，肥灑多，為的是增加收穫卻反而損失慘重。無論怎樣辛勞都比不上政策，政策要促進對外貿易，進口的糧食是大家耕作的稻米兩倍，促進農人吃虧。

吃虧了這些年，他終於出來時已黃昏了。孱弱的老人，故鄉已無家，就住我們家。故鄉的變化知道不少，說是看中央日報的。許多記者來採訪，黑白問東問西，他只苦笑不願回答。深夜靜寂，他從沈思裏問起阿雪，我們也不知影，很久了。

黎明我帶他去他父母的墳墓。他輕聲叫阿爸阿母後靜默，默默拔掉雜草，把墳墓掃乾淨。歸途上，他感慨從前認識的大多走了，死的死，搬的搬，碰見的幾乎都是陌生人，恍惚跟蹤，常轉頭：

「回頭看其實並沒有什麼，就一陣風！」他嘆氣：「但是怎麼空地增加呢？以前不是這樣黃的。」

他嘆氣，我回憶：幾年前聽說椪柑內外都可銷，連山坡地都改種椪柑。栽樹苗後，怕沙散，也種野百合；怕營養不足，都細心施肥；怕陽光不夠，常剪枝葉；怕生病，都噴農藥。艱苦照顧，結果豐收了。但是收時不知怎樣，阿爐伯碰到蜂窩，被虎頭蜂叮滿身，中毒不治。大家都感到情形不對勁了。把椪柑全摘下後才發現賣不出去。有學者又發表議論責怪農人種太多了，有學者攻擊香吉士。香吉士官商鬥空進口後到處廣告，大家相信廣告，彷彿產品不廣告就不好。椪柑比香吉士還香還吉，但較少人買土產的了。村人有的不管什麼規定，賣田搬走了。有的不甘賣祖產也不願再做田，就讓地生草，用兒女在外賺的錢繳田賦，實物空地稅和水利會費。有的像父母不願搬到別處還做田，不再種椪柑，仍種甘藷，但不再給豬吃了。

「為什麼村人不再養豬呢？」

「因為大家都養過太多了。」

我苦笑：笑自己幾年前豬好價時勸父母飼。台糖也和農民爭利。飼料貴，進口的玉米又缺，注射防疫後才發現無利。豬沒死，但承銷商卻壓價，屠宰商又聯合外銷商操縱市場。半年後村人賣豬都倒賠，看到豬都怕。有的就自宰自售，用機車載去賣，卻被肉販僱的流氓打。賣得的錢都不夠醫傷，又不敢去告，因為政府規定養豬的人宰豬是犯法的。

「法？」他拍我的肩膀：「法是統治者訂的。他們可以不必遵守，卻要我們服從。」

法太多，我不大懂。在家就談些和法無關的事，例如那些到外地讀書的日子，我們的憤慨，我們的戀愛。他愛談臺灣的未來，我卻好奇想知道他的過去。過去他說沒什麼好談的，所有的過去已傷害現在，希望是為了將來。

一天黃昏，我們又為臺灣的將來而辯論時，忽然聽到叩門聲，我去開門，見到兩個陌生的女人，說要找張大田。他一聽見，猛然從沙發彈起，眼睛睜大了，臉激動了，皺紋深陷了，慌張奔向客廳，客廳忽然陰沈下來。

他們的目光交叉閃爍，他們的手相疊發抖：

「很久了，眞沒想到還能活著相見。眞沒想到一關就是三十年，你們一起受苦了。」

「這些年來惟一的安慰是我們的女兒。伊很認眞，小學畢業，中學畢業，大學畢業，留學後回來教書。」伊依偎著女兒，忍不住啜泣，他牽女兒的手去拭伊的淚：

「活著回來，我們不要再分開了。」

發表於《臺灣文藝》第一〇一期，一九八六年七月八日

收錄於《同情的理解》，臺北：新地出版社，一九九一年七月

意述

○

生活並不藝術，要藝術卻須生活。活著他們都認為自己最藝術了，再醜也美，同意藝術使人感覺生命，思考世界。同意後就不思考了，成為別人的眼睛和嘴巴。政客利用維根斯坦的嘴：「不要想，看！」喜歡思想的教授看著發瘋前的尼采：「我們有藝術才不會從眞理消失。」對眞理毫無興趣的商人纏著福羅拜：「人生可怕得只有避免才受得了，而要避免它只有活在藝術世界裏。」詩人聽後抱住艾略特：「藝術不是表現人格而是克服它。」聽到克服，裁判苦笑著說他無話可說。畫家不再沈默了，說表達眞痛苦：連偏愛森林野獸的盧梭（Henri Rousseau, 1844-1910）畫幻像時都會惶恐得發抖而要開窗看外面。努力觀察人的狄加（H.G. Edgar Degas）看多了，老時幾乎眼瞎：「在我的葬禮不要念什麼頌辭，就說他喜歡畫。」最後他們都高興地同意，藝術是要表達些什麼的。

一、泥塑

他們看著一個泥塑：瘦女人，臉小身短，手長腳高。看了半天，畫家說像賈柯米提（Alberto Giacometti）的作品，要表現的不是外形而是所經驗的生命。雖然沒有生命，一個泥塑的靜默勝過一千句話。他們凝神欣賞。因為看不懂，有人就摸。詩人大叫：「看，不要摸，摸就見不到全體了。」政客不同意：「摸，把部分遮蔽，但別忘記想。」想要廣博卻專攻窄門的教授肯定那點微笑昇華美麗。過去跑第一現在慢吞吞的裁判斷定那枝身軀攫住青春。購買過去出賣現在的商人認為手腳表現靈活。裁判希望靈活，帶走手，像發呆了。教授要教育，摘掉微笑，臉就沒了。商人要賺錢，拿走身軀。政客生氣，拔腿跑了。詩人嘆氣，看著畫家默默收拾破碎的泥灰。

二、建築

閑人免進。他來看人忙著拆房子。房子不一定算建築，新哥德式石灰石建築卻是可居住的雕刻。屋簷有方有圓有尖，有畜生，天使，和人。大人兩個刻在木門守衛，小孩兩個扛著花圈站在門前，門上幾片橄欖葉，他都用照相機攝下來了。屋頂已拆了，他們正要破壞屋身。屋主認為房子缺乏經濟價值，要另外堆起四十層鋼鐵夾玻璃的盒子。他們正用機器撞，把石灰石撞成垃圾；用手敲下雕塑。藝術拆掉就没意思了，所以他特別請假帶來積蓄，想買那幾片橄欖葉，那幾個天使，那幾個人。人的頭正被敲著，他凝神仰望，覺得自己的頭也被敲著。灰塵迷漫，他覺得模糊，挪近想看清楚，再挪近，恍惚天使向他飛來，他攤開手要去擁抱時叫了一聲；他抱不住自己的聲音，倒下去，血濺染他的臉，濺染閑人免進的木牌。工人認眞工作著，聽不到拆以外的聲音，看不到血，仍細心拆著，敲著。

三、印象畫

我們來想法國印象派畫。夾在傳統和現代間的印象派，對過去無興趣。不畫古跡，不畫皇家花園，甚至不畫普法戰爭（一八七〇—七一）與巴黎公社（一八七一）。不再在室內塗幻想，他們到外邊調色，把自然著在畫布上。他們到外邊用顏色擁抱現代，把時間畫成詩。我們看到畢薩羅（Camille Pissarro）的田野、農屋、鐵路、街道、廣場和橋；席思雷（Alfred Sisley）的流水和船；芮諾瓦（Pierre Auguste Renoir）的浪、花和女人；莫內（Claude Monet）的小孩、火車站、草堆、花園和荷花。我們想起他們一起工作——繪畫。雖然作品被譏笑為瘋子「未完成的壁紙」，但他們都互相激勵。芮諾瓦和莫內年輕時更常一起畫，寧可一大早醒來畫黎明，厭惡午夜還坐在咖啡廳討論藝術理論的知識分子。席思雷一生不如意，年輕時賣出的畫平均每張只得到兩百元新台幣；不再年輕時畫賣不出，只好請朋友買。有張題為「水災」的畫賣出八萬元新台幣時，他已死一年了。畢薩羅和莫內相信社會主義，但從來不畫對社會的激情，也不強迫別人相信，只默默創作，希望大家欣賞社會。畢薩羅的畫，色調淺淡，表現凝重。十多年前在牛津看到他的自畫像：一個慈祥的老人，看不出他對藝術的狂熱。後來在倫敦鐵德（Tate）美術館讀他，才知道他影響梵高、高更和塞尚。塞尚說他是「謙虛的巨人」，作品雖被沙龍接受，但他只肯和朋友的一起展覽。普法戰爭時，他家被抄而失去了十五年的創作。然而不管什麼氣候，有眼疾的他仍繼續畫，畫車轍的路，向前，向前。前面莫內畫著一八七八年畫六月三十日節慶街上共和國的國旗和人民，點點都是人民，動著，撇撇都成國旗，飄著；連最淡的天空也同國旗和人民一樣光彩。他要用筆捕捉時間，一個教堂畫了八次，一個火車站畫八次。乾草堆也畫了十五次。但時間逃逸，留下窘困。芮諾瓦甚至從家裡拿麵去接濟他。然而再苦都要畫，畫外在世界印象而不畫個人淒涼：「我畫如鳥唱。」鳥自由飛的才算鳥，被藝術家抓住後，唱出的色彩有血。

四、鋼雕

我們又到芝加哥市政中心廣場看畢卡索的創作：三樓高的鋼鐵雕塑。無題，要怎樣欣賞都可以。看似女人頭臉。女人也許是母親，小孩玩著。抓住長髮，髮硬不叫；爬上鼻子，鼻子很藝術不打鼾；站在下巴摸嘴，嘴是鐵不說話；在頸上跳，躍起鏗鏘。小孩玩得連鋼雕都高興笑了，兒子也跑上去。

「小心啊！」

「我會的，老師說藝術品不倒，我也不可能傷害它，我是小孩，它是鋼鐵啊！」

不管多藝術，天終於看倦而暗下來。小孩也玩累跟父母離開了。燈亮了，明暗交錯中，畢卡索看似鳳凰。鴿子飛來，停在它的眼睛，彷彿看不到什麼，又飛到頸上，走來走去，尋找什麼。不知找到沒有，方便後又飛了。鳳凰走不了，留在地上。

發表於《聯合報・副刊》，一九八六年八月七日

收錄於《同情的理解》，臺北：新地出版社，一九九一年七月

習題

上學途中都經過法院和監獄。看到穿制服的押不穿制服的，臉罩著竹籃，聽說是詐欺偷搶而被抓到的。偷搶的橫臉，詐欺的假臉，被捉後卻不敢露出眞臉。那些臉，我不願看，但仍聽到竹籃後罩著的眞實：一個少年人是為醫老母的病而搶的。一個中年人是因繳不起房租而偷的。一個老頭是因女兒無端被抓，揍警察而也被抓的。

也看到被押的老少，臉不罩竹籃，昂首走著，微笑要向我招手。他們被銬住的手血痕斑斑，但還是舉起來，彷彿要表明銬不住的是一些意志。進監獄仍然那樣從容，我不懂，回家問父親。

「那麼自在的大概是政治犯吧！」

「什麼叫政治犯？」

「為了政治而被判刑的。」

「老師說政治是大眾的事，為大眾是對的呀！」

「眞對，卻被抓。一個地方有政治犯就不對了。」

「為什麼為大衆就被抓呢？」

「因為法是少數人為自己訂的。你長大後就會懂。現在別問這些，認眞做習題吧！」

習題是很多的問題，去找阿文一起解決。沿途要經過屠宰場。總是聽到豬叫，叫聲尖如刀，衝刺得我心都亂了。趕緊跑，想起豬看到很多豬集在一起當然害怕而亂叫了。我聽了雖怕卻不敢叫，默默跑著，跑到阿文家。

「這樣恐怖，你怎麼受得了。」

「是受不了，但也得受，這裏是我家啊！」

「為什麼不搬呢？」

「我們能搬到那裏？這裏本來是可造作的田地，很美麗，竟變成屠宰場。人不願住這裏，連鳥都不敢飛來了。」

「這也難怪，那些豬即使不叫，味道也使人難受。聞起來可怕，想起來可憐。」

「可憐的似乎也可怕，只可憐其實是怕，怕就改變不了什麼了。」

可憐，習題還未做完，天已累。不知黑叫豬，還是豬叫黑，想起夜如豬的膚色更覺恐怖。尖聲亂竄，只會叫的豬卻跑不出來。待宰的不累仍叫，我不叫卻已累了，趕回家，繼續做習題。

發表於《臺灣文藝》第一〇四期，一九八七年一月二日

收錄於《同情的理解》，臺北：新地出版社，一九九一年七月

逃

醒來，酸痛發現自己還活著，白白被包圍，才想起上午，忽然從鷹架掉下後什麼都昏黑了。

從前雲再白都不這樣單調的，白雲没事，也跟他一起看山林與溪谷。他吹口笛唱歌，山谷都學他吹口笛唱歌，連樹也聽得前後搖擺。那些樹，有些是按習俗，生男嬰種松，生女嬰種杉，嬰孩長大後離去了，樹還在那裏，陪他看大冠鷲、褐鷽、黃腹琉璃鳥和棕面鶯飛來，一起唱山林的歡欣。鳥是否也有憂愁，他不明白，但知道鳥不必怕被抓，族人相信鳥可預告吉凶，是從來不捉的，況且把鳥抓盡就剩下族人唱歌了。倘若没有唱歌的心情，就從這山坳跑到那山頂，跑得滿身汗才覺舒暢。山上不須地址，怎樣跑都可回家。連太陽也回去後，暮色蒼茫，他卻還豁朗。晚上一抬頭，星星就點頭。自古以來，星星都默默守著山，彷彿擔憂山暗中倒下來。

山没倒，卻不安寧了。本來很自然，卻被收去保留。族人整理後要耕作，卻被收去要造林，還未種樹就把松杉砍除。蛇還有的。蛇不咬族人，族人也抓，只因可賣。毒蛇較值錢，族人抓百步蛇被咬死，但仍繼續抓，把有毒的都快抓光了；連無毒的也害怕，紛紛到平地，平地宣傳山上可做香菇或養鹿，然而無錢無樹，那來鹿與香菇？山上不再種甘藷玉米了，糕餅向平地買。不再織，布向平地買。山泉不再流，水向平地買。不再唱族歌，歌向平地學。不再跳族舞，連舞都向平地學了。然而再窮也要舉行豐年祭，老的籌備，老的演奏，老的跳舞，年輕的嚮往遮死狗猛扭，豐收什麼呢？

無可豐收，退伍後到高雄找事，看到漁船找人，因不願離家太遠就去拆船。船沒拆完，去建北迴鐵路，然後來台北應徵做建築工人。用標準國語說出姓名後，大家都笑了：

「你們外省人怎麼取這種怪名字？」

「我是在島上生長的。世代在這裏生活很久了。」

「那麼你是山地同胞了，為什麼用這種外國名字呢？」

「這是我原本的名字啊！」

用不很純正的族語說出姓名時，大家又笑了。

笑的其實並不可笑。在台北，大家除了黑白笑外也亂叫，愛唱歌的反而沈默了。天空還掛在上面，但要抬頭才看得見。樹是有的，被剪得不像樹。鳥還活著，在籠内；幸虧鳥小，人吃不過癮，否則也早被養在地上變成家禽。他不喜歡如籠的台北卻也住。苦，自己吃，別人挖。再險也做。街上沒有蛇，但比山上危險。走路都要看前後左右，不是怕被搶而是不願頻頻被碰著。那天走出地下道，驀然瞥見一個女孩像伊，趕緊追過去，追上了，伊支吾來台北做傭人，卻不說住那裏。凝望那脂粉緋紅臉上黑鬱鬱的深陷眼眸，提議一起回去；伊卻說不可能了，猛然跳上公共汽車離去。在台北找不到伊，回鄉驚奇伊出來做什麼後很痛苦，想起自己出來賣勞力也已六年了。趕到台北又已黑了，夜安排很多霓虹燈燦爛著多餘的輝煌，月已不亮，星彷彿被地上的人嚇跑了。

在平地跑不到那裏，又爬上鷹架。太陽早看不起了，熱就讓汗流下去。一切都已做得很熟練了。然而恍惚又看見那黑鬱鬱的眼眸深陷著山林的怨哀，恍惚又聽到山林吵起來，恍惚做太久太累而暈眩了。

沒想到掉落還活著。海山煤礦塌陷時坑內的族人就都死了。然而活著以後不知如何工作。現在住院需很多錢，付不起就可能被趕走，甚至出院後被送進監獄。侮辱已夠多，不願再忍受了，聽說世界上還有慈善機構，但拒絕被濟助了，而且聽說的都不一定可相信，可相信的是不住院該不算罪——從來不犯罪的。

決定逃，證明自己還活著。

發表於《中國時報．人間副刊》，一九八七年五月十一日

收錄於《同情的理解》，臺北：新地出版社，一九九一年七月

訪

我找到已變形的開元路，找到巷，找到房子，一個國中女生出來應門：「爸，有人找你！」他出來時，我叫他的小名，他愣了，彷彿也想起我的小名，驚喜抱住我：「什麼時候回來的，怎麼不事先通知？」

他擁我進入：

「你出國後寄來的信，我都收到的。但不知告訴你什麼，也就沒寫。這些年，我在故鄉流浪，總算搬到這房子。你怎麼知道我住在這裡？」

「看電話簿。四年前回來，電話簿上找不到你。」

過去不像電話簿，只收姓名號碼地址，而是一本記著悲喜的書，內容豐富。記是記了，他不願再憶，僅說現在很好，至少從未做過壞事。但仍感慨在能奉養困苦一世的父母時，老人家卻先走了。幸而他知道大姊還活著。那年伊嫁給一位國軍，不久隨丈夫去天津，以後就失去聯絡。一年前他才輾轉知道內戰時，姊夫戰死了，伊到處流浪學會中文，流浪到廣州又學會廣東話，再結婚，現在已做了祖母。

懷念在他的腦裏迤邐延伸，伸入童年。他說他大姊出嫁那年，我們還未進小學。他記得我愛拿著手風琴，亂拉亂高興，祖母怕我跌跤，都默默緊跟著。我祖母去世後，手風琴也不見了。

「因為我收起來，不再拉了。」

「很多東西我們都收了起來，收不起的仍是共同的過去。」

共同的過去依稀是小學的年紀，如豆花，又白又軟，很可愛，但捧不住，放在手上會溶散，吃後卻說不出什麼味道。吃了豆花，就赤腳上學去，碰到風雨，就跑，從不遲到。那樣六年後他出外工作，我繼續讀書，三十多年了，很少見面。現在連兒女都比我們當初長得高，而且穿得漂亮多了。

往事如陀螺已被時間轉昏，不願拾起，只好沈默。不讓靜寂隔離我們，我問他最近喜歡做些什麼。他說工作後不喜歡那些節目，那些流行歌曲，那些連續劇，那些主角的纏綿，好像這世界都充滿他們豪華的悲哀，再沒有被損害與被凌辱的。因為他不願把時間送給電視，就看點書。我去時，他正看尼采。他說尼采太孤僻了：「一個深思的人需要朋友，除非他有一個上帝。我既無上帝也無朋友。」沒有朋友，難怪尼采發瘋。我也想起尼采說眞理起於對話，卻引起他感慨：道德不再是眞理了，沒人肯誠意對話，人越吃越難做了。我默默聽著他的憤慨：

「聽說德國人認為最好的鏡子是朋友的眼睛。」

「怎麼掉起書袋來了。」

「別人掉書袋賣學問，我只是抄抄而已。書不見得是最有用的袋，可是很多人都爭著帶呢！」

他說我一定餓了，要留我吃飯，而且他太太就快下班回來了。但我得回老家。他用機車載我到巷口，想起曾一起到開元寺遠足，他就載我去。寺古意已失，門塗得很鮮豔，更加俗氣。

「經濟改善後，什麼都變了，變成不對勁的美麗。」

恍惚只有榕樹還古樸。從前我們抱不住樹，現在樹抱不住我們。即使抱，也只能擦痛而已。

我們輕輕撫摸後就走了。

他送我去公共汽車站：

「完全沒想到你還能找到我。你來以前，我覺得我什麼也沒有。現在你又要走了，我也不知得到什麼？然而我們總擁有些什麼吧！」

公共汽車載我走了，車駛遠後，我看到他仍招著手：「我們總擁有些什麼的。」

發表於《聯合報．副刊》，一九八七年六月九日

收錄於《同情的理解》，臺北：新地出版社，一九九一年七月

教師的客廳

「你看，又是工頭訓工人，工人又默默聽著。這些剪過的節目都把大家編成傻瓜，不看了。」

「然而不看卻仍聽到噪音。還是有人像希特勒咆哮：在德國每個人都是納粹，不做納粹的是瘋子或白痴。台下一聽都歡呼。因為不呼喊就被懷疑，被懷疑就被捉去。」

「只拒絕並解決不了控制問題，連廣告也是設計來控制大家的思想和行為的。廣告彩色右轉，大家就單調右轉，難怪交通這麼混亂。即使把電視關了，節目還是在那裏，自製自編自導自演。」

「到處擠著要導演的人，但能編製到什麼時候呢？我管五十多個人，要他們閉嘴，他們都不說話，要他們站起來，他們都不敢坐著。然而我也被操縱。到處布置著操縱，控制者操縱被控制者，被控制者又操縱其他被控制者。社會被設計為一組控制系統，許多人居然被控制得很開心。控制簡直變成了這裡的圖騰，大家還讚美崇拜。」

「太多人崇拜權力，爭著要控制；你已支配五十多人，為什麼還埋怨呢？」

「因為就像在什麼都被操縱的工廠，做得像機器，沒有創造性。不喜歡也做，為的是生活。現實對別人也許是甜美的蛋糕，對我卻是沾滿塵土的乾餅，吃下後做不出什麼有意義的事，竟也活著。不平的是人生給一些人欣賞，卻讓許多人受苦。」

「然而有些人是由於思考和創造而受苦的。他們什麼都忍受，只因還要獨立思考，還要創造。」

「他們活得有意義，雖然有意義的常也很悽慘。巴西有個教育家教農民識字，發現農民對概括他們生活的字——例如剝削——學起來比較容易。他們明白什麼是剝削時就更有勁對付剝削了。那位教育家因此被放逐——回不到故鄉是最淒慘了。」

「這社會竟是這樣：清白的被罪人審，屬於這裡的被不願屬於這裡的判決，吶喊他們代表人民，咬定沈默的都反人民。但人民大多是沈默的啊！」

「這世界還是這樣：有權的迫害無權的，無權的再怎樣探索，仍然發現被操縱。不懂的管懂的，還要強把政治帽子戴在探索的創作者頭上。」

「什麼都是政治就影響創作了。明知若沒有創造這世界就更糟，我卻還重複別人的創造，抄抄抄，然後教訓別人也抄抄抄。」

「如果有較好的事，你做嗎？」

「問題不是我肯不肯做，而是人家讓不讓我做。進不去，就被關在外面。」

「請問你的工作是什麼？」

「教小學。你笑了，笑後請不必用堂皇的話說我這行業還不錯。我只盼望學生長大後不再被控制，把生命抄掉而已。」

「今天談得很好，整理後可發表。」

「我並沒說什麼啊！我怕發表。」

「我們談的都是常識，怕什麼呢？其實發表了也不必怕。沒人會看的，大家已習慣看那些使人麻木的節目了。」

發表於《臺灣文藝》第一〇九期，一九八八年一月
收錄於《同情的理解》，臺北：新地出版社，一九九一年七月

鹿苑故事

從前那裡一定有一群樹，樺樹看山毛櫸看月桂樹，露出鹿。

走著，到處都是徜徉的路，伸向溪水。如果低頭，並不沈思，就吃延齡草；如果抬頭，看不出天空有什麼意思，就啃葉，緩緩咀嚼，輕脆如葉的窸窣。

不願走就跑，翹起小尾巴飛快晃著鳥看不懂的消息，腳步追逐著風，風急了，颯然躲到樹梢，逗得枝枒嘍嘍笑，把葉影斑斑抖落鹿身上，和鹿一起跑。樹羨慕鹿帶著枝條跑，想跟去卻被根拉住。不執著的鹿繼續跑，跑跑吃吃，反芻到被夜絆倒。

醒來，驚動了鳥，鳥都飛遠後，冬天才勉強來把葉掃走，太陽怕冷清也少來觀光，草怎樣模仿鹿的膚色都跑不開。而鹿連跑帶跳也逃不出荒蕪，嗷嗷叫得比風還淒涼。再淒涼也要活。無法冬眠，要活卻得在地上尋找食物，找到樹枝就咬，找到樹皮就啃，找到青苔就舔。自然吞盡綠後，拋下雪強迫鹿陷入迷茫。鹿用一身溫暖融解一塊雪，濕潤沙土，卻仍冒不出食物。風又來捲亂雪呼嘯著要捲走鹿，鹿腳緊緊扎住泥土。然而風吹久也餓壞了，學狼嗥叫。被叫醒的狼猛然撲過來，鹿拔腿惶然閃開，跑跑跑，一直跑到狼餓扁了，無力再追。鹿喘氣，風歇息，一片淒迷。

逃開滄桑後，人來了，看上那裏而決定住下。所以別的動物都不准住，樹也不許活。逃不了的樹變成房屋，變成床、桌、椅，變成棒、桶、梯，變成籬笆，變成柴火。鹿更恐慌了，拼命逃，逃不掉的變成人的食物、衣服、帽子與墊子。然後那裡變成人的土地。然後地圖上多了一個叫鹿苑的小村，以鹿做標誌。

然而鹿苑已無鹿了。鹿害怕人，怕被人害，也怕看人害人，更怕見到鹿的標本，不知已逃到何處。

然而聽說鹿可愛的人仍搬來。住下後，出去尋鹿，再也找不到了。只好在遐思裡，把所有的房屋都換成樹，把自己變做鹿，沿路散步，撞到人了。

發表於《聯合報．副刊》，一九八九年二月五日

收錄於《同情的理解》，臺北：新地出版社，一九九一年七月

採訪

太陽睜大著眼瞪得行人都火了。一群豬經過市場時，停下來凝視高掛的豬肉流口水。他張大口：「你們正看著將來啊！你們幾乎全身都可用，做肉鬆香腸罐頭後，還給政府借去罵人。你們對政治有什麼意見？」豬流著口水，一起叫污污污。

污污污使他想起豬到處方便，流入地下水，摻進游離氨氮給人抽上來飲毒。養豬是有害處卻也繼續養著：

「四五百萬年前，人還沒在地球上走，你們祖先就亂跑了。中國人在五千年前最早收容你們，把家當豬舍，以後你們就被收養。被養的也被殺，既然都得死，你們還有什麼意願嗎？」

「我們要做就做豬公，價值十多萬元，蓋滿官印祭神，神氣得很。你們還把椪柑塞入我們的嘴——塞住批評，神看了很高興。」

豬不高興他擋路採訪而跑開了。他走到鄉間，滿身汗看豬在冷氣豬舍內吃著進口的黃豆、玉米、麩皮：

「肥是你們活的目的，但能肥多久呢？從前你們需一年才長大，現在你們活得有辦法，只要半年就可賣，但養你們的常賠本為什麼？」

「因為政府也和民間搶著養，養多就賤了。而沒有人甘願賠太多，出賣我們前還猛向我們灌水。其實我們已盡量肥了。」

在豬的嘮叨聲中他走開。走到柵欄邊，看到梅花鹿，問他們為什麼不反抗，鹿舔他的鼻子：

「臺灣本來是我們的草野，可是最後一隻野生梅花鹿已在一九七〇年被你們射殺了。我們為了活著而假裝溫馴，我們當然想過反抗，可是請先告訴我們如何衝出這柵欄？」

他沒回答。怕被控煽動叛亂，慌張踱開了，決定採訪警備嚴密的地方——動物園。

一進動物園，老虎就瞥見他。但看老虎以各種姿勢漫步，就是不跑不跳。

「在這裏吃住，宣傳都說你很舒服，可是你顯得不滿意。盡量說出，我寫下發表。」

老虎注視被鐵欄影子綁住的他，吼了一聲，顯然不願關著被採訪；又吼了一聲，顯然要吼走他。他怕老虎吼些他答不出來的問題，決定離開。

暮色襲來。他走出時，動物都不理他，彷彿都受命不許給人採訪。但看見兩隻袋鼠互用前腿勒頸，後腿踢屁股。也許誤會了，也許爭奪食物，也許嫉妒，各以為自己的嘴尖，毛細、袋大，都容不下對方。也許並沒什麼，只是怕忘記打架的方法，無聊打打，打打無聊而已。

他怕靠近挨揍，就遠看，不敢採訪。夜來把動物園關了。

一九八九年二月

收錄於《同情的理解》，臺北：新地出版社，一九九一年七月

牢

我們的祖先從外地被牽來後就進牢了。

從前我們帶你們走過城鄉溪流，拖著泥撬把山產載到平地，又把平地的東西帶回山上。做牛不怕拖犁，累了走慢點，你們就揮鞭；痛，我們都帶著走，低著頭犁過去。你們不要我們吃我們所耕作的，用竹籠罩住我們的嘴，你們的收穫越多，我們負擔也越重。然而總希望你們豐收，讓你們過好日子。

培養你們是我們生活的歷史。你們擠盡我們的奶後，吃我們的肉，來一碗牛肉麵宵夜後，還做成乾，隨時消遣。穿著我們走路，累了坐在我們上面吹喇叭，打著我們的皮鼓舞你們前進。

如果後退你們就尊儒，自己不敢犧牲就殺我們。孔子那一套已把你們整得很慘了，你們還拜祭完後任你們拔毛。我們的智慧如毛，要是你們眞有智慧也不會殺我們了。

你們用各種方式侮辱我們也很久了。你們野蠻卻說我們愚笨，連罵人也借用我們的名義：吹牛、笨牛、黃牛、牛脾氣。你們嫌人嚕嘛，就誣賴我們過溪厚屎；禿頭的竟指牛山濯濯。自己陷入困境，感慨拉牛上樹。自己鈍拙，卻說不牽牛鼻牽牛尾。獨奏難聽，也罵是對我們彈琴。連為我們而舉辦的讚美活動也展出用我們的皮做的鞋。要畫我們，卻把我們拴在樹下。我們想走一走，你們動不動就大叫不許動。然而我們不運動運動，你們吃什麼？

我們愛綠所以吃草。然而你們用藥除去，現在連草都難吃了。你們割據草地，甚至為了要打高爾夫球而把我們趕跑。你們嚇飛白鷺鷥後，我們還可忍受寂寞，但白鷺鷥能飛到那裏呢？到處都是機器，不許我們耕耘。農業機械化，人機械化，什麼都機械化，連屠殺我們也機械化了。

然而你們再怎麼設計屠殺的方法，我們都要活。聽說世界最後一隻原牛已在一六二七年消失了。聽說美國印地安人騎外來的馬殺本土的牛，白人騎印地安人的馬殺印地安人，最後把快絕種的印地安人和牛都趕到保留地。我們選擇活在這裏，可不再給你們騎了。你們用我們，吃我們也夠了——我們原就不是活來給你們吃的。

還有青草的土地上，我們不願消失，就是要在臺灣生長。

一九八九年二月

收錄於《同情的理解》，臺北：新地出版社，一九九一年七月

房屋在燃燒

房子著火時，我們正討論著如何防火。火速鎖門，堵塞外人進來搶。我們不搶也不救，就討論著。要救的太多了，這些年都慷慨讓它們消失。我們只要繁榮，繁榮，繁榮，榮煩了就焚起來。在這家，我們從土埆造住到水泥屋，便所從外面移入，情感自裏面搬出。聲音從祖先背漢文念日文轉到我們學漢語英語忘記母語。意志從反對那批到抵抗這些，都高舉旗與火，火喜歡旗把旗燒了，我們憤怒喊得比火燄響亮，熱情比火熾烈，熾烈燒掉祖先的木雕，燒掉我們的寫生，燒掉我們的地圖；熱情燒著我們的骨氣，燒著我們的節操，燒著我們的熱情。我們仍以為只要現在活著就燒不掉歷史。雖都焦急同意熄火的重要，卻各自堅持滅火的法子。火越無理無秩序了，似驚惶的野獸亂竄，嘶嘶要把建築摧毀。白牆已昏黑了，但還不肯倒塌，火更炎，順勢要把所有東西翻譯成灰燼，死纏著房屋，要纏死我們。烘得我們發燒流汗，卻仍不贊成冷靜的必要。火更火了，跳向我們，我們退後，死也不走。因為毀壞的已太慘重了，我們就爭論建設的問題。爭，爭，爭，增煙霧延誤答案，燻出了淚，還論著，忘記準備了很久的滅火機。想起要用時才發覺已壞了。我們都互相慶幸很會保護自己而沒被嗆死。我們都需要透氣，從破窗看到很多圍睹的燦爛的臉。他們就看著我們仍鎖住裏面，爭，論著搶，救！

我們焦灼的房屋還在，燃燒。

一九八九年五月四日

收錄於《同情的理解》，臺北：新地出版社，一九九一年七月

硯倦

原野，我是愛收集陽光的沈默，硬著陪自己的影子。風嗖嗖經過，都不肯坐，忙著煽動草，把沙拐走了。我自然緊緊拉住影子上的自己。忽然有影子步步逼近，不知怎麼搞的絆倒了，痛叫把我丟給溪。

溪中，我收集漾漾的清涼，收集迴旋的激情，收集流盪的芬芳。天黑了，星星與月亮偶爾來喝水，整夜不睡。天亮了，小溪歌魚要吃時，它們才躲避。溪有魚眞有意思，吃我不得還頻頻吻。翠鳥來，站在我上面要吃魚，魚隨游泳的雲溜開。黃鶺鴒來，站在我上面喝天空與流水。人來，踏著我的臉看他自己的臉洗臉。雨來，柔和點綴溪流；暴躁溪就慌亂，湍急要趕我，我都固執不走。有一次一個人踩著我過溪倉皇摔倒了；我拽不住，水洶洶把他架走了。

以後人越來越多。他們比雨還會玩弄溪，比翠鳥還會抓魚。他們帶走很多魚後，留下一堆魚不敢吃的東西，溪水都流不動。有一次，有一個人來，站在那堆東西，找不著魚也看不見自己。他火了，踢水，水笑吟吟把他濺得渾身臭味。他更火，彷彿什麼都是我的錯，突然擺出姿勢要踢我，自己卻滑落了。他憤怒爬起後把我抓回去，罰我在屋外守門。看守著一片喧噪，我又收集陽光的沈默。默默走累的人來坐，都喊熱彈上去，拍拍屁股繼續趕路。

有一次，有一個人來，認為我妨礙交通就用車把我載走。先用機器粗暴把我割裂，殘忍鋸開切成圓形。然後蠻橫磨，磨，磨，磨平了也磨不掉我的紋理。然後凶悍鑿，鑿，鑿凹時，認為可放水了才把我擺在店裡。他來買去。

其實他並不喜歡我，卻得在我前面端坐。放水把我磨黑後，濡筆抄禮義廉恥，抄得都不耐煩了。抄有恆為成功之本，越抄越草，草到自己都不認識了。老師罰他練習愛，愛，愛，練得他恨寫愛，嫌愛不夠黑，卻不肯多磨墨，怕把志氣也磨掉似的。

別人要他立的志相當多，他作文時竟不知怎樣表達才合適。注視著我沈思，手指已蘸濕，靈感還不冒出。其實盡是黑色，文采怎會豐富？我拒絕所有的顏色所以才受歡迎，奈何大家以為我只愛黑。

他學英文後就不再理我了。他是你兒子。兒子不要的，你想還可用來練習你的忍耐。你忍耐把一樣的主義抄了很多遍，抄不出主要意義，反抹掉不同的主意。你有意寫意，學畫山畫水，都畫不出潑墨的心情。索性收起心情不再畫了，用我壓紙。

壓住可寫的就荒唐了。只要寫，再辛酸都不荒唐的。我的存在可給你拒絕空白的荒唐。你決定要拒絶荒唐時，才想起有一個作者比你還癡，就又拿起《石頭記》。讀到「身自端方，體自堅硬，雖不能言，有言必應。」你怕癡迷而枉送性命，又無言把我擺在書架上陪小說。幾次參加晚會時你仍提起這謎語，可惜參加晚會的都不太聰明猜不著是我。

你感到煩了，決定欣賞幾朵芬芳的自然，但我卻插不了花。你抽煙，我又不願收集煙灰。終於厭了，藉口我的沈默佔位置，把我放入抽屜。

抽屜不是原野，我厭倦這暗無天日的荒涼。

發表於《中國時報．人間副刊》，一九八九年七月十九日

收錄於《同情的理解》，臺北：新地出版社，一九九一年七月

島鳥

倘若島無鳥，天空不知怎樣單調，我們一定更無聊。

臺灣幸虧還有四二八種鳥，使天空斑斕。三分之一以上留鳥世代居住，三分之一候鳥按季節遷移，還有錯失方向的迷鳥，暫時棲息。

留鳥再小都活得雋永。從屋簷飛下來的家燕，風度翩翩，連找食物都像在寫爛漫的詩。路邊白鶺鴒散步，總是得意搖曳著尖尾巴，儼然比穿禮服的新郎還穩重。白頭翁站在電線桿上看人擠著車，聽車罵著車，從不責備人不懂規矩，車不守秩序，只輕脆說：「這裡——哈囉！」山上五色鳥綠綠穿梭樹林，恍惚連葉鞘也飛翔傳情，白耳畫眉如箭追過去。鄉間已無牛可騎的烏秋雖不再像從前那麼神氣了，但吃蟲的動作依然伶俐。也是黑黑的鸕鶿，溪畔噗通一聲就捕到一隻魚，技術比漁翁高明。還有白鷺鷥，一大早成群裊裊飛出時，好似飄錯的雪，拒絕被天空喚回，紛紛把影子撒落土地。土地上光明正大吃一天後，黃昏一起把夕暉帶回戶籍。

戶籍不在島上的候鳥，來臺灣可不是玩的。灰面鵟要吃老鼠，紅尾伯勞要吃害蟲，卻被恨老鼠和害蟲的人抓去烘烤吃了。不怕死的繼續來，包括春秋間過境的杜鵑。假裝泣血，把自己的蛋放在伯勞的巢，毒毒叫留鳥替牠們孵。孵出的杜鵑又把別的幼鳥擠掉。古人鍾愛杜鵑啼叫，杜撰淒美的故事，臺灣的樹仍然感動，殷勤養蟲給牠們吃。

不該來和不願來的迷鳥，臺灣也收留。然而留下的卻不都可愛。大賊鷗，像鷗似鷹，特別愛襲擊留鳥，逼牠們吐出食物。臺灣鳥雖覺得不安全，卻都買不起保險，巢又太小不能裝鐵門窗。天空悽惶，地面暴戾，鳥欺負鳥，活著需處處謹慎，眞不好玩。

既然活著就用嘴唱著表示存在。鳥嘴大概是動物中最靈巧的。既可釣魚，攫物，接吻，築巢，餵嬰，又可打架和唱歌。歌隱約是鳥生命的翅膀，要在那裡展開就在那裡擺放。即使被關禁也要飛出聲音，即使爭吵也講究韻律。彷彿鳥用歌填空，把這樹與那樹，這山與那山，這人與那人聯在一起。彷彿鳥用曲譜色，潑灑原野的曠達，懸崖的凝注，谷的幽靜，海的豪放，溪的悠蕩。要暢快就鮮明，要柔美就淡雅，要激昂就淋漓。一說就是音樂，給我們翻譯：灰杜鵑「匆匆」，翠鳥「積積」，珠頸斑鳩「孤孤」，山紅頭「獨獨」，黃鸝「哭哭理苦苦」。錦鴝要「批批」，臺灣小鶯說：「得了，言求你回去！」

鳥語象徵什麼，從前可問原住民。山還屬於他們時，聽鳥聲就可猜出吉凶。山上他們和鳥同住，即使能飛也不走。親人死了，把屍體放在樹上給鳥吃，三天後若剩下骨頭，他們才高興。這些年來原住民被逼下山，都無法把鳥聲帶到市區。現在鳥偶爾在街上碰見他們，即使認得也不敢再問好了。

鳥自然的招呼，已漸漸被人造的聲響侵襲。臺北噪音繁華，鳥聽見都怕怕的。倘若牠們肯從山間、鄉村、湖川、海洋集合外雙溪（抓來的都不算），各自開口（請勿指揮），一定婉囀得連故宮博物院內的鐘鼎也感動，像白尾鴝「迷迷」，學藪鳥叫「佳佳」，學綠繡眼說「嫉伊，嫉伊」，迴響磯鷸「看，地地」。一地透明的鳥聲。

鳥聲無法剪貼，但可踩著散步。住在山上的時候，天還不肯亮，我已出去仰望。樹被我看煩了，遣下葉片趕我，我還凝注。只是近視太深的我常看不到羽翼就聽到鳥鳴，瞥見葉動時鳥也飛了。筆記雖大多是「鳥飛了」，早起的內容卻清清爽爽的。後來去南橫公路，在埡口與檜谷間，驀然走入朱雀與杜鵑花的相睹；走出大關山隧道，霍地看見金翼白眉鳴哨躍起，雲霧舒展湧來。我抱不住掠過的鳥，摟到雲的呢喃，涼涼溼溼的。

這些年來，崇拜自由的人增加，關心鳥的人也更多情了。他們最怕鳥死，處處叫人保護，還調查鳥生活的情況。有幾個鳥人甚至跑到合歡山上，踏雪尋鳥，用功拍照錄音，算出四千多隻，屬於八十七種。比收集博士論文資料還認眞，也難怪他們認眞。我們就認了吧，人怕蛇，蛇怕鳥，眞的，只要鳥還在，生態就活著。

然而連鳥也感到臺灣繁榮得要居住越來越不經濟了。僅吃雲會餓死的。天空祇能翱翔，棲息仍需水土。可是我們故意撒農藥，故意打獵消遣，故意讓一〇三種淡水魚絕亡十三種，故意偷竊鳳頭燕鷗的蛋。我們嫌菱角不賺錢，故意改種檳榔，使水雉無處可活。我們嫌山水阻礙發展，故意砍高樹填池塘，再過幾年，或許連臺灣也失去黑白分明的喜鵲和多彩多姿的鴛鴦了。我們嫌淡水河不夠濃，故意著色調味，迫使關渡的鳥搬到大肚溪口和褐頭鷦鶯等鳥同居。西伯利亞的大杓鷸飛累了，也在那裡停下來和他們一起過冬。臺灣電力公司不是鳥，但謠傳也看上大肚溪。鳥自然希望那不是眞的。倘若連大肚溪口都不得住，不知在臺灣還能飛到何處。只要讓鳥活著，牠們都肯入籍的。

籍貫臺灣的三十一種鳥，淡泊隱居，然而我們也故意不讓牠們住下去。只肯在臺灣才活的十六種幾乎快絕了。烏頭翁曾在島上東部飛叫，現在再怎樣學牠們叫都難見到牠們飛。羞怯的帝雉（黑長尾雉）和嫻靜的山雞（藍腹鷴）遠離平地，本以為還可安寧棲息，只因長得豔麗，活像畫裡的鳳凰，就被抓到人間來，做成標本。

做標本就無歌可唱了。臺灣的天空工業化後，髒吵毒擠，鳥比我們還緊張。幸虧鳥不是煙，否則一飛就消逸。據說有些科學家推測鳥從恐龍演變而來。鳥畢竟不像恐龍那樣佔空間，大概不至於絕亡。臺灣還有樹撐著天空，還有人喜歡仰望樹，倘若看不到鳥，天空會痛苦得塌下來的。

發表於《聯合報·副刊》，一九八九年七月二十二日
收錄於《同情的理解》，臺北：新地出版社，一九九一年七月

音樂的畫像

黃昏陰沈下來，我們帶著晴朗的心情出去，到芝加哥葛藍特公園，要聽露天音樂演奏。節目是寇普嵐（Aaron Copland）的「林肯畫像」和德瓦乍克的「大提琴協奏曲」，寇普嵐指揮，馬丁路德．金夫人念台詞。

免費就可欣賞，但聽衆能不多。來的有些帶東西要吃喝品嘗。有些指天不要臉。有些躺在草地上，咀嚼口香糖，看漸昏的天空嚼著幾片雲不放。空氣沈悶的很，天受不了，乾脆暗下來，大家樂得鼓掌，台上亮處音樂紛紛飄起，要撥開陰鬱。

他踽踽沿著蜿蜒的小溪走來。緩緩輕柔，彷彿怕驚動清澈的節奏，漾漾想起生命曲折如小溪，怎樣認眞流淌都載不走雲翳。微波泛起，顛簸著童年。母親早逝，父親再娶。受不到一年正式的教育，只好苦讀。煢獨的少年是伐木工人、船夫、店員。營業失敗了，未婚妻又死去。花十五年才把債還清，考慮了很久才結婚，然而婚後生活卻不美滿。風來，吹不散憂鬱還要揶揄。但總是忍耐，拒絕潦倒，盡量使天空晴朗，給鳥安詳唱，給樹放心嘆息，給花開心笑，給溪暢快絮語。

聽不懂那些潺潺的韻律，走入亂糟糟的政治，去競選衆院議員，兩次挫敗，毅然爬起來，又穩重前去。兩次競選參議員，也都挫敗了，又堅持爬起來。爬到總統，卻得忍受土地上至少一半居民的侮辱，罵他不是白痴就是惡棍。他打鼓要激盪被奴役的人，自己卻跌倒了。又爬起來，步履輕盈強迫自己想些愉悅的事情，看著被流水推倒的身影聽自己哼的民謠，民謠遽然捲入漩渦。他凝注漩渦有話要說：

「我們不能逃避歷史。」他盡量把情緒壓低，然而堅毅的聲音仍然彈起：

「這裡我們都有力量，都有責任。」音樂悠揚陪他一段：

「安靜的過去黑暗不夠應付風暴的現在。情況艱難，我們就要對付情況。既然我們碰到的新，就要想得新，做得新。我們都應解放自己以拯救我們的國家。」

嘩啦！雨無國籍，不管什麼情況，都用盡感嘆號解到我們身上，放在傘上，還假裝聽衆佔據所有的空位：

「世界總是對與錯兩個原則的鬥爭。」音樂繼續和諧，沒人跟雨吵架，沒人怕雨而離去；雨繼續要壓倒音樂，他激昂了：

「因為我不願是奴隸，所以我也不願是主人——這表達我的民主觀念。」雨潑濺得更潑辣了，他凝注雨，堅決有話要說：

「民有，民治，民享的政府將不會從地球消失！」

他邁步向前，溪奔騰成河，伸展進入坦蕩的原野；原野抱不住，音樂流過去，悠然而止。

我們蹦然站起來拍手，拍不落雨聲，演奏的站起來乾拍手，念台詞的馬丁路德．金夫人向雨的歌敬禮，作曲的寇普嵐向歌的雨敬禮。

我們仍然站著，音樂把我們渾身淋溼了，溼得很興奮。

雨終於累了離去，留下我們，等著聽大提琴協奏曲。

發表於《聯合報．副刊》，一九八九年八月二十三日

收錄於《同情的理解》，臺北：新地出版社，一九九一年七月

去看壯麗

我要欣賞壯麗，朋友帶我去島的南端，因為那裏有人，有山林，還有海。

那片海二十五年前看過的。那時大學剛畢業，有很多關懷，一些凝望。要注視生活了二十一年的泥上，去體會瀕海的鹹苦，結識了瓊麻和林投樹。它們都是從外地移植來的，愛上貧瘠的沙土後把島當故鄉；林投要留住登陸的風，瓊麻可搓成繩。

懷念如繩引我們到墾丁。墾丁的後代早已散開了，留下的樹簇擁而來，上千不同難懂的學名抱住一樣蒼翠的自然。自然我們爬上高處，眺望濃密的綠意，海豪爽接過去給湛藍伸展。展開的應該浩蕩，卻賴著台灣電力公司核能三廠，雖嚇不跑風可把景擠扁了。

既然為滄淼而來，就上佳樂水。水永不疲憊成群湧來要和崖崢嶸，島都不肯收。水堅持上岸後只得又把自己帶去流浪，激成波，盪成濤，拒絕被太陽煮滾，嘹喨傾洩著什麼。海大概自從把天倒過來後就藍得不舒服而滔滔翻騰了。

要接近翻騰，我們下去，到岩礁漫步。沙岩和頁岩靜默相連的結構，時間沖不走，海水雕刻後還著色。岩礁間，不知名的植物默默生長；岩礁上，不知名的動物默默蠕動，水芫花默默綻放。我們從一塊堅硬的沈默走到另一塊沈默的堅硬，猜它們的堅硬像床，像桌子，像棋盤，像軍艦；說它們的沈默像農夫的肩膀，像粼粼的波紋，也像某些動物的臉，但沒有一個像人與豬。不管像什麼，海水要爬上來看自己沖洗的成績。恍惚承認所有的成績只是滄桑，湍急溜回瀲灩時猛然潑濺，做不了雪，霎眼又跳入浪。我們趨前掬起，嚐嚐海鹹鹹的激情。隨我們高興，愛怎樣表達就想像什麼。海水有時不同意，向我們沖擊，然後也跟我們笑得很爽朗。

爽朗的還有別地，朋友帶我去貓鼻頭。岬上看去，心情該是豁達的。想起在我工作的地方，從研究室向外望也有浪濤，但那是湖的。湖再大畢竟被陸地包圍，被包圍的算什麼遼闊呢？即使這海的澎湃也祇是表面的起伏而已。底下許多生物自由自主多彩多姿的生活才是豐富的內容。然而海卻呼嘯著，似乎哀悼珊瑚被核能廠的熱廢水活活逼死。海也許抗議連鳥都少飛來。沒有鄉愁的海鳥能飛到那裏？島上還有未倒下的樹林可以棲息，那就飛來吧！設置陷阱迷網的曾表示不再亂抓了。海不相信，仍嘶喊著。

海有島做伴最高興了。不知什麼時候，這島浮起神話似的美麗。四、五千年前先民已生活，四百年前漢人航海而來，奮鬥要建立新社會，但貪婪權力的卻壓制居民的權利，使要創造的島處處創傷。一八七七年漢人也來島的南端開墾。一百年後不是墾丁後代的官僚，未經人民允許就擅造違章建築，即使陸沈也死要發財發電。然而靜觀幾千年的景致已愛戀臺灣，寧是小島上的一點也不願是大海中的一片，任海怎樣呼喚都不回到水裏了。滿天驚惶，核能廠的夕照像沾血的怪物增加恐怖。而雲翳已抱著太陽栽進海，太陽雖溺不死，黃昏可是夠慘的。

那夜，睡不著的海如負傷的巨獸呻吟。只是分不清陣痛是海的清醒還是我們的失眠。醒後和黎明到沙灘。既不願亂跑又無嬉浪的心情，我們就走著談著。我們談起清流是還有些，要流向廣闊的人間，没被踢開，卻被垃圾堵塞。我們感慨知識份子蔑視社會意識，社會上一般人流放文化意識。而我們明知政治操縱文化，卻仍想結合社會與文化意識，連海都覺得我們太天眞而詭譎笑著。

然而有意義的事總要做的。沙灘什麼都不做就沈默，海水爭著撲來，似乎不要我們的腳印陷入沙灘的沈默，似乎要洗濯陸地上沈默的污穢。所有的洶湧不必注釋，我們都按自己的心情去猜。最了解海的莫過於漁夫了。他們的船是航行的孤島，無依無靠，用生命和海打賭，賭不到魚無飯吃，打太多魚價卻低。而今單調的馬達聲切不斷海的韻律，或許把魚嚇走了。單調網的一定是魚苗，朋友說，不遠航怎可能網到大魚？

朋友凝注著海浪，我凝注他深邃眼眸裏的波濤，意志昂然，都不交給海，要留在島上。島雖窄，可有我們走不破的街路，看不盡的市鎮，聽不完的鄉村，想不厭的人民。島雖小，但天大海寬，不像溪湖容易被操縱。有海可看的人民應比僅想江山的統治者心胸開朗。在島上，他比我住得還久愛得更深。他盯著喧騰，說我們沒有理由沈默。一個人離開養育的土地，怎樣關懷都落空，再激昂也不過像海，擁向島都抱不住都被沙灘推開，咕嚕著夢囈而已。所有航海的故事，我們仍然熟悉：都是為了回到土地。飛越無情海的據說都是要尋求有情的土地。情，我們不必尋求，地在這裏，情就在這裏。島雖窄小，屬於島的心懷可曠達。再怎樣憂慮，仰望可能有希望。然而與其壯志凝視美麗，不如變成被凝視的部分，參與壯舉，屬於壯麗。

海把豪邁給我，我都帶走了。離開墾丁的時候，沙丘上馬鞍藤開著花匍匐，核能廠隆起如墓，風嗟嘆搖著林投。瓊麻已不必再做繩隨臺灣人遠航了。寧守著島的綠意，看不安寧的海，活潑著什麼。

發表於《新地》一卷一期，一九九〇年四月五日

收錄於《同情的理解》，臺北：新地出版社，一九九一年七月

相思樹

沿著含羞草，進入相思林，就擁來清新的香絲，撫我的頭髮，摸我的臉，還拍拍肩，豪放起來甚至要抱。我彎下身軀要躲，樹以為我向它們鞠躬，輕柔挽著我，和山交換沈默。

山上相思樹是東海大學創校時種的。我們去念書那年，全校八百個學生各可分到一棵，棵棵長得比我略高些。習慣苦旱的樹幹雖較我瘦，但遒勁伸出枝枒展開碧綠，含蓄夾帶些淡黃，婉約排在一起，把荒曠的山妝扮得更秀氣了。然而相思樹美在剛毅，抵擋強風，使我們少吃沙塵。樹顯然比學生還討厭牆，總是生意盎然包圍一片寧靜，悄悄把外界與學校隔離。那時一、二年級都要清掃校園，但我們從未照顧過相思林。反正樹也不喜歡掃把，只是自然成長，照顧我們。

我尤其喜歡那自然的照顧。偶爾去走走坐坐，從未碰見陌生人。同學並不常去，即使出聲念英文也不必顧慮被聽到。甚至樹聽久不耐煩而習習嘆氣，我也還賴在那裡；默記歷史事實、社會學名詞、或法文單字都不怕被看見。字不如葉不用就掉了，但葉不綠而落下後都還記得生出，一如我的沈思。

樹下胡思亂想是完全與學校無關的功課，花了我不少工夫。想像可不見得比葉茂盛。想的即使是廣袤的森林，不細看樹也就不像什麼畫。可想的無窮，可走的有限，卻也故意不走出相思樹。沈悶時霧就瀰漫了。矇矓覺得雲把天上的抑鬱搬到山上纏樹，撥不開的迷濛恍惚是我要推給山的心情。只是陽光浮躁，常慌張來催趕霧，潑下斑駁的影圖，都不讓我帶走。其實我也不願帶走什麼，什麼都要帶，生命可不勝負荷。生活單純宛然有韻律，連相思都多餘，所以那次問樹何以被叫做相思這要命的名字，樹根本不理，一定以為我這人没有情趣，提出理智答不出的問題。

然而風無聊來找樹聊聊時，樹就不得不理了。風是山上最頑皮的，不必上課，有空找樹玩，玩得連土地也歡欣，透過樹發出窸窣聲音。風不懂遊戲規矩，興致一來就亂吹，樹不同意，咻咻叫著要趕風，激烈爭吵後，留下我的緘默，樹的相思。

相思不是傘，雨來澆滴滴，滴得樹更灑脫了。明知雨後散步會被滴濕也去，不想什麼就走著都覺得清爽，彷彿雨已洗掉心靈的塵埃，我也覺得豁朗了。忽然看到一個漏水的鳥巢，比我的拳頭還小，不知是什麼鳥的，掛在樹上多久了。想拿下來瞧瞧，但擔心放回的位置不對，使鳥懷疑巢被侵襲過而不敢再住，只看了一下就走了。有一天在雨後的沁涼裏，認得一隻白頭翁，在附近盤旋，我才感到已無端凝望太久了而趕緊走開，好讓白頭翁回家。我不是鳥，生活卻離不開樹，就以學校為巢了。

畢業後留在學校。從辦公室看出去，相思樹就對我微笑，紓解疲勞。其實看書最輕鬆了，研究才苦。做樹的好處是不必研究，上下課的鐘聲落在葉上也都不必感動。看多了穿梭的學生，也知道有學問還不是那樣子。看書的壞處是沒有時間看樹，然而偶爾仍把那片綠意拉近，來在我凝望的焦距與焦慮間。

那天走出焦慮到相思林，樹的沈默比我長高了。我沒說什麼，離開樹叢的僻靜，踏入社會的風雨。

多年來，偶爾溫習山上那些讀書的日子。歲月壓不彎的相思樹越老越美，照顧更多學生了。從前年輕時相隔的，現在該已親密相連，陰翳更濃，情致更深。只是我綠不起來的頭髮已較稀疏，相思樹怕已摸不到了。

發表於《聯合報．副刊》，一九九〇年九月二十四日
收錄於《同情的理解》，臺北：新地出版社，一九九一年七月

芬芳的月亮

從前臺南中正路的店面大概「度小月」最寒酸，然而它開著時，擔仔麵、米粉、或粿都是暖香的。

「度小月」就在我家斜對面。那時我沒進去吃過，因為已在家吃飽了。反正要品嘗，隨時都可去。那時自以為忙的不得了，没空坐下來欣賞。年紀雖小，想像的格局可都很大。日子要過就度大月，晚間仰望也要欣賞大的。月娘三十五億歲，比地球老而美。在地球上，即使不能度大月也要看小月！

然而我們都無法經常度大月。聽說從前有個漁夫，大月討海，小月賣麵，就把麵擔叫「度小月」。討海要遠離家當然比賣麵苦，賣麵若離家太遠就没味道。臺灣被割給日本那年就眞的天天度小月了。我雖天天經過，都不注意。後來聽說那個陶鍋長年不洗，就好奇瞟了一眼，看到陶鍋上面掛個像圓月的燈籠，被肉臊燻得矇矓，店內恍惚瀰漫著蒼茫的暮色。我已抑鬱，不願再看見月感傷。但偶爾駐足，看一樣的格局坐著不同姿勢的人：

汗涔涔吃著的老頭像三輪車夫。圍在一起有說有笑的猜想是一家人，擺著臉孔吃的中年人儼然小學老師。斯文談的一對大概正談戀愛。有女的臉塗得不像畫。有年紀和我差不多的，不知幹什麼，看著碗發呆，不知已吃完還是未吃？

正在吃的，話也隨肉臊香味噴出來：

「淡泊就好，胡椒免放太多。」

「頭路難找，有就好啦！再艱苦也過一世。」

「喂！你箸拿顛倒反啦！」

「不要亂講，會被捉去哦！」

「生理已經難做，那有不漏稅的？」

「開飯店驚人吃，不可能啦！」

「少年仔，只看不知影，滋味要試才知啦！」

「今天輪到我請。再爭來爭去大家就都餓了。」

那夜依依不餓，我第一次進「度小月」，叫一碗米粉湯。看到湯內米粉上，一葉茼蒿，兩個蝦仁，幾根黃芽，幾粒肉臊，幾點蒜醋。聞著熟悉的味道，我慢慢啜著湯。感到連蝦仁都多餘，老板卻還慫恿加個滷蛋，我搖搖頭，不願那個圓圓的破壞情調。吃下後覺得眞不錯，卻道不出什麼味。家鄉菜就是好，但描述不出什麼味道。小小一碗，給不在家的吃了既不肥也餓不死，幾口下去都還要再吃，但若眞的繼續吃可就沒完沒了。要飽大概需要四、五碗，那就把一天所賺的吃掉了。品嘗一碗，反而可回想，想起來又溫暖又芬芳。美不一定大，不必圓。又大又圓，太亮就沒有想像的空間了，再小也隱約美的。

從「度小月」出來，月，很有味道，跟我回家。我把那個小月裝進行李，離開家鄉。

一九九〇年九月

收錄於《同情的理解》，臺北：新地出版社，一九九一年七月

【輯六】

白樺樹與野兔

屋前白樺樹下迷濛有什麼土色的生物，我細看才知是一隻野兔，恍惚被悽慘的暮色絆住，跑不動了。半晌，伊才睜開眼盯住我，看得我都不好意思而進屋後，伊仍依偎著樹，顯然已決定在地上住，不去月亮陪嫦娥了。

白樺樹是去年春天種的，卓然挺立幾乎和我一樣高。野兔簡直比我還喜愛樹白皙有致，質樸無華，毫不介意樹的顏色和身段保護不了伊，每天都和黃昏一起來，做我們的鄰居。

野兔可愛得不知保護自己。雖機敏卻害羞，既沒有尖角可衝刺，沒有銳牙可咬，也沒有利爪可抓。一緊張，就翹起耳朵，表明自己在那裡，更易被揪到。我們鄰居的耳朵比家兔的短小，跑得快些。然而既來住就不逃了。彷彿所有的動物都各莊重自強了，伊雖無法自強，可莊重得不怕被認出是兔子。

然而吃肉的動物還是要防。兔是素食的，肉食者卻咬定兔危害植物。有個樹專家甚至建議我們趕走野兔，以免妨礙白樺樹的成長。但我們覺得只許人看樹不准別的生物暫住，未免殘酷。我們的鄰居吃齋不必念佛，在樹下連嘴都懶得張開，既不吃樹枝也不啃樹皮。只是棲息，伊的溫暖當不至於把白樺樹燙死。

野兔雖保護不了自己，可裝著保護白樺樹的樣子。有一次冒出另一隻。兩隻互相蹦跳，交換凝視，揣摩翹起的耳朵和髭鬚。可能誤會了，奈何無語言可解釋；只是用身體交換象徵，卻無眉頭可皺。不像調情，也看不出激情；更不像打架，因為見不到憤怒。確定的是都互相閃躲，避免碰到樹。彷彿表演給樹看卻又怕嚇壞了樹。互相避免接觸久後也累了，跑掉一隻。至於留在樹下的，是不是原來那隻，我可不知。反正是野兔，一樣溫柔地看守著我們的房子。

春偏偏撒野，偶爾把秋的蕭瑟帶來欺負生物。有一天忽然沁涼得很，我開門請鄰居進來，夕陽闖了我個滿懷，伊還不肯跳入，似乎誤以為房子是牢獄，惟恐一進入就被逮住。春也喜歡澆花，就是不懂方法，紛紛把鬱金香剝落了。我擔心鄰居受不了，拿一個木箱出去，到處找不著伊。雨停後才又看見伊瑟縮在白樺樹下，默默想著什麼。

兔也許想起人最會撒野了，幾乎把逃不了的都抓去看，吃，穿，做手套取暖，甚至製成毛筆寫作。我們想若沒有柔細的兔毛，從前中國字寫起來恐怕更不順暢吧！現在雖已改用無毛的筆發揮慾望，要吃穿的人照樣養兔。兔白白得了個家字後反而不自由了。

這隻野兔不給人養，自在得很。挨到深秋把葉子簌簌摘下指示淒清時，我們才發現伊也不見了。白樺樹更瘦了，直立著等待，希望天氣暖和時伊就搬回。

大家都同意春又來了，就是屋前白樺樹還不肯長葉。幾陣雨摧它綠，它硬是不理。沒辦法，我們只好承認它死了，卻不知是野兔跑後樹才枯，還是樹枯後野兔才離開的。

白樺樹仍木然孤立，彷彿還活著等待野兔回來。

發表於《聯合報・副刊》，一九九一年五月十八日

臺灣山海經

臺灣的鄰居經常是俊秀的山，廣博的海。

我們就住在雄渾和遼闊間。雄渾有綠凝聚的山坡，遼闊是藍躍動的海濤。在喧嘩外，我們模仿山昂然行立，彷彿比山還沈著；在恬靜中，我們學著海澎湃，當真豪爽起來了。

山

得不到的常最壯偉，所以我們去看屹然坐落臺灣的兩百三十四位高山。登高方法很多，但到底要腳踏；攀爬可快速直升，用走的就婉轉上去。自從登山機械化後，最舒適的是坐車。既坐車又走路，不但現代而且傳統；一兩天經歷四季，踏出溫煦，穿過柔和，進入冷峻。

山腳占著春夏。臺灣掌葉槭、銀合歡、櫸樹盡量展開闊葉，拼命錄；山蘇花、刺蕨、蛇根草、苔蘚爬著樹幹，貼到石頭，躺在地上青翠；還有山枇杷、刺莓、野杜鵑，牽牛嫌山翠綠不像畫，到處點綴，隨意柔美。陽光空氣紛紛從葉隙花間篩過，清香把發霉的心情曬晴。鳥成簇從各個方向唱著山林的葱鬱芬芳擁來，錯落有致，音調高亢的壓不住低沉的，再尖銳都湮不沒輕柔；自然身歷聲中，窒悶的心靈也舒暢了。鵲鳩和冠羽畫眉惟恐我們迷失，久久殷勤陪著；要定睛細看，牠們卻飛了。驀然瞥見樹梢紅山椒鳥展覽嬌麗，茶腹鳾表演雜技。還有些鳥，雖不相識，都吩咐我們繼續轉彎。走累了，坐在石頭上給山看。山不介意我們看，我們可怕給山看久也變成山。就又往上。在什麼都茂盛的青春，山腳的秩序沒有什麼意義；對於人腳，向上是秩序，意義著些什麼，不僅是聲色的象徵而已。

綠越爬越瘦，柳杉和孟宗竹不願山腰粗，都修頎長著。花也越高越豔了，襯托黃苑花的石竹花粉紅著，突顯臺灣百合的白淨。各色各樣的朱雀、青背山雀、金翼白眉從土上的細葉薄雪草和岩石上的白花香青起，黃腹琉璃鳥寧可嫻靜等待蟲飛來。還有看似鵂鶹、藪鳥的，不認我們，逕自高飛，沁涼裡迷濛了。

往上走並非去捕捉迷濛的，卻總有霧憂慮草木給太陽曬昏，悄悄置滿山。霧再繾綣也散了，我們一轉身，竟有小池如鏡，靜靜把一塊天拉下去反省。可是不久山水就吵起來了。瀑布耐不住山的岑寂，嚷著搬出，強把自己降成溪，琤琤爭著要流到海。泉水也不甘寂寞，潺潺纏著我們。再纏上去雲就輕浮了，用最柔和的辦法要挪走山，山都凝然不動。雲飄忽蒙住山臉，仍包裹不了雲杉、肖楠、和山桂花的馥郁。雲翻觔斗下來，恍惚要攙扶，我們閃不開，迷迷糊糊跟雲走；走出矇朧時才看清山臉的滄桑，岩石經不起風化侵蝕，細碎落下來鋪路；夕暉燒不了，索性和山臉互相標榜蒼涼。最蒼涼的是沒見到也和人一樣哺乳的獼猴、羌、黑熊、雲豹、野豬，或許牠們自從嗅到人味後，怕絕種而都躲起來了。

最後登上山頭，我們也無處可躲。但見砂岩外，挺著拒絕荒蕪的冷杉，比我們高削；兀自雕刻樹幹的圓柏兀自蒼勁。還有雪白的繡球藤花等著白雪。雪不飄，夜落了。一些在都市被燈光趕走的星星，似乎和山約定暗中相會，沒想到碰見我們，不懂閃爍的語言，徒然讚美明星，使真星黯然退隱。幸而月娘風度翩翩，撥開雲翳出現。不像城裡那個翻版的那樣憔悴，山上原版的月，明明照著我們感受的山，慫恿我們想著山的感受。

山自然討厭腳步、輪子和鋸子。自從人砍樹築路挾持山後，遊客也把冷靜的山輾熱鬧了。登山究竟給人體會出什麼，山都不知道。山崢嶸，人爭榮；山峻巖，人讒言；攀上巔峰，反倒癲瘋了。心胸狹隘的頻頻登高也不見得豁達。我們只不過來給山林芬多精洗洗而已，還未悟出什麼道理，就要下山工作了。

不必為生活勞碌，山居當然有意思。然而山最怕人，住成人山，非但做不得山人，反把山壓扁。曾山居七年，山間雖沒什麼傳奇，風倒豐盈，有時甚至把沙當情，傳得眼睛看不清。無風時，山上就鋪滿蒼翠的幽靜。我把幽靜分成兩片，一片隨身帶，一片還給樹。即使不想看書也可讀些樹的傳記。那時青春是一座雋永的山，呼吸得都很灑脫，霧濃時就陰沈抑鬱了。然而我終於把氤氳還給霧，把幽靜擻在山上，帶走毅力。後來聽說好高的亂搞，成群往上踏，房子成排爬；他們拆不下山，竟要把山刪了。

山硬愁人去和它應酬。臺灣的山不願孤立，大多相連在一起，卻緘默不懂交際。偏偏現在大家搶著要做仁者，找山應酬，把平地的野蠻帶上山，到處留念，吃完就丟。樹枝彎不下來撿拾，風索性把垃圾吹掛在樹上。

臺灣的森林最愛山，比人更早生長在山上，涵養水源，調節氣候，以免平地感受溫室效應。憂慮島沉下去的人增加，自然愛山的也多了。甚至恨不得化成雲變做霧要去擁抱；即使山肯，風也不依，恐怕雲霧是酸雨喬裝的。

真愛山可上去守護蔥蘢。防止沙土流失，阻擋濫伐濫墾濫建高爾夫球場，逮捕偷竊山產的賊，更去照顧山居者。從前被趕上山的先住民，漸漸被迫下山了。這些年來沒有靠山的他們，為平地人抓魚、開礦、開車、築屋；雖然已沒有什麼可慶祝，但各族仍定期手拉手跳狩獵舞、豐年舞，拜祖靈祭，相約和山同樂。長期居留的仍和山同苦。有的做山區警員，有的做巡山護管員，撿拾垃圾，拔除雜草，修護棧道。平地人迷失，他們就尋找；平地人跌落了，他們去搭救；土崩裂了，他們清理碎石；風掃過了，他們去收集倒下的樹，免得木材落水流入海。

海

我們居臨海，面對蒼茫澎湃，觀賞浩瀚咆哮，領略壯偉洶湧，和海一起呼吸。

三十五年前清晨醒後逆風去安平，眺望海面蒼茫，瀲灩著含蓄的波紋。含蓄多深邃，我猜不出，但見海不滿意自己的廣闊，泱泱推著；波紋越盪漾越不像樣而變成浪。波擠著浪湧向島，再怎樣澎湃，島都不理睬。然而島畢竟是海的方向，嚮往的都不願只是憧憬。溟濛中，我看到波浪把先民推過海峽，推到島。島接納後，他們為生活奔波，用血汗寫史詩，波波折折激盪著我。

午後我發現我們在島西南岸對著浩瀚發楞。睡不著午覺的海閃閃激動。海要多兇就多兇，嘹亮警告太陽別把它煮滾，否則魚都要燙死了。激動的藍可不象徵哀愁，悲壯沒完沒了，島也受不了。只是海要多情就多情，情緒一低落，波濤必高調變奏，把我們的耳朵當沙灘猛灌。浪濤轟隆不像砲火那麼恐怖，但海鳥仍尖叫，哄海別吵，浪更惱，繼續自推自語。忽然陰霾，海怕烏雲墜落，呼嘯跳上去要接，都接不著而掉下。這些風雲，天無法譯，統統翻進海裡。

「喂！不可以站在這裡！海有麼好看的？」

我們走開，留下士兵守著咆哮的浩瀚。

大學畢業後我們去東南岸的八仙洞瞰星壯麗。八仙洞是二千萬年前從海底火山噴發的集塊岩，經海水沖擊而形成的。一萬五千多年前就有人來生活了，住在安全的山洞看不安全的海。海的時間浩蕩，蕩掉多少岩石；時間的海邈湮，湮沒多少生物。很多世紀過去，先人的後代早已不見了；這座集塊岩仍在，那片海仍在，不一樣的水，一樣的洶湧，老運動著，所以仍雄壯。壯麗上面飛著海鳥。鳥當然不是從千年前神話飛出來的精衛啣碎石要填海的；牠們不管人的傳說多美，海的歷史多久，只想找魚吃而已。養魚的海水不能隨鳥飛，掀起浪，把鳥嚇飛了。

我們要和海一起呼吸，黃昏從臺東坐漁船出海。臺灣島隨波遠去後，夕陽也把看著淒麗山脈的我們曛昏。朋友受不了而猛吐，海一起把雲彩也吞下後天就黑下來。月亮要挽救那些雲跳入，搖啊搖，把漁船搖到綠島：

「你們來幹什麼？」

「看海！」

「怎麼連看海也要老遠跑到這裡來？」

彷彿擔憂我們跳海，都有人看著我們。我們看到被關起來的梅花鹿看著草野上吃草的牛並不看海；我們看到親潮南流來和黑潮相會，但看不到洄游的魚群。我們看到比漁夫還多的落難者凝視海的倥傯，帶回他們用貝殼糊綴而成的畫：海的浩渺，心的浩嘆。

只在同一個地方凝望波浪會暈眩的。看過大西洋的日出，北海的晌午，航過亞得里亞海去看愛琴海的黃昏後，我和朋友去澎湖給海包圍。清早我們去臺灣最老的天后宮探望媽祖後，天人菊和龍舌蘭陪我們到連接白沙島和漁翁島的跨海大橋。海就近清澈給我們和鳥看。鳥不願看我們而飛走後，漩渦瀠洄飛不上，抱著我們的影子不放。漩渦雖不是酒渦，真被逮住可笑不出。後來太陽也笑了，瀅氣冉冉騰起，如雲似霧，把我們纏到西台古堡。古堡空護著那片渺漫也一個世紀了。橫過浪濤，我們下午到吉貝嶼，砧硓石屋後是沙灘，灘外是海由白而綠而藍去接天。我們坐船隨著魚游，跟了半天，天都盯住海。海構成世界最大的部分，天比海大，我們放浪不羈竟覺得心胸也比海天大了。

從澎湖回到臺灣島，感覺島也夠大的。安平的晚霞不僅渲染天空還把顏色攪在水裡，似乎準備在島上畫什麼。這圖畫起來壯麗；因為收容天空，所以浩廣；因為接納風雨，自然滄淼。

無人能擁有滄淼。海總慷慨養育人，人卻虐待海。我們害死溪，把一垃圾送給海；我們造發電廠排出熱水燙死珊瑚；造工廠流放廢水毒死魚。我們簡直什麼都製造，把塑膠袋、藥瓶、針頭、瓶罐、船廢棄物丟給海，海提防被謀殺，叫浪潮送還給沙灘時也帶些死魚。

我們仍愛吃魚，所以還有漁夫這行業。海吃漁夫的汗而更鹹，魚都喝了，卻測不出等待漁夫回家的婦女憂愁的深度。夕陽灑成點點漁火而休息後，男的還在海上眺望斑斑星光；一黎明，漁火也被魚吃光了。

航海大多是為了生活，乾愛海的雖誇獎海表現美力，不一定有能耐住在海上。真正愛海的照顧討海的。他們守著臺灣三十四個燈塔，白天忙著準備黑夜的光亮，在一切都暗下來把光亮射給失眠的海，發生無線電波信號，導引航行。他們總是白白把寂寞獨禁起來，連燈塔都不耐煩了，不願再受人親自照顧，而要改請電腦遙控。真正愛海的還有礁石，執著給浪打擊吐口水。真正愛海的就如蓮葉桐樹、海埔姜、馬櫻丹、車桑子，忠實守著潮汐。我們硬不化為石，喜綠卻不做樹，愛紅又不肯是花，那麼就潛入瑰麗的水裡探究海底公園和丘陵。科學的海深奧，我們不懂，但認得群居的珊瑚宛如染紅的扁柏舞動，認得隱藏在珊瑚隙縫的海葵魚引誘，小魚給海葵吃。隆頭魚認得我們，一害怕就全身栽進沙裡。還有許多魚，不理我們的存在，悠然游過去吃海藻。

我們拒絕做海藻，非但因為不甘被吃，更因為不願變成無根無莖無花無果的低等植物。所以我們露出水面，怕被水母螫到，住在島上。

臺灣山海經

沒有海就沒有島，而不突出山，島也平凡了。山無門，海也不蓋，都迎護島。臺灣可以登山看海，航海看山；山海相看，不怕被凝注只怕被摧殘。山靜謐而不沈默，我們愛山的靜謐，但山若把沈默給我們，恐怕也沈沒了。羨慕海洶湧的我們只兇勇，又能擁有什麼？儘管大家努力廣告自己，對自然仍故意是文盲。我們不肯瞭解山水卻總要利用欣賞。欣賞不願窮的山肯定崎嶇，所以嵯峨；欣賞不願盡的海反駁單調而盪漾。島的兒女看島不安寧，並非山忘掉文靜，海莽動，而是我們浮躁了，不如山穩重住著，不如海寬宏活著。性格截然不同的山海都有情卻不老，山靜靜的就動人，海動動的可使人靜。既然山海和我們世代是鄰居，就結拜吧！山盟：和山聯盟持久的忠實，海誓：和海同誓持久的情誼。經歷不如山海豐富的我們，不一定能解釋山海多年的經營，但都希望臺灣山經常俊拔，欣欣茂密；海經常活潑，洋洋得意。

發表於《聯合報・副刊》，一九九二年七月二十九日

忘，記

寂寞找我坐在書房。我寫著要把寂寞擠掉，煩了，到客廳想找一本書，找時卻想不起書名——我沒有一本書叫寂寞的。

收音機威脅要下雨，我當然帶傘出門。走了幾步，涼涼的，想回去穿毛衣，卻擔心趕不上車，只好繼續往前走。忽然覺得有什麼不對勁，摸摸口袋。才想起鎖門時沒把鑰匙拿出來。上車後陽光體貼坐在我旁邊，一起看報紙。到站，我下車，雨傘也給車載走了。走過單行道，注意左邊而疏忽右邊違規駛來的車，真險。

到了辦公室，找不著昨夜準備的講義，顯然放在家裡了。倉皇在記憶中摸索，排列組合，上課時恍惚什麼都背了下來，居然混過去。下課後，碰到同事，抱怨那天他等了好久都沒見到我，只好一個人吃。原來我沒寫在記事本上，又沒去了。

回家路上，遇到好像在那裡曾見過面的，一時卻想不起名字；問近況，才知他已經離婚了。

回家後收到郵購的一本平裝書，看第一章時，似乎相識。並非作者抄襲而是我早從圖書館借出精裝本看過了。

偶然看見漫畫：某老科學家坐火車要到某地去做實驗。車掌來查票，他摸遍口袋都找不到車票。雖然車掌通融，他卻很焦急，因為沒車票，他也忘掉要到那裡去做實驗了。似乎好笑，然而想起實驗室已搬到太空的現代，幾乎什麼都有機器在地球上替人計記，除了應付考試外，記憶已不那麼重要，我真的笑不出來。人生就這麼實驗一次，以後沒機會了。好在我還記得從何處來，要往何處去，坐車還未坐過站。雖然想不起鞋號，但都記得走過的路。雖然想不起電話號碼，但還記得住過的地方。雖然知道日子並不怎麼好玩，但總記得清醒，盡可能過得有意思。

想起不都有意義的歷史並非全是集體的記憶，惟恐大家忘記，所以錄下來分析。然而臺灣人竟忘掉祖先艱苦的開拓，偏記掛互鬥奢華。有的甚至刻意剔除別人，死記住自己是誰。其實忘掉別人的存在，自己活著也不像樣。

忘記是可以假裝的，也健忘的佛洛伊德認為許多事情並非我們忘掉，而是凝縮機轉形移置了。事情發生著，要全抹除並不可能。人常用「反意志」（counter-will）故意抵制以忘卻苦痛；但過去的苦痛並未消失，只是潛意識壓抑著。

再怎樣壓抑年紀，年紀都記在人身上。一個牧羊人牢記他有多少羊，卻老忘已活了多少年。說是他不怕別人偷年齡，就怕別人偷羊。他偶爾數羊，數少時，不高興；重數後反而多。因為羊一走動，他也多數。日子都不肯呆站著給人數，動不動就溜，算不算由人。

人遺忘的不一定遺落，想得起的歷史畢竟不只是時間的堆積而已。雖討厭戴錶，既然不怨被時間纏著，只好高興了。愁苦是要向歲月付利息的；擔心精神透支，也想抹除過去，過去卻不放我過去。

過去忙著記憶，記在紙上，憶在腦裡。記的大多散失，憶起的已剩無幾。活著仍努力做記憶的奴隸就活該了。失去很多時間的喧嘩，得到片刻孤獨也是寧靜。

想到什麼要寫下來，卻常忘帶筆。

現在有很多筆，但想不出什麼可寫的。恍惚覺得寂寞蹲踞在我的肩上敲頭：怎麼？又忘啦！老是忘了，忘了老了，記下。

發表於《聯合報．副刊》，一九九二年八月二十一日

光觀

考察春色的官員，愀然帶回一堆名片，片片都是這個長那個長之類，偏偏不記得誰是誰，憶起的臉都剪貼著霓虹，詭譎想不通警察為什麼那樣兇：你在這裡幹什麼？不如在台灣，官派的要怎樣就怎樣，指示警察做什麼，警察都服從。

收集景色的阿公阿媽困惑帶回一身怨嘆，口可不樂，景色都在明信片上了，什麼古跡，不過比我們多幾歲而已，不同的只是外國脫光，我們光脫，我們的城市比他們的貴！一樣信用卡，用了再說，一樣通姦不犯法，一樣到處逛著有錢的窮人，雖然他們一樣也有麥當勞、拉可死的、屁也卡當，就是沒有台灣料理，玩得眞累。

推銷貨色的商人興奮帶回一包訂單，證實外國酒不如台灣的名貴，說明書看不懂，喝了一定醉，醒後才發現一進去就輸掉一百塊錢，恍惚什麼都沒有台灣電視宣傳的那麼漂亮。

採購香色的女人悵惘帶回一箱上街時，裝的事故，我們身體不像外國人那麼臭，但外國香水比他們多，衣服大半是英文台灣製，反正穿上洋裝就可佯裝女性主義者，我們臉雖比外國人小，面霜卻比她們多，悵惘的是花了不少錢，西方的粉擦上後還是台灣的膚色。

犧牲色相的移民興奮帶回一身消息，已經投身做外國公民了，投射外國土地投資房地產，什麼名勝都投影了，什麼黨都投奔了，什麼勢力都投靠了，什麼主義都投降了，從此不怕外來的人了。

物色各色知識的青年驕傲塞滿外國的星座回來，欣賞成太陽月亮，把自己照得眼花，宣傳自己也聽不懂的理論，宣佈現代早已經死亡，現在是後現代了，一行動就搖搖擺擺，不滾，只是抵死狗、遮私垢、詆嘶夠。

尋找台灣特色的觀暗憂愁回來，什麼都不帶，沒有什麼可帶的了，看到的現代化原來只洋化，洋化竟成資本主義化，資本主義也私化物化簡化，再化下去，台灣就硬化了。要台灣出色，不出去了。

發表於《文學臺灣》第四期，一九九二年九月

遠近三段

過，去

過去是拆橋而建的廟，無影也拜，養吃魚的和尚木然敲木頭暮沈沈的旋律，還搬來刻悲文的石頭當頭目，拜石敗頭，香火燒不著廟，燻得屋頂受不了，頻頻痛叫，終於塌下來砸破，亂石做不了墓碑，雨再怎樣淅瀝也洗不掉孤寂，卻有蒼蠅飛來圍拜，嗡嗡擠昏，狗都吠不醒，也嚇不走風，風又掃又搖，柱做不得主倒地，太陽卻涉過漩渦撫摸，怕暗的月亮偶爾陪睡，都爬不起了，一把火燒過去，現在地基，起屋歸還給在地人住。

全壘打

球是不得囚不住的意志，一切都照規矩，練習接著練習打擊，一跑出就要回的，仔細看準，拼命打出去，球飛了，高，再高，落到場外，碰著一個巡邏，哀壓，猝然一群便衣衝入掌聲，猛揍正跑回的，觀眾驚愕站起，觀望著噓噓，充滿勇氣表現正氣怒氣，不放棄票的權利，不離現場，不理也不趕無理，還等著看戲。

編籍

自然堅持本籍，本人去戶政事務所辦手續，辦事員不知怎麼辦，請示主管，主管研究股情確定套牢不知怎麼辦，請示民政科，科長早隨市長去巡視，晚攜回許多問題不知怎麼辦，請示民政廳，廳長聽說聽訓去了，帶來許多強硬處置的命令不知怎麼辦，請示內政部，查——從此台灣出生當作台灣籍，過去登記這裏現在當屬於這裏，查，遷入當按規定向各機關辦理，問題是很多人想盡方法要遷出，查，回籍還需些時日，而且也不一定准！

發表於《文學臺灣》第六期，一九九三年四月

武廟文章

武廟已破舊不堪了。多年來風雨隨意在粉牆上又寫又畫的，守門石獅的鼻已掉落，門神的衣服早剝光，窗櫺的龍斷了頭，聖賢、花、鳥、和虎聯合組成的獅象斗座也分裂了；而怕蛛網天花板塌下來，蜘蛛真的結網撐著。政府並非不管，是怕得罪神明而不敢動手腳，只叫一個老頭看顧。武廟雖零落，倒也乾淨。

關公被關在廟裡很久了。他可是有來頭的。不僅儒家尊作帝，佛教道教也奉作神。從前統治者不管他接受不接受，還送他許多的匾額，從康熙的「萬世人極」、乾隆的「大丈夫」、嘉慶的「軼倫超群」、道光的「大哉神元」、咸豐的「至聖至神」，到光緒的「文經武緯」，都鼓勵老百姓學關公效忠。最效忠大丈夫的是婦女，從未得罪過關公，政府卻故意把門檻架高不讓她們進廟。當官的要至聖至神，每年都來祭拜兩次，不敢疏忽。

現在官員，忙著服務老百姓，老百姓忙著生活，無大事都不再理關公了。關公既不懂公關，又不會自我推銷，記者、作家和學者就不再捧他了。演武俠的和他不是同道，都不來拍外景。觀光客不肯和歷史文物結拜，就不把關羽也看作兄弟。商人曾拜作保護神，但做生意要生利，當然不能耿直。競選時才燒香的候選人，殺雞要永遠為選民服務，當然不敢在守信的關公面前發誓。玩大家樂的問過他後還是摃龜，不再來找他算帳已經是給他面子了。

仍擺著臉孔的關公從前的魅力就在他關懷公而不是私。曾幾何時，公已不再關大家的事。自私不仁義不智勇才被看作好漢。關公的忠義不再中現代人的意，現在棄義不講義氣，不再死忠以免死終。關公仁千里尋兄，而今恨不得把兄長踢出去，何苦找回來？關公勇救困扶危；勇並不等同武，如今動不動就武，連舞都武，猛得很。他水淹七軍也算不上什麼智了，要狡詐有陰謀才夠聰明。誰還專程來找關公這傻瓜？

關公傻就傻在人家都不來拜，卻還老神在在，擺出一副嚴肅的姿態高高在上坐著，黑眼珠凝注幾乎每天都來約會的陽光。陽光不知從那裡帶來一個梳瀏海穿牛仔褲的女孩，咀嚼著什麼，跳過門檻進廟。眼也不掃一掃就跪下，磕頭把汗水灑到石板。雙手靠攏，眼睛合起，紅唇掀了又閉，保庇保庇，保庇寶幣，包庇包庇後，還喃喃細語，難保關公聽得懂，喟然嘆了一口氣。驀地睜開眼，瞥見看廟的老頭在打盹。眨眼間呵了一聲，老頭醒來，欠伸向她微笑，似乎表示不好意思。她不知什麼意思猛然站起，眥目射老頭一眼。不再咀嚼了，嘔氣吐出一口紅水，給老頭看後沖洗。然後也不知什麼意思，抿著嘴笑瞇瞇扭著屁股從側門走開了。

看廟的不知究竟是關公還是他老人家惹了她什麼，反正什麼都看慣了。大概又是來納涼後要繼續趕路的吧！老廟雖破還堪曬，小姐摩登，受不了熱，偶然路過這裡，也不管是什麼廟，進來躲躲，保避保蔽，順便拜拜。拜拜。

發表於《聯合報・副刊》，一九九三年六月二十日

失去的境界

一開窗就問今天天氣怎麼樣，其實是為空氣擔憂。空氣照例懸浮著受法律保護的一氧化碳、二氧化硫、碳氫化合物等充滿學問的粒子，擁抱得使人窒息。政府既領導冒煙又取締霉氣，卻讓毒氣從遠處飄來，氣氛眞氣憤。

一出去就進入塵霧瀰漫的街路，自動成了吸塵器。險被塑膠袋滑跤，小心過街才沒被闖紅燈的汽車撞倒。倒是看見很多車趕著車。台灣什麼都要誇耀量多，每五、六個人就有一輛車。到處展覽車，有車表示有錢，有錢就不管交通了。雖然綠燈亮了，左右都看後，仍不敢冒然向前走。

怎樣走都是噪音的客人。氣可是出聲的，到處機器和機器互相接應，人和人交換啐罵，罵得空氣都發抖，還恐怕別人聽不清都吼，叫蟑螂的羽翼搬進耳朵。已夠受的了，進口的音響狂又叫，放送本地熱門歌曲無情的調情，喧鬧得天都不晴。恍惚大家都痴戀或失戀而鬧情緒，除了自己的情感外，別的都不必關懷，反正噪音裡人人都平等。

噪音不平就不等了，到鄉間尋找詩意去。怎樣找都看不到水牛。原來已沒有什麼草可養，養牛也無用了。鐵牛又很厲害，嚇得白鷺鷥都不敢飛來；找不到水牛玩也不敢亂吃害蟲，否則會被毒死。死不得的土服過太多藥後早已服了人了；不能再像往年那樣生產，但人翻了又剷。雖被整得很慘，土都默默無語。還長出的根、葉、豆、穀也順便吞進鋅、鉛、銅、汞、鎘要和人一起自盡。人還撒農藥，讓空心菜、茼蒿、芥藍等菜吸毒。只要銷得出去，中毒是別人的事。現在什麼都可拋售，非但出賣親人，也賣出祖土，因為土不再可親而變成可侵的投資地。賣給假農民建大樓，樓價比樓還高，使一般人買不起。房子空著，蚊子因無人可咬都不去過夜，繼續在外流連叮無屋的人。其實連蚊子也不混了，因為池塘大多填起來建房子。想看水還要再走一段路。遠處池都是特別挖的。水從地下抽上來，地殼往下陷。池養鱉，鱉漲價了；大家爭著養鱉，大家吃鱉。聽到哽咽。

走去才知是小溪難過卻已沒什麼淚可流了。鴨子不願哭，聯合上岸，也不向警察局登記，就搖搖擺擺要上街游行。跟著鴨子向前走，忽然鴨子止步，呱呱叫，才知是碰到垃圾。

又髒又臭的家鄉煩冗得快要變成垃圾島了。居民把垃圾分類要丟棄，政府卻什麼垃圾都統統收容，高高堆起。垃圾乾反對蒼蠅們來成家立業久後，居然兀自燒起來。趕快用水去壓，垃圾氣成煙，封鎖公路，撞車了。

跑向海邊，眺望前面屬於台灣的海還美，掛念背後矗立的煙囪，飛出的究竟是那一種雲，海鳥也看不懂，飛離腥臭。魚浮上來，已看不見了還張大著眼，死諫我別跳下去。回頭無岸，有山。

那麼就開車爬山去。山曾生意昂然，蒼翠原並不是給我們數，而是給山和地安穩的，然而現在樹已經可數了。看不見灌木，樹並非長不高，而是砍下養草要建高爾夫球場建別墅。看不見老樹，並非枯死，而是政府從前謀殺後輸出賺錢。因為準備隨時逃亡，不惜把幾百年的綠意砍死。該拆的非但不除，還隨意建築違章，驅散原居民，給有勢的濫砍濫種濫建而更暴更發。發展雖不一定向上，大家卻都爭相登高。山原本是斑斕的冷靜，已被車爬得又熱又鬧，吵得景都快瘋了。看完風景，帶不走風，帶不走景，就剪枝折葉摘花；吃喝玩樂，留下垃圾。世居的鳥看不慣，糾糾糾叫著，恐怕失去山林後，連鳥聲撞到人時，步履都不綠了。

下山時已晚了，又不得不回到都市。屋外又霓虹輝煌，引誘人光顧，眩耀得看不清。屋內又彷彿電視才閃鑠。星星很激動，想寫卻不識字，想喊卻無聲音；怨大家非但忘記了眞星，還凝注聽看統治者製作假惺惺的星，按指示發言，使人發炎。

發表於《文學臺灣》第七期，一九九三年七月

要去看海

清爽的山嵐裡，老布農族人和我聽著我們押韻的輕盈腳步，鳥偶爾飛來清脆伴奏，他也沈默不住了：

——那些鳥本來都是女人。女人不幸，有的被忽視，有的被虐待，有的被遺棄，有的死了丈夫，悲哀都變成鳥了，啼叫幽怨。我們祖先從不悲怨的，不知從那裡來，只聽說很久以前溪忽然漲起，淹沒了平地，祖先被迫搬到山上後就再也回不到老家了。有族人認為那大水是漢人。事實被改了又改，真也變假，分不清了。然而山以外還有海可是真的吧！

驀地，他停下來，感慨從沒看過海，山恍惚也愣住了，腳步恨不得長出羽毛，飛向海：

——海總不會比天大吧！但名字是海的就都比湖大嗎？湖，我是看過的，被土包圍的是湖，包圍土的叫海？

——都有很多水就是了。不過海水鹹得很，喝不得。

——那來那麼多水？

——天曉得。聽說更久以前，臺灣原也賴在海底。不知是不是嫌太鹹，竟浮了上來。海自然比天小，我們走到那裡都看到天，卻不見得看到海。不過海會讓你覺得天顛倒過來，或掉進水裡，怎樣動都游不出去。

——高高在上還有什麼不滿意的？我從未看天跑過，居然會跳進海去？儘管你羨慕我，我在山上住久也膩了。雖然我還跑得動，卻捨不得這裡。離開了就有流不出自己的浪聲吧！洶起來也又壯又響嗎？

——說不清，但聽轟轟隆隆，簡直要把風轟走了。

——可憐走不了的魚要躲也只能在海裡。不管怎樣，海裡的角沒被淹死，猜想是更大隻。魚永遠引誘鳥，受得了風波的那些海鳥，大概比我們這裡的又大又勇吧！

他越說越大聲。活了一大把年紀，居然還沒見一過那一大片東西，沒聽過那一大片聲音，說了半天都只能想像而已，不禁對自己生氣；腳步節奏也亂了，嚇得鳥不再敢飛來。不管怎樣，他不願老在山上。然而還得照顧小米、玉米，相思豆、自己的孫女，和別人的男孩，只好約定一年後才一起去看海究竟是什麼。

一年未到，我去找他時，族人說差不多一年前，有一天他老人家突然自言自語要坐車去看看，就沒再回來了。

發表於《聯合報・副刊》，一九九四年一月六日

妨梓

鑰匙是對的，却開不了鎖；鎖已被掉換了。

按鈴都不響。怎樣叫，門都不理；怎樣敲，門都不開。進不了自己的房屋，更不甘願被關在外，就使力猛撞，門怦然敞開：

「你怎麼沒有我的許可就闖入？你究竟是誰？」

「你强佔我世代住的地方後，竟自稱房主？」

「開門的才是房主，我是正正當當用鑰匙進來的。我要住，你就不可以屬於這裏。我是不願在這裏的，但既已經進來，雖不屬於這裏，這裏必屬於我。」

「即使掌握鎖和鑰匙也不就是擁有門，何況鎖是你偷換的。」

「我沒偷也沒換。這裏既是我管區，所有我看不順眼的都要改動。你再狡辯就修理你。」

「改動不了的是很多書都寫著我的名字，證明這房子是我的。」

「我可沒有什書，也不必讀書。這些書一定是你暗中放的。你不拿走，我就燒了。」

「書上看到的强盜也沒有你這樣蠻橫的。我叫警察去！」
「你不必去了，我已安排他們來找你，要你供認一切都是你的錯。」
「錯不了的是我還保存著所有權狀。」
「證件我發的才有効。沒有我蓋章，你保存的都是廢紙。其實你什麼都沒有了，現在只你的身體和痛苦是你的。」
「我總還有人證！」
「你找不到說眞話的人了。我已經吩咐大家都指責你貪心。他們若還想活就要狠。誠是不成的，義的意思是假的。多數人指你貪，你就是貪，多數人以為我對就沒錯。你一個拼得過大多數？你未打就已輸了。你難道還不相信我一向用刀槍和流氓執法？」
「相信總有人會相信我的。」
「瘋子和懦夫才理你。別再搗蛋了，滾吧！我要穿衣服赴宴去了。」
「連你身上的衣都不是你的，你什麼都搶！」
「還用這種眼光掃我？來人啊！把這個纏著我講權利的混帳掃出去！狠狠教訓，封住他的嘴，連哼都不准他哼。也仔細澈查，所有財產，統統沒收。」
「什麼都顛倒了。什麼都癲，總要倒的。」

發表於《文學臺灣》第九期，一九九四年一月

原鄉錄

因為有鹿，他才能活著。然而多年來都把鹿關在柵欄內，連牧場都沒有。沒料到一對鹿也聽信一群人來鄉間鼓吹的自由自主，竟相約跑了。不知跑到那裏，不可能跟人去都市，但跑到那裏都可能被捕獵。反正在台灣跑不到那裏，就趕天黑前去找。其實也不知怎麼找，就沿著平時徜徉的地方跑，跑著跑著，霍然跑到鹿的腳印上，親切熟悉，循腳印上山，山坡風撥開一片五節芒。他怕進入出不來，就遠望五節芒搖晃，茫茫晃出鹿。

幸虧鹿偶爾凝注，否則就找不到了。他看逃出的鹿很有精神，是不可能抓回的。獲得自由的絕不會再住進柵欄。他也不想再關禁鹿而營生了。鹿並不屬於他，鹿原應在自然野；原野雖早不屬於鹿，鹿仍屬於原野。在原野鹿也不應再逃了。他覺得逃的是自己而不是鹿；怕被鹿發現他的存在，他不敢靠近。鹿雖凝望，其實掩飾不了張惶；五節芒雖簇簇圍住，其實護衛不了鹿。彷彿看得出鹿緊張，五節芒邀鹿跳舞。不知誰先動的，芒草翩然起舞；不知芒草是什麼意思，鹿猛然蹦跳，跳入鬼杪欏叢。

彷彿站在樹叢裏就算安全了。偶爾低頭吃東西，抬頭自然和樹幹比斑紋，和樹枝比角茸，但自然卻不自在。總是翹著耳朵聽風聲，風聲裏沒有雜音就好了。總是四面都細看，看不見別的畜生才放心。看見暮色跌落鹿身上，樹起小尾巴，恍若小旗晃著叫人別去抓，鹿毅然跑開了。

他們是台灣鹿。因為從不侵犯別的動物就被說是溫馴。他們並不溫馴的祖先早就在平地隨意跑了，喜歡在一樣的地方一起生活，再怎樣亂跑都會回原處。殖民者來後，明知鹿沒有梅花卻也叫他們梅花鹿。隨便殺鹿，隨便奪原住民土地，隨便殺隨便趕，趕到山上後又殺，殺到一九六九年，原種台灣鹿都絕了，被關的又生了些，被當做家畜；活著竟是要給人殺死，死後全身都被吃被用。不管死活都被拿去象徵祿。有祿不夠，還要福要壽要樂什麼的。甚至樂到山上來。山一向是樹的地址，然而有祿的卻故意砍下樹，種草給球滾，就是不給鹿活路。

鹿不要祿，不要柵欄，不要陷阱，不要槍，只想在祖先的原野山間活著。活著仍處處驚惶，但希望不必再逃，不必再怕被抓。

他回到佔的地方，鹿回到原野山間，希望不必再碰見外來的陌生人。

發表於《文學臺灣》第十二期，一九九四年十月

阿土上街記

危險！請勿靠近。禁　出門多搭公車路上減少塞車。頭手請勿伸出車外。禁止和司機交談。請勿坐在上面。愛護環境衛生。早期發現早期治療。不准右轉。行　人穿越車輛慢　行。不准左轉。後面下車。

禁止闖入注意

此路不通政府機關賢人免進。請登　記嚴禁在此游蕩。施工中請改道。不許兜售。禁止行使。整修期間暫停開放。公共安全檢驗不合格，此建築物切勿進入。禁嚴禁。訪客止步。請出示證件。讓！避難方向↑慢！出口↓禁止攀爬。

任意破壞或擅自貼布告一經查覺依法重處。狗在此小便。大家專門搬家，有擔當有魄力請惠賜，神聖一票代客送花鞠躬，燙。萬般帶不去唯有業隨身。人命無常世事同家財產業悉歸空。未曾種福修諸苦萬劫癡貧困苦鴻。青春痘老人斑保證不許亂貼。

前面空洞慎防跌入。大犧牲！全部半價。血　本世間罕有，人所共求。非本店員工請勿親切服務。歡迎惠顧，不怕不識貨，電腦監視。貴重物品遺失。恕不負責紳士酒坊維護居民安全提高生活品質。搶　購！國際名牌。空前誘惑！鑑賞過去，享用現在，忘記將來。現買現穿，包還包換。搶　購最後良機，絕不延期。

住宅區　請減速。此橋危險不准通過。勿踏草地。吉屋出售，車房前停車刺破輪胎。消防用水不許飲用。請勿撫摸死巷。

商量由此巷入。談相請進。本館占算卦命不慣褒獎奉承。何時吉凶禍福，立斷富貴顯榮。言語出於確據，落筆却是無情。心中稍有疑惑，必宜問及前程。眞理道路活命。人人都有罪，信主得永生。佛　請電

小心路滑！我們只有一個台灣！不准亂丟紙屑非請莫入。保持距離以策安全。未乾。勿擋出路，違者究辦。

發表於《文學臺灣》第二十一期，一九九七年一月

感傷的旅程

「那些向前移動的都荒唐，高尚的意象掉落了。」

André Breton, "Ranu Raraku," in *Poems of André Breton*, trans. and ed. Jean-Pierre Cauvin and Mary Ann Caws (Austin: University of Texas Press, 1982), p.197.

各位旅客，因為停在終站的還不肯離去，我們還不能開動。請繼續耐心等候。一開始我們就要遲到了。

請注意，本列車不停靠逃冤、描利、瘋源、假意、创男；要趕往以上名勝古蹟的，拜託都下車！

本獵車正在行駛中。頭手勿伸出窗外。窗都已封死了。頭撞窗，頭破了是你的權利；窗破了，你有義務賠償。否則移送法辦。

恭喜各位有錢享受舒適，但請不要疏視外面，以免危險。

外面還有勉強美麗的國土。都因為逃不了才讓我們硬拆成兩半的。值錢的都已經出賣了。各位現在能欣賞的就儘量欣賞。很多風景都要被財團私有化了。

看那些飛來跟綠田比美的白鷺鷥。島上多情的鳥越活越少了。再不珍惜，它們就也不白白給你們看了。

看那些老遠聯袂相送的山丘。官商合唱的山歌已割裂它們的喉嚨，再也吐不出多少苦水給溪流了。

看到溪嗎？溪都快哭乾了，流不動了，怕再也不能去跟海訣別了。

怕就怕台灣頭家也奚落鄉土而使鄉土台灣失落。拜託各位別一想起鄉土就鬱卒而盹坐。昏昏睡著後，謹防本省盛產的狡詐和偷竊。

我們服務員剛剛撿到一個假皮的包，沒有名字，裡面空空的。哪位掉了自己快來領回，我們可不保存沒有用的東西。

現在開始驗票。黑心白坐的都別亂跑。站票不許佔門邊，阻礙別人跳車。大家都同樣在這兩條軌道上，能逃到那裡去呢？

各位使用手機，請細聲，以免被竊聽。商談生意，交換情語和情報，都不必廣播，以免搗亂安寧。

本劣車不知什麼原因暫時停在這不知名字的地方喘氣。各位切勿也不知什麼原因就擅自下車活動，去證明你們活著還能動，卻不知在做些什麼。我們隨時都會隨意溜掉，以留下你們在紗網中悵惘。

我們就快要抵達終點了。各位坐久了，也該站起來了。再美好的旅程都有感傷的目的。請檢查隨身道具準備下去。你要扮的臉丟了嗎？卡你的信用有嗎？要找你的地址有嗎？那證明不了你活著的身份證還在嗎？

終佔，終站到了。不管信仰什麼顏色，都通通下去。記得遺忘些什麼；記得拿走別人的東西；也千萬記得帶走自己。倘若迷失，你自己負責。

從此大家都各跑各的路。以後再賤？

發表於《鹽分地帶文學》第三期，二〇〇五年四月

念葉笛

我想從七個詩人的感想來念學者詩人散文家翻譯家葉笛教授。

對佛羅斯特：「我選擇人較少旅行的路／而那已造成所有的不同。」（註一）對西班牙詩人何南迪：「活著，只一個片斷就夠了。」「詩人知道無窮的孤獨」（註二）葉笛選擇走很少人願走的荒寂的路。一九四〇年代末以前就已展現創作才華的他，一九六〇年代專注譯介日本文學及論著。愛讀書和研究的他一九六九年留學東京後，在那裡的大學教授。在日本已發展得很好的他在一九九三年選擇回台灣。不管在哪裡，博學多聞的他，總是灑脫、誠摯、謙遜，有著理想的學者風範。五、六十年來，他默默地寫出了有獨特風格的作品，研究並翻譯日本文學及台灣文學，為台灣文學研究開拓更寬廣的路。葉笛選擇寂寞的路，已造成所有的不同，使讀者不感到寂寞。

對濟慈：「有任何價值的人生是持續的諷喻（allegory）——沙士比亞有著諷喻的一生：他的作品是對人生諷喻的評論。」（註三）諷喻的特色是象徵。葉笛的作品充滿象徵的意義，激發人們的想像。在葉笛持續著有價值的諷喻裡，他思考，注釋，評論，也豐富自己及別人的生命。

對認識葉笛六十年的郭楓，葉笛是一首完美的詩：「把人間的名利拋給流水／樹起一種冷眼睨視世俗的風姿／而你是溫柔的！如同一輪明月／皎皎映照。咱多風災的島嶼。」我總是認為生命和文學崇高境界是史詩的境界。葉笛把生命奉獻給史詩般的台灣。他眞誠的生命是壯秀（sublime）的詩，台灣詩史壯秀的一部分。

對西元前第一世紀的羅馬詩人霍瑞斯，他的詩「建立一個比銅還長久的紀念碑。」（註四）對艾略特：「每個詞句是結束和開始／每首詩是墓誌銘。」（註五）對奥登：「詩人應發表他們的全集／——你，有一切的永恆去讀。」（註六）葉笛的全集將出版。我們讀他的詩、散文、論著，以及台灣文學和日本文學的翻譯，將分享葉笛畢生的成果和永恆。

發表於《鹽分地帶文學》第四期，二〇〇五年六月

【註釋】

註一：Robert Frost, "The Road Not Taken," *The Poetry of Robert Frost,* ed. Edward Connery Lathem (New York: Henry Holt and Company, 1979), p. 105.

註二：Miguel *Hernandez, Selected poems of Miguel Hernandez and Blas de Otero,* ed. Timothy Baland and Hardie St. Martin (Boston : Beacon Press, 1972), pp.72-73, 135.

註三：John Keats, "Letter to Geotge and Georgina Keats, February 19,1819," *Selected Poems and Letters,* ed. Douglas Bush (Boston: Houghton Mifflin Company, 1959), p.284

註四："Horace," in Latin Poetry in *Verse Translation,* ed. L. R. Lind (Boston: Houghton Mifflin Compnay, 1959), p.97.

註五：T. S. Eliot, "Little Gidding," *The Complete Poems and plays* (New York: Harcourt, Brace and Company, 1952), p.144

註六：W. H. Auden, "Letter to Lord Byron," *Collected Poems,* ed. Edward Mendelson (New York: Random House, 1976), pp.93, 100

憶回老家

「人生，在思念中，總是無家可歸。」

Friedrich Håderlin, “Mein Eigentum” (“My Possessions”), trans. Michael Hamburger, in *Hyperion and Selected Poews.* ed. Eric L.Santner New York: Continuum, 1990), pp.142-143.

「當我回家時，我期望驚奇；但對我卻沒有什麼驚奇，所以我自然感到驚奇。」

Ludwig Wittgenstein, *Culture and Value*, trans. Peter Winch (Chicago: The University of Chicago Press, 1984), p.45.

寂寞陪我一起長大。長大後，不管在那裡，記憶和書纏著我回家時，雖然不一定再感覺寂寞，卻可能更惆悵。

老家在台南市。中學時，學期中，晚上市立圖書館關了，我只得走出來。常撞見星星，閃爍著我不懂的語言。我找來濟慈：「皎潔的星，我像你們一樣堅定。」(註一)星星彷彿怕我眼花而迷失，都執意挽我沿著霓虹和街燈回家。家那時是「你得去的地方，他們得收容你的地方。」(註二)回到家時，父親還在做生意，揉著惺忪的眼睛對我苦笑：「你一定也累了，去睡吧！」

寒暑假，拂曉醒後我去忠烈祠，榕樹下讀些什麼。鳥不知什麼意思，總是讀出聲，錯落滴到書上，淋濕我的靜默。偶爾我唸英語，鳥語也飛來交談；談不攏，鳥就嘖嘖叫得更大聲。我聽不懂，抬頭梭巡；牠們從我的凝望裡掠過時，不經意把太陽拍醒了。一直到太陽不耐煩，橫我一眼，要我回家，我才向退伍軍人買燒餅：

「你每天這麼早就來，不知讀些什麼？你家離這裡不遠吧？」

我點頭；他嘆息：

「我住的地方離這裡遠些。我老家更遠了。也不知道還在不在？唉！即使老家還在，我也回不去啊！」

我黯然注視他想家的臉色，沒問他老家在哪裡，怕徒然增添他想老家的悲痛，只向他多買幾個要給父母吃的燒餅。回到家，父親揉著惺忪的眼睛，又要開始做生意：「放假了，你也休息吧！我生意逐日要做，你書不一定逐日都讀。」

書當然不必天天都讀，但人卻不得不出外。自從到外地讀書後，要回家就不那麼容易了。

第一次出外，我到山上唸大學。大學開架式的圖書館使我樂得不想家。家卻在三個月後意外燒掉了。我趕回去時，在焦黑的廢墟上，父親摟抱著我：「雖然什麼都燒了，但免煩惱了；我會起更大間的。你放心回學校去吧！」

我不放心回學校後，幾乎不下山，更不用說回家了。而學期結束後，一個暑假我留在學校借書看。一個暑假我去南港住在一所小學工友的房間，就近用中央研究院歷史語言研究所的藏書。一個暑假我去台北震旦補習班跟德國人唸德文。在大學時，似乎只在寒假才回家。後來在系裡當助教三年，連寒假也留在山上，過年時才回家。

書念到國外後，老家就越離越遠了。我越來越不同意美國小說家費傑羅：「我想我最好出外並停留很久。」(註三)然而，我在外諷刺自己竟也已四十一年了。

多年來，在芝加哥，每年鷦鷯把春天帶回到我們屋簷下牠們造的巢，吱喳把草坪叫綠時，台南忠烈祠知更鳥就飛進我的眺望裡盤旋。啁啾的屋前，木蘭樹白花長成綠葉時，家鄉孤挺花也在我懷念的花園綻放。我種的松樹長大了，只是雍容不如家鄉的高傲。深秋楓樹受不了蕭瑟，抖落輝煌後，我愀然出去，掃不盡所有的飄零。雲看不過去，紛紛降下要遮蓋年華的蹤跡，有意無意把我絆倒在相思樹叢裡。尼采來攙扶：「若要知悉並評估，你至少有段時間必得離去。只有離開小鎮後，你才能夠看見它的塔跟其他房子比起來是高還是矮。」(註四)

在盼望家鄉長高的歲月裡，我老愛溫習那些回老家的時光。

一九八〇年夏天我們全家又回台灣。夙娟先帶兩個兒子回台南，我去台北參加國建會文化組的討論；與會者建議政府設立文化部或文建會後就散了。我一回到老家，父親就說帶兩個孫子玩得很愉快；只是長孫看見到處都有銅像監視，覺得很奇怪。我更驚愕家鄉的憔悴。關懷家鄉的不是被關在牢內就是被關在牢外。什麼都走樣了。什麼都要錢。繳錢後才能上赤崁樓看鄭成功生氣。無錢的夕陽再也不能在運河碼頭停泊了。得罪官商的市立圖書館和忠烈祠被拆走了，鳳凰樹被砍掉了。集體記憶在家鄉被掠奪得太慘痛了。

一九八三～一九八四學年我回台灣，在故宮博物院文獻處看清宮檔案。我想利用那年把有關台灣的檔案都找出來，連星期六上午也去看，竟很少回老家。回家即使只是和父母相對無語，對我已是溫馨。新曆除夕我趕回去，和父親聊了些話。我回去過舊曆新年後，小妹婿開車載父母和我沿南橫去台東。沿途經過平地，城鄉越發展越製造差距，山上原住民越活越窘困。而我們看風景卻比看他們還認眞，自然撩起罪惡感：只研究又有什麼用呢？

台灣，無論如何，是值得研究的。笨拙的我也只能研究而已。但是一九八七～一九九〇年我被限制出入境台灣。只因前三年我在芝加哥大學參與舉辦「台灣研究國際研討會」，執政者認為我推動台灣研究有罪。那幾年父親生病，我焦急著回去看他。但每次都需先報備，面談，說明在台灣行程，申請一個月後才准。我回家以前，政府就已有人去折騰我父親，甚至勒索。我回到家時，已失聲的父親吃力地翕張著嘴：「你回來了！」然後，父親和我相對無語。

一九九一年夏父母來芝加哥。我們安排好帶父母去墨西哥玩。一向節儉的父親說旅館住便宜的就好。我說全都安排好了，三代要好好享受天倫之樂。然而沒想到父親遽然病倒，昏迷不醒。以後我就再也不能和父親相對無語了。我把父親的骨灰帶到老家時，喃喃自語：「我們回到家了！」湧出的淚沿著顫抖的大理石罈滴到老家的樓梯上。

父親去世後，我也失去老家。這十五年來，我幾乎每年都回台南，住旅館、郭楓家、或葉笛家。總是感傷：「雖然你沒有理由來這裡，但似乎你每次來都有特別的理由。」(註五)我特別的理由是去小妹家看母親，然後去老家的對面凝望老家。艾略特的詩句總到我的回憶裡躑躅：「家是一個人從那裡開始的地方／我們老時世界變做陌生人／生和死的花樣也較複雜了。」(註六)家鄉雖然已經變做複雜的陌生人，但回去而能隔街看看老家外面，我也甘願忍受淒涼。

淒涼天我提著行李提起勇氣走到老家，猶豫著，想進去，上五樓看父親的靈牌。鄰居招呼我進去他店買鞋時突然愣住：

「啊！你不是文雄嗎？」我點頭。

「怎麼不上去呢？」我嘆息。

不會嘆息的夕陽蹣跚踱來，纖柔摸我稀疏的頭髮，憮然帶我走開。我踉蹌想起曾被迫流浪的阿多諾：「在他的文本裡作者建造一所房子……最後，他甚至不許住在他的作品裡。」（註七）

夕陽終於回老家了，遺落我，無老家可回；只有陪我長大的寂寞帶我去坐火車，又惆悵離開我生長的地方。

發表於《鹽分地帶文學》第四期，二〇〇五年六月

【註釋】

註一：John Keats, "Bright Star, Would I Were Steadfast as Thou Art," *Selected Poews and Letters*, ed. Douglas Bush (Boston: Houghtorn Mifflin Company, 1959), p. 198.

註二：Robert Frost, "The Dcath of the Hired Man," *The Poetry of Robert Frost*, ed. Edward Connery Lathem (New York: Henry Holt and Company, 1969), p. 38.

註三：F.Scott Fitzgerald, "Nonsense and Stray Phrases," *The Crack-up*, ed. Edmund Wilson (New York: New Directions, 1945), p. 192.

註四：Friedrich Nietzsche, "The Wanderer and His Shadow," in *Humaw. AlltooHuman*, trans. R.J.Hollingdale (Cambridge: Cambridge University Press, 1986), section307, p. 387

註五：Maurice Blancbot, *The Step Not Beyond*, trans. Lycette Nelson (Albany: State University of New York Press, 1992). p. 47.

註六：T.S.Eliot, "East Coker," *The Complete Poews and plays* (New York: Harcourt, Brsce and Company, 1952), p. 129.

註七：Theodor Adorno, *Minima Moralia: Reflections from Damaged Life*, trans. E.F.N.Jephcott (London: Verso, 1978), section 51, p. 87

風語

「從風的聲音我們能知道我們是否快活。」

Theodor Adorno, *Mixima Moralta: Reflections from Damaged Life*, trans. E. F. N. Jephcott (London:Verso,1978) section 28, p.49.

我也和你們跟台灣那樣溫柔，灑脫，悲壯，浪漫，苦惱，浮誇，甚至暴躁。雖然我不是你們，但卻都有你們的感受。只是你們也夠我受的了。

開始的時候，你們都妝扮得相當有風度，翩翩不如我的溫柔。我溫柔的存在只填空，自然就感動作有風格的歌及有風采的畫。我挽著雲遨遊，縹緲散佈天的空寂：我綽約的風韻。我邀約鳥和聲，繽紛說明芒草的彎腰：我纖巧的剪裁。我採訪花朵談情，委婉監督蜜蜂的工程：我倜儻的風流。我指揮樹奏樂，描寫水的微笑：我舒卷的風姿，漾漾都是景，景裡我都不著色，婆娑你們也生情。情，繚繞著，我看不懂，你們就抄在紙上自己繾綣欣賞。

我性情本灑脫。我怕孤僻；那荒蕪的所在，我不居住，免得呆滯成廢墟，所以才到處凝注。我無羈，所以不頑固，怕一固定就昏厥或腐敗了。我從來都不緊握；能握住的都不是東西，而握住不放的，終將放逐自己。我只是悄然經過而已，既不屬於什麼，也不擁有什麼，自然清爽。你們也想灑脫而跟隨我，卻總在追尋著什麼，把我摸過的統統拿走了。我無慾，所以才能擁抱你們；你們卻什麼都要擁有，就是抱不住我的灑脫。

我們都悲壯過。悲壯是從前我帶漢人到台灣發展。不管怎樣詭辯，漢人的拓墾其實就是殖民。壯大的是外來的，悲慘的是原居的。原居地失去後，我跟著平埔族出去尋找生存的空間，甚至從西部一起爬山到東部去。餓了，互相摟著發抖。抖不掉的奈何都是殖民。在台灣，原住民和漢人無論搬到哪裡，都一再被殖民。都受不了了，就起來抗爭，寫成史詩。史詩的台灣悲壯仍是血、汗、淚沾濕的創傷，我還拭不乾。近幾十年來，我依然陪你們去嗆聲，抗議，示威。當你們被驅趕，被打傷，或被抓走，我都廝守著你們的意志，舔著你們臉上的悲壯：生命要悲壯才值得活吧！

悲壯要得，卻也要命；怕死的才只浪漫。浪漫暢銷，你們就刻意浪漫包裝了。浪漫想飛走，像風箏，睜著眼飛去要爭什麼，都被我戳破了。你們很不滿，咄咄逼我攜你們在地上流浪，以為流浪才浪漫，無非要逃避。台灣是故鄉，你們能躲到那裡呢？你們躲到找不著腳印時，就指控我無端滅跡，渾然忘記是你們自己跑太遠了。然而，你們還是要浪漫，就把我從墓地攜回的嘆息唸成輓歌，咀嚼做浪漫，漫漫而感傷起來。

感傷的據說也苦惱。我苦惱塞不滿空虛，只得在人間推擠。我苦惱埋葬不了什麼，就掀起垃圾散發到各地，亂竄任你們分享，各掃各的淒涼。你們不甘淒涼而創作，還製造很多的東西，消費不了反而更苦惱了，我總是苦惱只經過卻不探索；和時間遊戲，輸的都是自己。我苦惱把採擷的花貼在你們的臉上時，微笑卻凋萎了。更苦惱不能把你們的悲哀流到溪河而溶入海，或放到田間飼餵青蛙。你們苦惱我攔截弱勢者的呼喚，卻擋不住強勢者的謊言。你們更苦惱到處都是旗，拿旗的都得意跟我跑。只是所有的激情，我一搓便落下了，未免輕浮。

你們也苦惱跟我一樣浮誇。到處晃來晃去，假裝匆忙，只翻書而不讀書。即使讀了也不懂。但無論如何都要裝懂；而且越沒有學問的越膨風，甚至陷害人，以表示威風。你們不吹就活不了嗎？我看不過去，把沙吹進鏡前你們自戀的眼睛。你們茫然不肯仰望，看不到星星，就誣賴是我掃走的。毫無風紀，無風骨的你們只會出風頭，到處風騷，談吐無非吐痰；我自然飛速把痰飭回去刮你們的嘴臉。我發飆了。

我發飆從遠方來前，你們就嚇得用儀器推測我的性向，並悍然準備拒絕招待。我暴躁了，不但空襲，還空運雨，咻咻叫著要推倒你們也厭惡的建築，卻反而把它們刷洗得更亮麗。倒是土受不了，石受不了，樹受不了，溪受不了，房屋受不了，人更受不了了。住在山上和鄉下的趕緊疏開，否則就死了。還活著的又回到山上和鄉下後，官員就威風去巡視，又責備住山上的不搬到鄉下，住鄉下的不搬到城市。一切都是你們的錯，明知危險也要住，居然愛家鄉愛到不愛自己。我聽了更自責無法把無家的人帶到哪裡去住；奈何，我再怎樣敲門，人家都不應。我們都苦惱，再怎樣推，不但都翻不倒無情有權的，有權無情的還反而更囂張。

我苦惱你們苦惱自己不再溫柔了，不再灑脫，也不再悲壯了，而只是浮躁，狂妄，卻仍然裝扮著浪漫。別再吹了。

發表於《鹽分地帶文學》第五期，二〇〇五年八月

給臺灣獼猴照相

「對我而言，我就要從為了保護其看守人的生命而抵抗可怕的敵手的英勇小猴下來；或者我從下山成功地自一群驚愕的狗奪回年輕同伴的狒狒下來。」

Charles Darwin, *The Descext of Man*, in *The Origin of Species. The Descent of Man*. Great Books of the Western World (Chicago: Encyclopedia Britannica, Inc.,1952), part 3, chapter 2, p.597.

「失望的人說話。我尋找偉大的人，但我只找到人理想中的猿猴。」

Friedrich Nietzsche, "Maxims and Arrows," *Twlight of the Idols*. in *Twlight of the Idols. The Anti-Ghrist. trans.* R. J. Hollingdale (Harmondsworth: Penguin Books, 1968), section 39, p.27.

要照相了。把鐵鍊拿掉。因為我們都想再捕捉自然但不見得也自由的你。

請坐。你搖搖頭。你寧可爬活樹也不坐在害死樹的椅子上。何況你對製造來給人坐的都沒有興趣。所有坐上去的都要下來。而且坐也不一定要在椅子上。不肯坐就不要坐。然而，就這樣站著？

你不願站著。因為一固定就處罰自己了。而且你怕站成樹老是被欺負，或站成衛兵保護所厭惡的權勢。好吧！你是主角，一切隨意。

隨意看這裡。喂！笑一笑啊！怎麼不笑呢？這麼晴朗的天氣。你覺得人間可笑而笑不出來？可是你不覺得我要捕捉你的意象而自問自答好笑嗎？哈哈，你咧嘴笑了。你笑時露出牙才可愛，不像人笑時展現恥時怪怪的。哈哈，你拍手了，慶祝可笑的，慶祝自由——自由再短暫也都要慶祝。

慶祝久了就累了。你突然垂下臉來。在處處埋伏著陷阱的世界，沒有什麼可慶祝的。你一定又想起什麼，才一臉無奈的，你的祖先是比任何人都早到台灣的靈長類。然後，原住民來做伴。然後，漢人來做對；把原住民搶的搶，同化的同化，殺的殺，也把鹿殺到絕種了。拒絕被人同化的你們怕沒有森林就也沒有意思。沒想到人憎恨樹林阻礙開發，砍下來讓你們無家可歸。最後，人乾脆把你捉來當孤兒玩弄。什麼都走調了，只有你走不掉。

不願走調卻又走不掉的你撅嘴，咕嚕著。你的冤屈太多了。台灣現在是個言論自由的國家，你儘管表達。我不一定聽得懂或替你解決什麼問題，因為我也是禍首。無論如何，我都願意聽聽，讓你看看我的無能和虛僞。嚇了我一跳，你猛搥胸。活活污污勿侮勿誣勿武勿舞。你抗議人間是你的牢獄？你抗議不忠實的人棄養狗，使狗為了生存而到處流浪？你抗議沒有同伴互相取暖，打架，抓蚤子，抓到流血才舒服？悟誤無侮無誤。你抗議寂寞。然而，再怎樣搥胸，寂寞還是不理你的咕嚕。

你閉嘴不理寂寞。能忍的都忍了，你還能怎樣？再怎樣咕嚕都不被瞭解，只好沈默。沈默不是無話可說，而是有話不說。就那樣靜坐。你靜坐時赧紅的臉比不害羞的人的臉可愛多了。

不好意思看，你捂住眼睛。你的不幸是做人的鄰居，不看也罷。從前在山上，你可以自由看人；現在在平地，你到處被人監視。在人間，你能躲到哪裡呢？既然看不慣，就什麼都不願看。何況，幾乎什麼都失去的你，也沒有什麼可看的了。

你索性兩手塞住耳朵。拒絕人的噪音，吵了半天都不知在說些什麼。聽說人什麼都要跟你比，就是比不上你靈活、敏捷，又沒有尾巴保持平衡，所以嫉妒到把你捉來淩虐。都怪你，太像人了。所以用你做實驗。你受盡折磨後還活著，人才敢用你的試驗品。然而，你從來沒聽過台灣人向你道謝。

對無情義的台灣人，你並沒有什麼指望，所以選擇不說不看不聽。然而，你總要跳動表示你還活著啊！為了活著，當然是要跳動的。但你拒絕表演。台灣人彷彿不表演就活不了了。總是有不懂裝懂的權威、大師、教授，不美裝美的天王天后超級巨星跟蚤子搶著吸血而紅。人懂的都不表演，不懂的都在表演，你不願是人，你不懂，你拒絕表演。你翹起尾巴，讓屁股凝視我。好，自然就好。你擺的姿勢，我都照下來了。自然好美！

自然也最好玩。然而你累了。跟人也沒有什麼可玩的了。猛然把照相機搶去。你要給我照相？饒了我吧！人沒有什麼可照的。你頹然把照相機丟還給我，我接不著，摔倒了，完了。

發表於《鹽分地帶文學》第六期，二〇〇五年十月

土豆

小鎮只有這間教堂，教堂前只有這塊空地，空地上禮拜天就有這個國中女生和小攤子：「水煮土豆。一包十元」

等到十點半就開始有人斷續來，不是要買土豆，而是要進教堂把心和錢交給神。他們都向土豆白了一眼。其中有一個還特別交待她別發出叫賣的聲音打擾他們的禮拜。

一直等到十一點就沒有人來了。只有太陽受不了熱而下來，照耀教堂、空地、女生、小攤子和樹，火辣辣得連蟬都不鳴叫了，風聽不到蟬聲也不願出來搧搧熱，人更不出來散散步了。

只有聖歌不怕熱，偶爾溜出來，蜿蜒帶她到一片樂土。樂土上，她不看風景，只看小說，隨著浪漫的情節想像人生的淒美，不是淒慘了還美，而是美得淒涼。所有的淒美，跟她的幻想一樣，都是虛構的吧！

人能虛構至少表示還活著。活著就遲早都會餓的。教堂終於放出教徒。教徒即使也餓了，大多仍只白了土豆一眼。只有三個分別買了一包高高興興邊走邊吃散去。午飯時間了，但還是沒人來買土豆。土豆，即使鎮上的人也不用來下飯了。仍吃土豆的不欣賞，因為太營養又太容易飽了。欣賞的不吃土豆，因為太便宜了，他們改吃進口的胡桃、核桃、和腰果。她擔心沒人來買土豆。但見警察踽踽走來，她卻又惶恐，怕又是來趕她走的。幸好買了一包後沒說什麼就走開了，她才鬆了一口氣。

只是一想起昨夜就悸慄。忽然沒電了。她雖也沒勁了，但還是點上蠟燭，躺在床上背英文單字。字漸漸模糊了。她清楚看見有影子在追她，她因找不到自己的影子而慌張，慌張也只能向前跑。跑得更倉皇的影子還是追上她。她掙扎著，不知被什麼絆倒後，又不知被什麼掐住了。啊！醒來才知是母親上夜班回家後為她吹熄蠟燭的，否則她可能就被燒死了。僥倖還活著真淒美。

「喂！痴痴地在想什麼？什麼土豆？是花生。叫花生仁兒才文雅。沒有花，生什麼？還有，妳怎麼不烘焙呢？烘焙的花生才好吃。」

她沈默。她已習慣沈默著忍耐，忍耐著沈默，而沒反問：「沒有土，哪有豆？」上次還有個老頭堅持要她把土豆改寫成花生，說在他老家地瓜才是土豆。所以在台灣花生不應該叫土豆。然而，她總是想，在這裡生長自然叫土豆，老師說，土豆原種在美洲，不知什麼時候從什麼地方移植到台灣後，就都以台灣做故鄉了，而且越生長越適應就越喜愛台灣土，土自然就是美。改個花俏的名字還是改不了土的樣子。至於改處理的方式是不是就比較好吃也是各人品味的問題。問題更是她連烘焙的用具都沒有。而什麼都有的，到處花錢卻不生產，搞花樣卻都生不出什麼。她想，除了土氣外，她還是什麼都沒有。

天氣還是炎熱，只是空地卻顯得更冷清了。應該有些雲讓她把太陽撥走，留下一片做笠戴在頭上。應該有蟬聲吹來微風，微風催來顧客。顧客有的應該還欣賞土豆，土豆應該還新鮮，還好吃，還受得了太陽的烘焙。

太陽終於收攤了。暮色簇擁來光顧土豆攤，蒼茫包圍著她不放。放不下心的她仍然縈繞著希望：賣完土豆而能有營養午餐可吃。

發表於《鹽分地帶文學》第十期，二〇〇七年六月

事。情

賊聲訇然封鎖超級市場，急促撕碎大家的興致，倉皇趕去喧嘩包圍一個店員，制服一個穿制服的國中女生：

為什麼連生力麵也偷？

我們實在太餓了。

我才不管妳餓不餓。沒錢？不會去打工賺嗎？

可是我再也沒時間去打工了。我得照顧父親。父親因為肝硬化，不能工作已經兩年了。我還得照顧妹妹。不，我們互相照顧。晚飯都是我們從學校帶回的午餐剩菜。有時，我們都不能帶回什麼。

母親呢？

媽媽已過去了。

喂，有完沒完。你沒看見她全身發抖，連哭都沒力氣嗎？不要再折磨她了。

她手上並沒有任何東西，你怎麼一口咬定她偷？

我親眼看見的。

你怎麼證明你看見？何況，你看見的不一定都是眞的。常常，你沒看見的才是事實。

事實是：有權勢的人吃得飽飽的，閒閒坐在家裡就A錢，一點也不B，卻叫人去C。至於依附權勢的人，這裡Y，那裡也Y，品行都是Z。

可惡！有錢的把錢給仗勢勒索的人後，就更膽大，從我們身上賺更多錢，然後又去歪有權勢的人，又惡性循環，又環環圈住我們這些眞正的受害者。

但是我們連抗議都不敢，只站在這裡看著被雇來監視大家的伙計指控一個挨餓的小女生？

少年的，我沒有證據也可以說你騷擾女生哦！不然，她怎麼哭得那樣傷心？

你不能誣告！我只不過說她偷，她就哭了。

那些冷血的強盜A錢時都是冷笑著的。誰敢說他們搶台灣錢，誰就不要台灣民主！

你們不是有監視器嗎？你們老闆把顧客都當做小偷防範，把監視器調出來，不就可以看看她究竟有沒有偷嗎？可別又捉錯人了。

猛地警察衝進來了，既不吭聲也不向大家掃眼，就給啜泣的事主套上手銬，強把她從「入口」處帶走了。

猝然大家恍惚見到鬼，喉嚨被沸話噎住，各自悻悻散開，紛紛認眞買又漲價的食品去了；彷彿擔心若不買東西就會被抓走。彷彿生怕剛才眞實發生的事。情，彷彿現在是不產生的事。

發表於《鹽分地帶文學》第十一期，二〇〇七年八月

苦笑時間

「人改變，微笑：但痛苦持續／時間破壞者是時間保存者。」

T. S. Eliot, "Four Quartets: The Dry Salvages," *Collected Poems*, 1909-1962 (New York: Harcourt Brace & World, Inc., 1963) p. 195.

我感恩回家鄉母校，認眞工作，完成了能做和該做的後，感慨返異鄉小鎮，實在憂愁。

憂愁，我沉默忍受，也忍受沉默。忍受成了功課，天天溫習得都憔悴了。只有時間老友天天來探望，消磨沉默。因為沉默老不沉沒，我們就一起聽貝多芬（1770-1827）消化時間的聲音：「最卓越者只從傷感獲得喜樂。」（註一）然後，我們不再消沉，卻也只能對著聽不到自己作品的沉痛樂聖苦笑。因為老有痛捅著，自古以來，梵文史詩《摩訶婆羅多》就纏著人，既安慰又消遣：「當有痕跡而不能去除，時間將帶走。」（註二）彷彿什麼都可消費或消耗了。我已失去很多了，所剩無幾，還要奪去就拿走吧！時間有情有意無意也老了，來找我後不是忘了就是不捨帶走我託他消釋的。或許連時間也消瘦而消受不了了。或許奔波太疲憊了，懨懨帶不走疤痕，還不經意割裂，要我昏厥。醒著，我時時沉默忍受沉痛，苦笑。

苦笑人間雖是牢獄，生命可不是逃命。命再怎麼逃，都逃不出時間。逃得成就敗了，沒了。只有老不迷失的時間羈留，睜大著眼睛觀望，眷戀人間。人間對聖奧古斯丁（354-430）只是世俗空間。至於時間，若沒人問，他說他還知道是什麼，但若有人問，他就困惑不知如何說它了。（註三）使我困惑的是人間而不是時間。時在，我也實在。我感受時間很實在的，絕不是害怕黑暗的影子，不管有無光明，都磊落陪伴我，有情有義。那天，我一起床，和他撞了個滿懷，猛不妨都跌了跤，相攙扶起來：

「失禮！若有人問你是什麼？你說呢？」

「太猛（Time）！懂（Temps）！」

「什麼太猛？懂什麼？」

「懂太猛就是。」

「懂？太猛？我擁抱不了。我擁抱不了的，該不會是喜怒哀樂吧！你是陪我忍受，而不是給我忍受的吧！」

時間不理睬，就苦笑，踉蹌走開；我自討沒趣，刷牙去。

刷完牙，我笑吟吟去找認同時間和猶太人的柏格森（1884-1949）。他一臉正經地說：他所認同的時間，不是空間化的客觀時間，不是機械鐘錶上刻板移動的時間，而是主觀、內化的心靈經驗，流不斷的實在的「時續」（durée）。既然「時續」實在流著，「過去無休止成長，……時時追隨我們。」（註四）生命無非過去把人追到現在活追到將來死。活著無非時續，感覺時間，忍受時間。我們受時間之命忍受，受不了也得忍，活下去。

我要活下去，學習，思考，行動，按時吃了一片麵包後去找要活抓時間，感覺時間，而忍受存在的普魯斯特（1871-1922）。他一生執意《追尋逝去的時間》，從「很久」（Longtemps）寫起，在「時間裡」（dans le temps）結束。（註五）寫著寫著，他承認時間「處置生命不同的要素。」（註六）所有憧憬過的美麗都遲早被改編成童景，而只能對失去的天眞和衝勁苦笑。時間全程掌控，儘管他有自由意志，苦苦挽留時間，時間都婉謝。被捨棄後，才發覺自己：「要重獲過去是徒勞：所有理智的努力都證明無用。」（註七）即使徒勞無用也要理智尋找。但他感情用字尋找，找東找西，找到的東西是自己的創作而已。（註八）我們明知追不著也探索，探索不到就勒索，索得的無非被時間處置的生命，命我們思索，打拼，創作，發聲以重生。為了重生，有的賣命創作得腰酸背痛頭疼，腦還忙著想像蒼茫。

苦笑茫然握不住什麼，卻被什麼抓住。總被什麼抓住的我又去找什麼都極端保守的艾略特

（1888-1965）。但見他再再怎樣寫詩辯證也都保不住，更守不了時間，只得苦笑：「時間現在和時間過去／大概都是現在時間將來／⋯人類承受不了太多現實／⋯時間過去和時間將來／⋯指向一個總是存在的終點。」（註九）時間設計現實，人承受得了，才有歷史。然而，人承受不了太多現實，枉然離開後，獨留下時間惘然。幸虧時間實是時光，不光是痛苦，否則痛苦現在，痛苦過去，痛苦將來，恐怕人還未痛到「總是存在的終點」，就連笑都苦擠不出了。時間不痛；人痛，要改苦卻變痛，要減輕痛卻更加苦，無奈忍受，默對痛苦笑。思想起，時間默對人苦笑過去苦笑現在苦笑將來持續保存破壞。壞了，已不闊綽了，還光揮霍；隨時光採，光踩，實不光彩。

我們時時要為所關注的地方採光而憂愁。然而，光存在不行動就不實在。光沉默忍受就更殘忍沉痛，我們卻還不敢痛陳。光感慨苦笑不苦嘯就更委屈，光噗嗤都譜不出曲。

發表於《新地文學》季刊第二十三期，二〇一三年三月

【註釋】

註一：Ludwig van Beethoven, "To the Countess Marie Erd?dy, October 19, 1815," *Beethoven's Letters,* trans. J. S. Shedlock and ed. A. Eaglefield-Hull (New York: Dover Publications, Inc., 1972), p. 180.

註二：Anonymous, *Mahabharata,* retold by William Buck (New York: Meridian, 1987), p.232.

註三：St. Augustine, *Confessions,* trans. R. S. Pine-Coffine (Harmondsworth: Penguin Books, 1961), book 11, §14, p.264.

註四：Henry Bergson, *Creative Evolution,* trans. Arthur Mitchell (New York: The Modernm Library 1944), p. 5.

註五：《追尋逝去的時間》(*Á la recherche du temps perdu*)，英譯 *Remembrance of Things Past*，中譯《追憶似水年華》。

註六：Marcel Proust, "Time Regained," *Remembrance of Things Past,* trans. C. K. Scott Moncrieff, Terence Kilmartin, and Andreas Mayor (New York: Vintage Books, 1982), vol. 3, p. 1087.

註七：Proust, "Swann's Way: Overture," *Rememberance of Things Past,* vol. 1, p. 47.

註八：Ibid., P.49.

註九：Eliot, "Four Quartets: Burnt Norton," *Collected Poems,* pp. 175-176.

槍聲石像

「倘若歷史要保持歷史特質，死就不能從史家的關注消除。」

Paul Ricoeur, *Time and Narrative*, trans. Kathleen Blamey and David Pellauer (Chicago: The University of Chicago Press, 1988), vol. 3, p. 115.

六歲半那年，一九四七年三月十三日，我第一次聽到槍聲。

槍聲響自台南人叫石像的圓環（民生綠園）。槍聲裡，湯德章（一九〇五年一月六日－一九四七年三月十三日）律師殉難，成了居民共同的記憶。

記憶裡，石像在住處兩條街外。那時家在文廟東大成坊「全台首學」對面泮宮坊巷內，一走出巷就可看見，外祖母在世時，帶我去林商店坐電梯都經過它。

它在台南市中心。類似凱旋門展開巴黎十多條路，石像展開台南七條路通達台灣古意。從太平境教會往北，公園路通向測候所、廣慈庵、市立圖書館，在民族路西轉通向赤崁樓、武廟、天后宮。往南，南門路通向文廟、永華宮、大南門、碑林，在五妃街轉向五妃廟，在健康路轉向竹溪寺。往東，青年路通向西來庵（今基督教會）、府城隍廟、台灣公報社（台南神學院後面）；在勝利路北轉通向台南一中、台南工學院（今成功大學），南轉通向長榮女中、大東門，轉彎進長榮中學（一八八五年創立，台灣最早的中學，造就以後台灣第一個哲學博士林茂生（1887-1947），一九四七年三月十一日被捕後殉難）。往東南，開山路通向清水寺、馬公廟、延平郡王祠（文物館內有原蓬壺書院扁額：「爾俸爾祿，民膏民脂，下民易虐，上天難欺」）、光明寺、城隍廟，在法華街西轉進法華寺。往西北，民生路通向電信局、開山宮。往東北，中山路通向天主堂、開隆宮（七娘媽廟）、台南醫院、高等法院分院、火車站。往西，從舊州廳（曾充做空軍司令部、市政府，今國立台灣文學館）通向重慶寺、報恩堂、土地銀行、總趕宮、保西宮、運河，坐船通向安平。居民走來走去，三不五時會經過市中心石像。

家搬到中正路後，我上學，去市立圖書館，及做禮拜，都經過石像。偶爾進入踟躕，槍聲已倒地，心園石像挺立，不語，不凋，不掉。

向著家鄉中心，我怎麼走都掉不了。十八歲到外地唸大學，二十五歲到外國繼續唸書并教書，與鄉思一起生活。每次回台南，在火車站下車後，都沿著中山路，走到石像徘徊片刻，才沿著中正路亭仔脚回家。

家鄉居民的奉獻、貢獻、和犧牲使我們可能倖存。為了共同體存在的尊嚴，四七年二月底三月初，抵抗黨政軍特的暴政是台灣人民理性的選擇。雖然零星衝動和暴力導致傷亡，但有識之士都理性行動，耿直對應霸凌，文明對應野蠻，秩序對應混亂。為了文明秩序，他們理性地動員「協和行動的能力」，施行社會控制，以維護共同體的和平(註一)。為了台南市的和平，有名望、學識、品德、和愛心的人士在三月六日成立二二八事件處理委員會台南市分會，推選韓石泉（1897-1963）醫師為主任委員，湯德章律師為治安組長。湯德章善用智慧，不辭勞累勸導居民理性行事，冷靜節制，避免衝動和衝突。他深孚眾望，得以維持府城和平秩序。三月八日，台南市參議會推舉他為市長三位候選人之一。以後五天的發展令人發毛。三月九日原鎮守長江的陸軍二十一師部隊開始登陸基隆。全台戒嚴。三月十日行政長官陳儀（1883-1950）宣布解散各地的二二八事件處理委員會。三月十一日二十一師部隊抵達台南市。士兵包圍市參議會，逮捕參議員，包括湯德章。

慣於欺壓人民的統治者無法無天，不經任何程序，也毫無證據就刑訊湯德章，無所不用其極逼供。不管怎樣恐嚇，他都凜然剛毅，不畏懼，不退縮，拒斥揑造的指控。不管怎樣利誘他都不傷天害理，不損人利己，不誣陷人，不出賣朋友。不管身受多慘的苦痛，他都堅持人道關懷，為台南市居民的生命安全著想，承擔所有的責任。不管心受多大的屈辱，他都堅持做人的基本原則，有情有義；堅持別人和自己的清白，守護台灣人存在的尊嚴。

只有不知反省，喪亂心智的暴虐統治者才會顛倒是非，以恨報德，殘害和平維持秩序的人權律師。一九四七年三月十三日石像槍聲很多人都看見或聽到的。

我們都聽到蔡丁贊醫師的見證：「湯德章先生是維護台南市治安的功勞者。」我們還聽到「每個時代需要其故事。」（註二）我們更清楚不需專制的台灣每個時代都有要民主的史實。根據史實，個人及集體記憶，文學家黃靈芝寫短篇小說〈董桑〉紀念湯德章的壯烈故事，為台灣苦難而悲痛。

痛惜台灣，重視群體存在的尊嚴，建構共同體的主體性已成了台灣人的歷史關懷和永遠的鄉愁。

鄉愁近年來更常帶我回家鄉。台南石像已正名為湯德章紀念公園，六十多年前的石像槍聲已過去，駛來車聲佔據紀念的中心。進不了，我只得在國立台灣文學館前佇立凝望，囂亂中肅穆追思。我早已不追尋什麼了，只是依依土土苦思。思想起，驀然敲響鐘聲，鐺鐺飄拂石像，紛紛撲飛成白花，簌簌落入我的凝望，溫暖芬芳。

二〇一三清明節

發表於《鹽分地帶文學》第四十五期，二〇一三年四月

【註釋】

註一：Robert E. Park, "Human Nature and Collective Behavior," *On Social Control and Collective Behavior,* ed. Ralph H. Turner (Chicago: The University of Chicago Press, 1967), p. 187.

註二：Dan Edelstein, *The Enlightenment: A Genealogy* (Chicago: The University of Chicago Press, 2010), p.1.

一株孤老苦戀的苦楝

家鄉那塊土地上曾經默默生長很多苦楝，現在還剩下些許。些許淒涼外，孤零零遺落一株，被劈了後，不肯倒地，還忍受苦難，苦戀家鄉。

活著，根就緊密鏈著土，土土支撐著軀幹。沒有什麼可依偎，就脈脈親近地面，擺出擁抱的姿勢，但保持距離，以策安全。保持靜默，以苦煉意境。境淨得連螞蟻都不好意思爬進。靜默的距離徒讓苦楝獨自守護著寂寞的存在。

既然存在就要表達。春天婉約一來，苦楝就縱放淡紫的花，濃郁得土地呼吸都透不過氣。它體貼編綴青澀橢圓披針的葉，清香蔽蔭著土地。惟恐土地無聊，苦楝殷勤接待飄拂的風，飄忽的鳥，飄灑的雨，一起和土地窸窣交換閑語，即使互相聽不懂也互相欣賞愛惜。

愛惜存在的苦楝也苦練忍受人、時間，和風雨的霸凌。日常忍受時間的摧殘及人的欺負外，三不五時還要抵抗風雨的暴虐。

風雨一暴虐就橫衝直撞要搬走苦楝。苦楝都拚命掙扎，苦練，苦煉，苦啊。風雨暴躁捶打要拔根，根都使勁扼守。再怎樣拆都不散。再怎樣搶奪，都要鏈繫著土。再怎樣吃力，都要緊緊抓著，緊緊抓，住。風雨趕不走根，就暴躁搖撼枝葉。枝葉咻咻晃動，再怎樣顛簸都不流離；再怎樣摘取都不撇棄。只有受不了整肅的才墜落，被拽走。風雨暴躁猛搥軀幹，軀幹都苦扛著撲搗的重量。再怎樣挨揍都要挺住。再怎樣壓逼，都要反擊，不落地，以免死去。

風雨攜時間去了，人來了。一輛轎車放出一對夫妻和一個約四，五歲男孩。他們似乎不喜歡散步，似乎怕步太散會走調或走掉。他們也似乎不願站住，似乎怕沾到土而不舒服。他們要舒服就走到苦楝樹，坐在樹幹上，彷彿樹幹是倒給他們當椅子的。夫妻說說笑笑，男孩自討沒趣，順手抓住枝枒，搖啊搖，彷彿枝枒是伸出來給他吊著玩的：

「眞好玩！」

「好玩？再玩，樹枝就要斷了。」

「玩斷了樹枝又怎樣？」

「樹枝斷了，會摔倒人的。」

「人摔倒了又怎樣？」

「我只是希望樹和人都免受傷害。」

「我們只是坐坐玩玩快活。快活不行嗎？」

「不想快活不快活，樹想活，不想傷人。」

「樹活就一定受得了。樹受得了，你受不了了？」

「我們受得了，所以還活著。我們住鄉土，也愛鄉土的樹。樹幹倒了還想活，所以什麼都忍受。只是樹枝不一定受得了。」

樹枝受不了，不玩了，男孩摔了，哭了。母親抱起，揉撫他的頭。

「乖，不哭，樹壞。爸爸打它，看，它不哭。」

老少三人合力又捶又踢著享受，笑嘻嘻。但看苦楝老鬱鬱苦練忍受，不枯，不哭，不語，笑不出來。

笑得出來的人笑走了自己。留下苦楝苦戀，不走，就苦守著家鄉沈默的地理。

發表於《鹽分地帶文學》第四十六期，二〇一三年六月

發現

「赤裸裸的貪婪從開始到現在都是文明的推動力。」

Frederick Engels, *The Origin of Family Private Property and State*, In Karl Marx and Frederick Engels, *Selected Works* (New York: International Publishers, 1968), p. 592.

在地人發現陌生人來後，結果并不陌生。

活著才能發現。一發現陌生人活著，在地人就開始衰，衰到最後竟認不得自己了。

發現時也許驚異，但不必歡喜。發現并不就是理解。在地人發現後，措手不及死，還不理解，就什麼都發生了。一發生就發展為制服。一穿上制服就發達不起來了。幾乎什麼都無法發揮後，在地人才理解問題發源於發現：發現是他們災難的開始。

不知何時開始。據說自十世紀以來，在西大西洋加勒比海七百個島組成的巴哈馬群東邊的一個島上，住著講阿拉瓦克（Arawaks）語系的泰諾（Taino）族人。一四九二年十月十二日清晨，他們驀然看見三隻陌生的船載著陌生的人，發現一個用陌生話指稱自己是哥倫布（一四五九—一五〇六）。

哥倫布一開始就貪，看到什麼就要擁有什麼。他一登岸就宣布他擁有島，并要同行的人見證他把島獻給西班牙王和王后，做為西班牙領土。在地人發現哥倫布擺姿勢喃喃自語，渾然不知他們世居的島已被貪成土匪的外來人佔有了。

一開始就錯。錯就錯在不懂裝懂，顛倒是非，自欺欺人。要去日本找黃金的哥倫布沒發現大陸，只看見小島。他以為到了印度，就用西班牙話把那島叫「聖救世主」（San Salvador，聖薩爾瓦多），把島民叫印度人（印地安人）。將錯就錯，他把島民當做剝削的對象，送給他們紅帽和玻璃珠串無用的東西，以表示看不起。島民被戴上紅帽後，頭冒不出什麼，就冒汗，覺得不爽快。島民被圈上玻璃珠串後，陽光就圍著脖子閃耀，熱得不舒適。只因從未見識過，就感到好奇。

一開始就好奇怪。在地人發現哥倫布怪陌生後，好天眞，毫無防備，只顯得和善親熱，相信公平互惠。要表示公平，他們回贈哥倫布鸚鵡、棉花球、和矛，都有實際價值。鸚鵡好看好聽好玩，棉花好用，矛可刺魚。為了互惠，他們用一些物件換得小銅鈴。然而小銅鈴硬是莫名其妙，怎麼搖都成不了舞曲，實在無用。

在地人一開始就單純有用。哥倫布發現「他們接受一切，并善意給了他們的一切。但我想他們很可憐，窮得可憐。」（註一）在地人可憐，所以可欺。在地人土，所以可屠。在地人善良，所以該死。在地人不會講外地語，所以愚。信主的哥倫布就強要為島民做主，認他的主為主；活時需受苦，死後好上天堂。他也發現島民聰明，因為他們很快就重覆他所說的話。他們聽話，一定是很好的僕人。只要派五十個人來就可征服他們；何況他們并不熟悉槍砲等武器。

然後，在地人發現外來人最厲害的武器是詐欺。然後，在地人有的被騙成僕役，用陌生的外來語叫掠奪者為主人。有的被送往北回歸線以南的希斯帕尼奧拉（Hispaniola）島西邊（今海地）採金礦開始黑色的亡命。慘死異地後，即使有魂魄也游不回原鄉。

原鄉還活著的在地人發現他們從島主變成島奴。什麼都被剝奪了，還保有的是外來人不要的東西。紅帽，他們仍不知紅冒充什麼，戴著只是受罪，戴到最後，連頭也沒了。玻璃珠串，他們仍不戴太緊以免勒斃，只是圈太久，脖子也沒了。小銅鈴，他們仍不知作用，卻也帶著走，搖晃著送葬般的旋律給自己哀傷。

我們哀傷在地人的苦難，憤慨外來人的野蠻。盧梭（一七一二－一七七八）曾引用羅馬詩人奧維德（43BC-AD17）被放逐後寫的：「因為他們不理解我，這裡我是蠻人。」（註二）在島上，外來人外行。外來人不賞識在地人的美麗，不會說在地人的話語，不理解在地人的文明，就以為在地人不文明。其實，不文明是不理解也吃，吃了就不必理解了。從來不吃人的在地人理解陌生人野蠻吃人時，命都快沒了才發現一開始就錯悟。他們錯愕悟解後只能怪自己誤解：其實并沒什麼發現，只是偶然看見而已。

偶然在地人看到外來人陌生後，赫然發現災難。他們受苦受辱受害，蒼茫只見一片荒蕪，失望發現什麼都失去了。

失去許多後，我們發現自己吃力活著，婉拒失落，仍要發現和理解。我們無奈發現，到處忍耐壓迫，不行的橫行，暴虐的霸道，卑鄙的得意，善良的悽慘，美好的都無法回收。宛然一發現就開始罰陷開始結束。我們惋嘆人世再怎樣詮釋都費解。我們發現我們理解時已晚了。完了。

發表於《鹽分地帶文學》第四十七期，二〇一三年八月

【註釋】

註一：Christopher Columbus and Bartolome de Las Casas, "Columbus Meets the Native Americans, October 12, 1492. San Salvador, Bahamas," in David Colbert, ed. *Eyewitness to America* (New York: Pantheon Books, 1997), p. 5

註二：Ovid, *Tristia,* book v, x, 37, quoted in Jean-Jacques Rousseau," Discourse Which Won The Prize on the Academy of Dijon in the Year 1750," *Basic Pofitical Writings,* ed. Donald A. Cress (Indianapolis: Hackett Publishing Company, 1987), p. xxi.

樹在老家的那一邊

「別人繼續前往，我停留在一個地方。」

Ludwig Wittgenstein, *Culture and Value*, ed. G. H. von Wright and trans. Peter Winch (Chicago: The University of Chicago Press, 1984), p. 66.

似乎要加暖，茄苳樹溫柔依偎著我：

你回來了。我知道從這裡出去還活著的都會回來。長大後能走的都走了，走不了的我還在家鄉留守著我們共同的思念。

思念使我們老。當我們老了還感傷，只因我們和家鄉的苦難一起成長，齷齪政治招致痛楚。

我們都是各種專制統治的倖存者。

專制無人要，却自己來。一九四五年十月中國國民黨的祖國突然跑到台灣來接收，強迫台灣人接受。到處宣傳「我是中國人，你是（捏死）台灣人。」一開始就摧殘人權。一年四個月，不願被摧殘致死的起義抗暴。從此，統治者就判決愛家鄉有罪，把台灣當刑場，濫捕無辜，把槍口瞄準台灣人的傷口，虐殺菁英。

恐怖。剛進小學不久的你驚慌跑來，緊偎著我顫慄。我的蒼鬱無法撫慰你的惶懼。我更憂慮闖進更多災難。

台灣的災難是國民黨法西斯統治。一九四九年六月他們甚至強制台灣人去大陸替他們打內戰；半年後蔣介石（一八八七－一九七五）和蔣經國（一九一〇－一九八八）逃到台灣。台灣居民善良收容他們，他們却無情收拾台灣居民，領導黨、軍、特、警、政共犯結構獨裁統治四十年到死。

你我都知道他們思想有問題，就誣陷肯思想的人。他們不愛讀書，就囚禁愛讀書的人。他們最喜歡恨，就恨社會主義，恨到抓狂。你我都看見他們什麼都害怕，怕紅色、怕愛國，怕民主，怕獨立，怕光明，怕文化，怕得要死，就害死主張公平正義要活得有尊嚴的。你我也都聽到他們一聽到「會」（協會、工委會、勞委會、青年會、自治會），不管有影無影，就會亂了手腳，亂捉人。他們憑空揑造罪名，寧錯殺百人，也不錯放一人。他們把好讀好書的，喜愛進步創作的，主張和平的，補習國語的，說「三民主義是共產主義」的，寫「打倒資本主義」的，在蔣介石生日無意間問「今日拜幾（台語諧音鬼）？」等識字的都抓去。他們動不動就捉清白者冤枉清白者誣陷清白者酷刑清白者牽連清白者判決清白者，濫造冤獄，濫造浩劫。眞害。

暴政恐怖。步步部署，處處追捕。在學校，你看到一位老師被抓走。放學後你驚慌跑來我這裡：他是好老師啊！認眞教我們認眞讀書。認眞讀書不可以嗎？怎麼會這樣？怎麼辦呢？怎麼會這樣呢？我長樹葉不必讀書頁，回答不出，只用我的蒼鬱覆蓋你的憂鬱。

你老師被抓走後就再也沒人看見他了。不久，他懷孕的妻也被抓去。聽說伊堅持丈夫清白，被灌水到昏厥。伊被放出來後，精神恍惚，喃喃自語：是啥政府咧！我們并沒做什麼呀！冤枉啦！悽慘啊！

眞慘，蟬不忍看，躲在葉叢纏著我冥冥嗚，嗚得我都無法禪定。我無奈看著蟬聲噴灑葉淒涼把有熱無情的陽光篩到地上。你來了但看你神情慘淡，祈禱主。你的主似乎失神無主，都不出面。你震顫撫挲葉，蟬誤認你來搜捕，都嚇飛了。你坐在我盤根上，撿不起錯落的陽光，光哼著哀調，黯然悼念。

你們幾個男生可是有話要說，都約好來我這裡。你們先用抽水機抽水，依序擺好水桶後，再來找我，交換悲憤和焦慮，心情凝重。但當你們編選未來時就有精神了；夢話幾簍筐，掛在我身上。我沉重，你們却輕鬆，循著憧憬的方向談笑。一直到跟隨你們笑聲的夕陽慨慨也來汲水時，你們才各自拿溶著暮色的木桶回家。

有家可回眞好。籠不是家。一隻鷄逃出，孤孤孤飛跑著。一個男人拿著棍子追著：鷄急了，就跳到我上面，孤孤孤。他要牠下來，牠孤孤孤裝聽不懂。他不與鷄鬥，咕嚕著「打死你」走了。孤孤孤入晚，不知是怕黑，愛睏，餓扁，還是怎樣，無家可歸的鷄又跑回籠裡，任人發落。

無辜被人發落的還有牛。不知哪個特務把一隻牛跟我捆在一起困守窘境。他哼著台語匆匆，惘然看我。我試著要放他走，但都解不開繩子。我聽他哼著忍辱負重的身軀負荷我輕盈的影蔭，映印不出什麼圖案。他不是哼痛，他哼苦。我看他苦苦晃動，都無法掙脫自己或扳倒我。解放不了自己最苦了。但再苦他都掙扎著不放棄，哼著台語，匆匆。

再苦也不哀哼，政治受難者從政治監牢被釋放出來後被關進社會監牢。殘酷不只是獨裁的威權也是社會的冷漠。統治者仍不放過他們，繼續盯梢騷擾。熟人離散了，比他們還害怕，比陌生人還陌生。他們仍落單，找不到頭路，但仍堅決走遠路，希望走出路。加害者仍繼續得意，受害者仍繼續受苦。

專制仍處處監視。居民的希望仍卑微：體制民主，生存尊嚴。有些人寫了，被抓去關。有些人籌組政黨，也被抓去關。那年你大學二年級，看到英文報寫組黨是叛亂。你憤慨，獨裁才是亂源，專製恐怖；應該被抓去關的是獨裁者。

冬天你回來看我，驚動在我枝枒上沉思的蚱蜢，猛然躲進葉裡。你感慨我的葉掩護不了什麼，但蚱蜢還是要躲。在恐怖政治下，台灣民主運動人士不閃避，豁出去了。

兩年後寒假你告訴我感傷的旅行。你和系裡一位美籍教授坐小漁船去綠島。綠島不像擱淺的船，而是關著政治受難者的海上監牢。你明知你會感傷，但還是去了。你看到很多剃光頭的壯年老年勞動著。他們清白，卻還被關在那裡。那裡關著很多關懷。那裡你感傷能做的只是感傷。你只能以感傷的眼神和他們相會。他們辛酸擠出苦笑給你，你感傷擠不出什麼給他們。你從未那樣感傷過。你感傷回到學校後，才知替專制做事的人已趕去查問過了：

「為什麼要到那地方？」

「旅行去感傷！」

你離開家鄉的那個夏天，感傷來跟我告別。我仍蒼鬱，不明白你掛在我枝上的諾言都沒長成葉，你就要走了。能走的都走了，留下走不了的我，在家鄉忍受。你似乎不知要說什麼，只憂鬱把離愁送給我。我要拉住你，你閃開了。我悽然摘下兩片追趕，追不上你了。

你出國後，島內運動多元化，訴求民主、公平、正義，共同關懷美麗島的存在和人民的尊嚴，共同打拚，反抗跟人民為敵的政治社會，和經濟霸權。怕的仍怕，勇的越勇。一九七九年十二月十日夜，在紀念國際人權日的合法集會中，國民黨政特警聯合施暴，人民被迫抵抗。然後統治者又編造故事到處抓人。聽說你們在海外也抗議專制施暴。七年後，民主人士終於組成政黨反對專制了。兩年後，獨裁者的兒子獨裁者死了。台灣仍不全自由。為了言論自由，有人自焚殉國。全民運動處處開花，繼續打拚，促成民主開化自由了，從前什麼都害怕的人現在也裝勇敢了。只是威權性格者都不肯反思，仍反撲。

還有追逐權力的仍可怕。他們什麼都算計，為了權力利益，伸著怪手，什麼都做得出來。在他們的炒作裡，他們設計阻礙開發的罪名通緝我。他們無法抓我去關就要鋸掉我滅口。有個少年人來抗議他們謀殺，他們就把他抓走了。該鋸的不鋸，該抓的不抓，還囂張爭鬥搶奪。瞑濛裡，我不知還能過濾多少污氣。

還有天災。天，乾得地都裂了，我乾著急都快中暑了。驟然暴風要把我抱瘋，抱不走我就趕人，拆房子，拔掉電線桿，吹下招牌，甚至挾豪雨流竄，嚇得土石都溜了。我不溜，我留下。我還在，無路可走，徒然看著有路可走的遠去，不見已走完路的回來，卻總會有送葬的行列經過，走向所有人都動不得的地方。

動得了的彷彿都在流浪。狗流浪到我這兒，他怕流浪到人多的地方會被捕殺。他不敢流浪到食物多的地方，怕自己也變成食物我要收容他，奈何我的影蔭不是屋舍，我的葉他不吃。他只是來休息一下就又倉皇跑了。彷彿有人追他，又彷彿他在找什麼。我希望他找到可信賴的人和物。然而，在人對人如虎的世間，沒被吃掉就算幸運了。在人不如狗有情的世間，能流浪到哪裡呢？

能找到什麼呢？倘若有地方可去，就去吧！

能走的都走了，能來的不願來。小孩都不來玩了。他們忙著網上玩也被手機玩，守著電視也被電視看著。抽水機早已廢棄了，沒什麼可汲取了，大家也生分了。鳥吃完我纍纍果實後都飛遠了。風雨是來了，不知我心事，就強迫我聽它編導指揮的演奏。陽光是來了，嫌我撐的傘太大，常曬得我發昏。雲是有的，奈何我的葉無翼，飛不上去結伴出遊。夜晚星星偶爾出現，只是惺忪不願聊天，也不再需要我的故事催眠就睡了。月不亮，蟲不鳴，暗暗靜靜遺落大地給我呼吸，眞淒迷。

思念更淒迷。依稀記得從我旁邊的小路往前走就到你家。小路還在，只是少有人走了，你家也已不在了。沿著小路，你回來了，不必從記憶裡掏出什麼給我。過去太多我已無法承受。你我擁有的似乎已失去了，零零落落只剩下思念。思念就回來吧！已無家的你姑且把我當作親屬吧！這裡畢竟是你思念的原鄉啊！倘若你再回來，看不到我，也別太感傷，就當我死給他們繁榮，記得我也曾蒼鬱過。

茄苳樹頓時不語了，顯得落寞，似乎陷入沉思，又似乎用蒼鬱和我交換憂鬱不成，突然抱住我。我緩緩舒展身軀掙脫開來。他簌簌滴落幾許。我蹲下撿起，把落葉、暮色、和嘆息塞進背包裡，憮然告別老記住我老家的老茄苳樹。

發表於《鹽分地帶文學》第四十八期，二〇一三年十月

山溪魚

眞想看美麗。

美麗，山不必峻秀，清高就好。溪不必修長，清淨就好。何況，山上不一定有溪，溪不一定養得起魚，魚也不一定受得了冷清。受得了冷清的，在台灣秀長的山溪，清高清淨活著美麗的櫻花鉤吻鮭。

台灣櫻花鉤吻鮭美麗得特別稀奇。稀奇，因為牠的歷史比人的還長。很久很久以前，比古早還古早，海上升起島。祖先的祖先就認定海的意義是隔離陸地，島的意義是獨立海上。自然，海鮭成為島鮭，以山溪為家鄉，不再遷移了。自然在島上生，自然在島上活，自然美麗出奇。不管多少淒風苦雨奇襲，島鮭自然都與山溪相依為命，不離不棄，自然洄游，自然單唇吻單純，眞水。

水眞清秀。台灣鮭輕盈游覽山溪的清冷，山溪清瀅守望台灣鮭的清純。山溪鮭古雅青紫背著蒼老黑褐色的疤痕和斑點，湛然游上游下。游上雍容成芭蕾，游下婉轉為華爾茲。隨意舞動水意，翩翩泛起漣漪，都有意無意不戀不依，自流得意。浪漫起來就撲騰跳上跳下捕食昆蟲，咀嚼斯文。

斯文撥開冷清，悠游自娛，湧來古意。台灣鮭總是規規矩矩，水怎麼流，牠就怎麼游，洄游溯溪而上。溫和不濺潑波瀾，端莊不訣浪花；謙讓不愚鬥，淡泊不跟山爭榮。只是不動聲色，怡然游來游去，自有韻致。脈脈游過綠藻，游到淺潭，游到石。微笑抱不了石，就吻石。不管怎樣吻，石都硬不感動，也不怕癢，水却癢得漾出笑紋。櫻花鉤吻鮭笑吻笑紋，笑紋笑吻笑紋，游姿秀美得自然有風有景簇擁而來，要親親。

忍不住也笑吟吟的有風，喜歡兜逛，到處親親抱抱。有事沒事都清唱穿梭樹的清逸挾帶葉的芬芳唧來鳥的啁啾探訪櫻花鉤吻鮭，要聊聊水。水不領情，留也不留，非但不招待，還通通驅趕。櫻花鉤吻魚整天和水聚敘，衷情只和山溪絮語，不知所措，就隨意跟著鳴囀淙淙的清逸芬芳漂流漫游山色。

陽光偏愛山色，總抽空爬山涉溪，還假裝垂釣，無非要欣賞櫻花鉤吻鮭。陽光不是餌，釣不到魚。其實台灣鮭靈活機警，看到任何下垂的東西就離得遠遠的。陽光不是水，養不了魚，只想看看魚，不想擁有魚。陽光不會游泳，只能熠熠貼著山溪光追櫻花鉤吻鮭，怎樣追都抓不到。何況，櫻花鉤吻鮭不愛溫暖，不吻光滲透的熱；不能閃爍，只得閃躲。陽光閃爍但躲不到哪裡去，只得跟隨櫻花鉤吻鮭漂浮，浮蕩到落山，才落寞把山溪交給月亮和星星光素描，暗中交給櫻花鉤吻鮭泳探澄澈，咏嘆幽靜。

雲也愛清幽，趕在落山前跳進溪裡洗臉，驚動了櫻花鉤吻鮭。雲洗著清爽，竟沈浸，賴著不走了。水怎樣流都搬不動，櫻花鉤吻鮭也背不走，吻雲，雲毫無反應，臉也不紅。不知是什麼意思，櫻花鉤吻鮭游遠了，雲散了。

山羌跑跳到溪畔，要喝水。水裡見到大嘴巴，櫻花鉤吻鮭害怕，不敢去接吻。山羌看自己倒在水裡舔著自己的嘴出聲喝水和影像聽看影像發聲，櫻花鉤吻鮭以為碰到鬼了，嚇得閃開。山羌警覺以為影子喝醉搖搖晃晃，一慌張竟忘記把影子拉上來自己就溜了。

孩童天眞蹓躂，邊唱邊走來溪看櫻花鉤吻鮭，邊數邊叫。游來了！一隻、兩隻，好開心！三隻、四隻，好可愛哦！又來一隻！六隻、七隻。噓，小聲點，再大叫就嚇壞喜歡安靜的鮭魚了。啊！又來了。眞可愛。不好意思，櫻花鉤吻鮭不知可愛是什麼意思，朝著孩童吐水，天眞游來游去。

噓，大人來了，不可愛了。大人其實是小人。小時逃難到台灣，老了還是最低最差最壞，自高自爽自欺。凡是美麗的，他都霸凌；凡是珍稀的，他都霸吃。他不爭氣却什麼都爭，什麼都氣，什麼？這就是櫻花鉤吻鮭？我專程坐上山來看這東西？只是小魚，怎麼叫鮭？既叫鮭，就應回歸大海去！明明是斑疤，怎麼叫櫻花？明明是下巴，算什麼鉤？能勾引多少水？老子不吻，老子要吃。看櫻花鉤吻鮭悠然游來游去，他思緒油然油來油去：煎還是炸？奸詐，太油了。那麼就蒸或炒。他跟自己爭吵，氣炸手發抖要抓鮭魚，撈起沙水，水茍且混了，混得他暴躁脚抽筋，猝然栽進水裡，噗通驚動不混的魚，趕緊游去澄清。看，台灣鮭正在清流裡。

清流歡迎溫柔潔淨，拒斥野蠻粗暴。野蠻能污的都污了。粗暴都有名字。名字漂亮的颱風最殘酷，鼓噪要拉倒山，抬走溪，甚至乖戾嫌山色翠綠，濫翻為黃土，嫌溪水清涼，猛灌成爛泥，推動土石洶湧。櫻花鉤吻鮭不知土石兇什麼，勇什麼，只知逃命，怕被沖散就完了。還在山溪家鄉的，像很久以前祖先那樣，古意游上游下，古意游來游去，都不流向海。

台灣不是天災就是人禍。亂紛紛，多少刧難，世世代代都過了。山溪櫻花鉤吻鮭還活著可愛，只是為數已不多了。無奈什麼都險惡詭異，生活也更不易了。然而，只要山溪台灣鮭倖存，就還能美麗。

發表於《鹽分地帶文學》第四十九期，二〇一三年十二月

鳴訴

透早一開門，知更鳥的啼鳴就清脆簇擁而來，拉我出去，柔和挽著我，輕聲細碎緩緩走著，走到池塘。藍雀、黃鶯、鶺鴒、蜂雀、長尾鵯、鷦鷯等朋友也都飛來聚敘。

池塘邊我們喜歡橡樹的清靜。橡樹一定也喜歡我們的棲息，蒼翠長葉聽我們鳴叫。我們的鳴叫無色無味，卻盎然使葉更香更綠，使樹煥發笑吟吟了。然而蔥鬱不久也抑鬱，葉受不了凋萎，落了我們再怎樣哀傷鳴叫都喚不了葉回樹。葉隨風飄走了，留下淒涼給橡樹忍受。淒涼固然孤寂美麗，只是我們吃不下，也受不了；為了生活，都各自飛散了。等四個月後再把春天啣回來。

我們也喜歡親近水，所以飛到海洋、湖泊、溪河去領略洶湧澎湃，欣賞激昂湍急。只有沒本事，飛不走的才滯留原地游蕩。有些鴨，飛不高，飛不遠，甚至飛不起，玩久了竟自以為擁有池塘，最沒出息，就霸住得意。

比鴨霸的是人。這世界都被人搞壞了。人什麼都要擁有，什麼花招都使得出來。用身體和武器暴力，無惡不做。還用語言暴力欺詐、恐嚇、勒索、侮辱、誣陷。

人也用語言唱歌。歌詞彷彿不足以表達慾望、感覺、和情感，唱時還表演，大吼大叫，也搖也跳。動作越多越不自然越假越受歡迎；而越受歡迎的也越假。

什麼攏是假。人除了造假人來唬我們外，還造假鳥、假蛋、假鳥巢、假鳥聲來騙人。我們眞不會上當的。所有假的，若當眞，不致命，遲早也會出問題。假鳥無非裝飾品，不會吃蟲，不會生蛋，只會膨風，救救叫，只是可掌控囚禁的自我玩物罷了。我們也不會糊塗到窩在假鳥巢生蛋，聽假鳥聲向眞鳥求愛。然而，假冒的充斥，世界也越來越不可理解越不可信了。

世界上最不可理解最不可信的是人。所以看見人，我們都飛得遠遠的。然而，不管遠近、空中、陸地，路上都危險得可怕。

可怕，我們再也不能自由高飛了。連空中也被人操縱，比從前更危險。飛不起的喜歡比高，越高越貴，越貴越搞，越搞越高，搞高樓基台霸佔天空，要撞死我們。唉，我們空飛與其說是為了生活不如說是為了逃生。

天空工業化後也矇矓得更危險了。霧非霧，物非物，悟出誤來又能怎樣？入夜了，機械叫囂還是不歇，嚇得月亮和星星都躲起來，不肯露臉。沒有星月伴奏，我們的啼唱也苦悶了。沒有星月提燈，夜空的寂寞更孤僻。怕就怕天受不了苦悶的寂寞而倒地。天，倘若我們背得動，就帶著逃離這裡。然而，即使帶得走天，我們又能逃到哪裡呢？

地上空的也危險。所有的空洞都等待陷落。所有看起來像籠，像網的都籠絡，網絡等待惘落。

危險，地上所有看起來像食物的不都可吃。我們不受飼養，不吃人給予和丟棄的。我們再窘困也不跟人爭吃垃圾。世上害蟲已夠我們吃了。我們當中，黃鶯還吃蜉蝣、蜘蛛；蒼鷺還吃蜻蜓、蛇、蟾蜍、和蝸牛。我們都會認眞找害蟲吃的。

路上找食物最危險。人都假裝看不見麻雀找吃的。跑車跑過去，賓士奔馳過去，凌志高昂輾過去，富豪嘶嚎輾過去，都肇事逃逸。我們都看見車車滅跡。然而，人都假裝沒看見發生什麼，就都過去了。

這裡池塘危險，因為鴨霸。

池塘對岸鴨醒了，刮刮叫朝我們游來，刮刮叫游上岸，刮刮叫趕鳥。鳥各自飛散了。鴨看我不是同類，也刮刮叫趕我。

我悵然走開。沒有鳥聲攙著我。我踽踽走著，走得不穩當，不經意被自己跫音絆倒在人行道上。陌生人走過，不理睬。我無奈等待熟悉的鳥聲能扶我起來。

驀然，翠鳥灑落鳴叫。唯恐韻致繽紛散失，我勉強自己爬起來，趕忙揀拾些翠鳥聲，小心翼翼帶回家。

二〇一四、二、十二病中寫

發表於《鹽分地帶文學》第五十期，二〇一四年二月

路途

「質問和探索，我們得在我們的世界尋找出路。」

Hans-Georg Gadamer, "Gadamer on Gadamer," trans. Birgit Schaaf and Gary E. Aylesworth,in *Gadamer and Hermeneutics*, ed. Hugh J. Silverman (New York:Routledge, 1991) ,p. 19.

活著都希望有路可走，走得動就行。

行程常交錯著許多路途，可確定的是幾乎什麼都不確定，什麼都可能。路途不一定都有路圖。

我們擁有的不是路途而是路圖。有路圖也不一定都找得到路而通往何處。

確定要通往願景，就抬頭挺胸向前走。既然被過去追逐就不必常回頭而過不去。或許偶爾向下看有無低窪、窟窿、陷阱、絆腳石、或香蕉皮。看見釘子就撿起來，以免別人碰釘子。但別老垂著頭，以免撞到電線桿。提起精神，堂堂正正走。

沿路你都被偷窺，被錄影，被監視。一切都被掌控了。然而，你有自由意志走，自覺在哪裡，就不必問路：「我在哪裡？」路不會理你的。也不必問路人：「我們在哪裡？」路人都想要迴避迷失的問題。你不迷惑，更不迷失。你自覺在哪裡，也自決要去哪裡。

不管在哪裡，都別輕易相信廣告宣傳。很多東西都多餘，卻也銷售，使你無法消受。很多人也多餘，卻搶著出風頭，使你作嘔。很多宣傳無非謊言，早已被戳破了。

在可能被走破的路途，什麼都可能發生。路途從前曾是戮屠。突然莽撞跑來穿破衣的外地人叫穿西裝的在地人同胞兄弟，說在地人的東西也是他的東西，公然奪走。事後穿制服的外地人誣指被搶劫的在地苦主土匪，抓去關禁。

關禁不了的是民意。如果碰到抗爭活動，一定要參與，主動去聯結（solidarity，或譯團結）。別猶豫，別旁觀，因為發生在台灣的都與你有關。別只關懷，用行動把我們的堅持、反對、和抗議表達出來：

我們堅持民主，建構台灣主體性，維護群體存在尊嚴，要自主前程。我們認為任何政府濫權損傷國家和人民主權，不僅違反公民的託付和期待，也失去公民的信任和認同，及統治的正當性，而不配執政，公民有責任抗爭，并推翻它。我們堅持公民有權利抗爭毒害生靈和生態的政策，抗爭違背人性，侵犯人權、公理、正義、和自由的算計和操作。

我們反對專治復辟（弊），階級壓迫，及任何形式的霸凌和剝削。我們反對危害民生、健康、和安全的賤設和措施（錯失）。我們反對少數人壟斷資源，僵化政治經濟結構，阻礙社會流動，複製社會矛盾。

在多元的社會，我們抗議獨斷的官意，違逆民意的黨意，以及出賣大眾利益的協議（邪意）。我們抗議政府該管的不管，不該管却管，越管越官僚越傲越慢越腐越敗。我們抗議政府圖利財團，邊緣化弱勢者，導致貧富懸殊，社會兩極化，惡性循環。我們抗議統治者掩飾暴政，醜化群眾運動，刪改歷史事實，扭曲歷史解釋和台灣人集體記憶，頑強行使象徵的暴力。

政府擁有最龐大的暴力機器，掌權者最可能是恐怖分子施暴。然而，我們別害怕，免得怕害我們。不願被擺布被賤視被糟蹋的就起來，自主聯結打拚。

自主助自己也助別人。如果你跌跤，儘可能自己爬起來。只因雖然伸手就可拉一把，但有手的不一定願意伸出。如果有人暈倒，摔倒，或被撞倒，趕緊去看看有無受傷，扶起來；如果需要，叫救護車，送去醫院。好人不好做，但還是要做。

如果有人自拉自唱，請駐足聽一聽。或許他（她）需要被欣賞。不管你喜歡不喜歡，懂不懂，請向自拉自唱的苦心致意。

如果有人發傳單，或許是工資很低的臨時工，請拿一張，幫忙他（她）發完傳單。或許是自寫自印自發的，渴望被讀，就拿來讀讀吧！

如果無端碰到東倒西歪的人，渴望被承認，喃喃自語，像乩童發作；時而叫囂，顛三倒四，粗魯罵三字經。不必訝異。自卑的才狂妄自欺，沒本事的才彰顯性器；不爭氣，只會爭，氣，漏氣了還吹，要你讚美。你學蘇格拉底反諷：我只知自己無知。他啐三字經自爽後，詛咒你死，以滿足自己的殘酷。

只因什麼都要佔據的人殘酷，不對其他生命負責而棄養，路上才有流浪狗。流浪狗如果看到你，請協助收容吧！所有能動的都是生來活，而不是活來流浪的。願流浪的都有家，有家的，也不再流浪。

無論流浪不流浪，路途都有終點。終點不一定是大家都願意去的地方。路上，如果碰到送葬的行列，請駐足感傷和希望。感傷送別走完路途或沒走完路途卻不得不離開的人。希望有自由意志，工作，思考，自主生活。

活著就還有路可走。希望走出路，路尾找到大家所要的地址。

發表於《鹽分地帶文學》第五十一期，二〇一四年四月

山水·水山

記得那山水：不同類的生物生活抒情組合成命運共同體，自然住居。山是樹林的家，樹林是台灣鳥獸蟲的家，木屋磚房是守山者和狗的家，潭是水草魚鴨的家。太陽風雨無以為家，三不五時斯文採訪，大家都迎迓款待，只是怕碰見浮躁粗暴囂張的惹來災情。

回憶如微風習習挽著和煦陽光光臨山林，婉約挾帶韻味摻入香醇的鳥聲，啁啾撞了守山者一個滿懷，翩翩彈起旋律悠然收集彩光，飄忽吟詠葉間蹦跳嫵媚，翕張花朵噴灑氤氳，呼吸粉紅噗哧爬到台灣獼猴背上玩耍追逐山豬猛衝過去活躍，緩慢下來尾隨穿山甲匍匐尋找螞蟻，嗅不出什麼東西。連螞蟻都見不著時才警覺沒有什麼可找的了。微風只得逶迤把陽光拖曳到水潭炫耀，光搔癢水撩動魚游蕩鴨翻轉，不管多激情都撈不起倒下的雲天山林。自然創作，不好意思自己欣賞，不看了。但見日光微風憑空掠過去，去向不明，引來一片黑暗，收拾殘局。沒想到星月一入夜就邀約山林相會，下來都不小心跌進潭裡，淒美浸洗靜謐。

總有黎明輕柔淋濕靜謐，細雨淅瀝潑灑山色，浥潤柳杉，澆槲樹，滴落台灣苦櫧，洗山毛櫸，戲小琉璃金花蟲和台灣小綠花金龜。細雨喁喁要與鳥語，語不合，鳥聽不進去；不領情的繡眼畫眉、藪鳥、紅山椒鳥、五色鳥各有盤算，紛紛飛散了，都盤旋不出寓意。突然飛來林鵰撲向鳥巢獵吃不知哪隻鳥的幼雛。細雨綿綿灌空鳥巢淋台灣獼猴濕透山羌濺起淤泥。霎時閃避不及，採集標本的守山者滑了一跤，站起來後踉蹌踩捷徑回家去。

能回到家眞好。好在山居淡泊，山籟不賴，山崢嶸不爭榮，不願搬，搬不起，更捨不得離去。好在清靜，照顧果樹，培植香菇。好在家裏接待游客避雨。不好在官商勾結開發山地而要他搬走。然而，不管怎麼說，他都不肯去雜菌滋生的地方爭他看不起的東西而寧可與山林鳥獸做鄰居。畢竟，不管有無雲凝注，天晴就把山上扮裝得風風光光，即使陰霾也可能有細雨使山灑脫，使人清爽。

天不爽欲變一時間。時間轟然爆裂成暴烈風雨，風嚎瘋了，呼嘯狂飆莽撞；雨豪狂了，放肆狂洩殘暴。暴風雨吵鬧抱不住山水，氣沖沖封鎖山做大水，把山水灌為水山。

水山什麼都反了。風雨滔滔不絕霸凌，要怎樣就怎樣，看不順眼就砸毀，硬推倒石頭下去堵塞，擋路。什麼都不通了，找不到出路就泄憤墜落成瀑布，混入暴風雨。不管什麼土，什麼生物，什麼石，什麼路，幾乎都潰了，混了，亂衝，亂竄，亂得不像樣了。風雨慌亂中，能逃的都逃了。有翼的紛紛飛了：烏鴉飛了，赤腹山雀飛了，自耳畫眉飛了。蜂鷹找不到虎頭蜂巢也飛了。風雨往哪裡，鳥就飛哪裡，就是不飛離台灣。奈何怎樣盤旋都飛不離暴風雨。暴風雨裡，飛不走的，跌到蕨類植物，掉在草上，不知飄流到哪裡的風雨。即使能在暴風雨裡跑走跳的也都逃了。蛇早已聞風而遁入空洞。青蛙覺得不妙，倉皇跳入水潭，激動風雨隨獼猴跑去。一隻母猴撿到一個鳥巢，不知送還給哪棵樹，樹也不知是哪隻鳥的，母猴只好抱著鳥巢邊跑邊找不知隨風雨逃往哪裡的鳥，只知風雨追著牠跑。跑不出風雨，山豬奔馳，馳亂了方向，都甩不開風雨。風雨仍甩不開山羌，也跑也跳，不知要跳到哪裡才安全。眞要命，螞蟻更不安了，害怕被風雨吹散或淹死，行動再緩慢也要集體逃亡。穿山甲背著風雨看了也覺得沉重急著找沙土要躲藏。奈何再怎樣躲怎樣逃都淪陷在風雨裡。既然躲不了，也逃不走，二葉松、楲樹、桂竹等等只得留在原地撐持著掙扎，說是搏鬥抵抗風雨肆虐，其實挨揍挨鬥，徒遭風雨撞擊，搖撼，捶打，摘折，踹踢。然而，不管風雨怎樣騷擾，挑釁，扭曲，顛覆，揶揄，樹們都堅毅忍受，樹幹和根都緊緊抓住土，唯恐被撞斷，擊昏，打倒，或被拔出土，而和無根的電線桿一起被冲散，連風雨也不知漂到哪裡。樹林有情甘願忍受無情風雨冲擊，就希望留住山，屹然挺立。

有情的還有山居者。只是風雨暴躁，非但不欣賞挺立，還無端嫉妒山居意趣而失態，竟蠻橫要驅離。暴風雨乖戾，以殘酷和荒涼為美學；不管有無生命，都一概傷害，不管什麼建屋都強要拆。除了整肅山林外，暴風雨特愛逼迫山居者遷移，摧毀建屋，謀害屋主。那天狗一吠暴風雨就猛力掀開屋頂，拆掉牆柱，砸壞床桌椅；捲走狗，狗不再吠了；綁架屋主，不知押到哪裡去凌虐慘死。就那樣山居者失去生命，失去家，失去山林，山林也失去山居者了。

山上喧鬧戛然靜止，靜得要死，彷彿什麼都窒息了。霍地感觸蠕動，山恍然發現泥土還在，正等待著生物回家。逃亡的獼猴發現自己活著要回家找還活著的樹找還能飛的鳥回家看還能動的走獸跑回家找昆蟲找葉棲息。半晌，一陣騷動，赫然走出搜救隊和狗。獼猴機警以為是來抓牠們的，趕緊跑開，嚇得山羌和蛇都躲起來，聽葉間飄落的鳥聲，感覺什麼都活潑起來了。怕蛇的搜救隊員小心循著鳥叫的方向搜索失蹤的人和狗。怕人和狗的鳥獸徒看著人和狗找人和狗。雖最熟悉山情，鳥獸不信任外人，都不敢出來幫忙尋找失蹤者。但憑經驗搜救隊找來找去，找到一些殘破的木料和器物，就是找不到失蹤者。看不見失蹤者，聽不到呻吟聲。晚了，暗了，搜救隊員和狗害怕被黑夜搜索，終於放棄搜救任務，失望下山去。

遠離山水的平地，決策者看完風颱災情實況重播。喃喃自語：凄慘啊！曾多次要他們搬走，他們却偏愛住在山上。山上破落老屋有什麼可留戀的呢？人死了，就也什麼都沒了。現在好了，開發這山地看來沒問題了。

記得那夜山水冷漠孤寂，孤寂出了問題，都冷漠不理。不知是唾棄世間瘋語，抗議山地開發，害怕，害羞，還是感受陷害，或感傷哀矜，值勤的月躲了起來，避不露臉，只見星星零散閃著淚光顫抖惘然守望淒涼。

發表於《鹽分地帶文學》第五十二期，二〇一四年六月

伴

伴我們生活了十二年（1994-2006）的愛子是黑毛的拉不拉多獵犬（Labrador retriever）。伊出生不久就被我們第二個兒子買回家，兩個兒子讀書時都住校，畢業後做事在外租屋，結婚後貸款買屋，愛子幾乎都由妻和我在家照顧。伊成了我們家的一員；老二的房間也是伊的。家裡，伊自由自在走動，隨意要做什麼就做什麼，隨緣環繞我們身邊，親像伶俐的女孩賽耐（撒嬌）。從早到晚，我們生活的旋律也是伊的，都重覆單調的節奏。

節奏透早就開始了。天還未光，愛子就把我舔醒。等我刷牙洗臉後，我們就出去巡邏整個社區。我們先去猶太教堂前那大片草地，又跑又跳後走到小叢林。伊歪著頭看我做點體操，大概覺得人這種動物眞奇怪，愛物不愛動，只在原地比手畫腳就算對身體交差了。我們循不同的人行道回家。伊向我使了個眼色，示意要跑。我們跑回到家時天也全光了。我們坐在門前台階。如果花開了，伊就聞聞春初的木蘭花、鬱金香，夏秋的玫瑰，牡丹。如果有人經過，就互相招呼。進屋吃完早飯後，伊就到樓上臥室看出窗外，見有狗牽著人散步就吠：喂，我在這裡呢！衝下樓吠門，門不開，伊出不去就走向我們。我們到哪裡，伊就到哪裡，最常在我書室。我們若在客廳，family room，或地下室說說話，伊就依偎著聽，偶爾吭聲，彷彿伊也有話要說。正午伊偶爾斜躺在玄關樓梯抱著陽光小寐。下午三、四點伊會在後院一個多鐘頭，偶爾也要我跟伊玩。趁黃昏我們重覆透早的蹓躂。晚飯後，伊又來書室，十點左右把頭埋在我懷裡，催促我睡覺。趁我刷牙時伊就跳上床裝睡。伊下床後也不一定肯去自己的房間，常在我們房間沙發或地毯上就睡著了。

一天當中，愛子的時間大部分在我的書室。伊趴或斜躺在桌後我左邊的沙發、右邊伊磨牙時沒咬斷腳的搖椅、或地毯，看我看書，一起聽音樂（芝加哥WFMT古典音樂電台——美國唯一的24小時古典音樂電台——和CD）及公共廣播電台（NPR）和BBC新聞報導、討論、訪談。我們目光偶爾交接。伊看我時想些什麼，我不知道。我看伊時感到伊孤獨。跟同類和外界隔離而落單注定寂寞。公共場合幾乎都拒斥人最好的朋友，連附近的芝加哥植物園伊也不能進入。外在世界只是在我們載伊出去時車窗外還看不清楚就後退的風景。內在世界寂寞。寂寞成了體溫，伊活著感受，怎麼吠都不走。伊只能默默趴著舔腳，一如舔自己的體溫，自己的寂寞。伊的身體語言，我或許可猜猜，卻瞭解不了伊的心思。我也不知道如何安慰伊，只能抱著伊摸摸伊的頭和臉，分享伊的寂寞。伊只能無奈看我，疑惑我能做什麼。或許人怕寂寞，所以發明語言交流。交流或許也流不走寂寞，到頭來還是交換寂寞。

不管書寫了什麼，或許我太專注看了。或許愛子也要看看以消磨時間，就隨意從書架咬出兩本。伊看不懂書看不懂寂寞，就啃寂寞啃書。伊啃著啃著啃出聲了，我才發覺伊啃壞了書裝釘的粘合處。伊啃破了書，但啃不破寂寞。咬寂寞的伊沒咬文本。伊又咬又啃的一本精裝書是我從芝加哥大學總圖書館借的，已買不到了。圖書館員看了看聳聳肩：「你的朋友也愛看書啊！」

原來書不看也可用啃的。在書室，古典音樂陪愛子伴我看書。不必讀書，聽音樂可較貫注。伊愛專心投入優美、哀怨、或輕巧的古典音樂，例如巴哈、布拉姆斯、Delius、Respighi、Vaughan Williams、貝多芬的鋼琴奏鳴曲，莫扎特的鋼琴協奏曲第二十一、舒曼的 Kinderszene（Träumerei）、李斯特的 Liebestraum、德伏乍克第九交響樂第二樂章、Smetana 的我的祖國、韋爾地歌劇 Nabucco 裡希伯萊奴隸合唱曲、馬勒的第一、第五交響樂。伊嘴翕動著，彷彿咀嚼香甜的東西，細細配音。伊靜靜聽時常閉著眼睛，彷彿沉浸在音樂裡，或被音樂催眠了。我輕輕叫伊，伊睜開眼：別吵，我正欣賞音樂呢！伊也愛聽壯美的、激昂的，例如貝多芬的彌撒曲、第九交響樂最後樂章歡樂頌、Mussorgski 的荒山之夜、柴可夫斯基第四交響樂最後樂章、一八一二前奏曲、華格納 Tannhäusser 前奏曲、韋爾地 Aida 凱旋曲、普西尼多蘭多裡的 Nessun dorma、Shostakovich 第五交響樂最後樂章、Orff 的 Carmina Burana。聽時伊翹起耳朵，彷彿要多感受空氣的振盪，在書室走來走去，彷彿要它們動一動，下來走一走。伊看我也站起來舒舒筋骨，或許以為我向音樂敬禮，就更有精神檢閱我了。倘若非音樂而是粗野的咆哮，伊不但不欣賞反而害怕，像暴風雨吼叫把天淋暗，使伊焦躁。幾次閃光雷電打架，聲勢囂張，恐怖轟隆撲到伊身上，嚇得伊喘氣皮皮抖，要我抱抱：免驚，我們在家，很安全的。

舒適在書室，愛子不必關心世事，徒為紛紜的人間煩惱。我轉聽新聞廣播時伊也轉移到落地窗看後院和高爾夫球場圍繞的一大片自然。自然有情生長草木，引來鳥、松鼠、兔，愛子吠幾聲，不是宣示主權而是表示善意要跟牠們玩。野鴨野雁也飛來高爾夫球場喝水，休息，散步。悠哉悠哉，忽然飛了，一個小白球掉落書室前伊吠：喂，打過頭了，掉錯地方了。原來比大鳥還有雅興的人又打高爾夫球了；大鳥不跟他們一般見識，飛走了，免得被挨打的小球白白打到。或許害怕碰見閑人，那對鹿母子（女）也不來了。或許被移送到森林，以免被攪擾或被獵殺。但願能自然平安生活。

不願只是旁觀，愛子不管什麼天氣，都要到後院一個多小時，活在自然裡。伊最愛趴在蘋果樹下，彷彿園丁看守後院。鳥不跟伊玩，伊看鳥玩。紅雀和鶯（tanager）艷麗在橡樹上唱高調，烏鴉呱呱叫，伊索性不理，就靜靜看知更鳥、畫眉、鶺鴒、刺嘴鶯（warbler）、燕、麻雀表演。牠們輕柔分別跳躍，跳落陽光，躍起鳴叫，叫得草坪都綠意盎然，生機蓬勃了。奈何自然也哀傷。有一次，鳥不來玩了，在草坪中間伊面向高爾夫球場坐著。原來伊緊抱著一隻死蜂鳥，要用自己跳動的體溫使鳥也跳動，還不時舔著鳥喙和翼，彷彿要鳥吸氣，撲翅飛起。伊終於放棄不可能的任務時，欲哭無淚，垂下頭，哀傷只能哼著。然而，心情好時，伊興緻一來就吠我出去玩球。我把球往上丟，伊就跳上去用口接來給我。我把球往前丟，伊就跑去接來給我。丟來丟去，接來接去。重覆丟球接球都很準，但久了也累了，不玩了。

連鳥都不再飛來玩時，秋也深了，蕭瑟把葉染上夕暉摘下，堆積淒涼，風不來掃。愛子聞聞淒涼的味道，不知受不了還是怎樣，吠了幾聲，葉也都不理睬。伊突然衝上去，葉驚惶躍起；但葉不是鳥，飛不上去，又飄落，落得伊全身葉，猛晃搖後才抖落。伊就是抖不落淒涼。更淒涼的冬天一來就什麼都枯了。愛子趴在枯蘋果樹下看枯草枯枝枯樹。枯樹不知從哪裡跳上一隻松鼠，從這枯樹跳到那枯樹，跳來跳去，從這枯枝跳到那枯枝又跳到另一枯枝，枝枝都受得了晃動的乾枯重量，只是不知松鼠又跳到哪裡，或許找地方隱蔽，或許回穴去了。枯樹沒什麼可看的了，伊仰望不枯的天。天，冷漠了，不知是嫌大地太乾枯還是怎樣，繽紛撒下雪，飄落在樹上落在草上落在伊身上，把伊打扮成雪狗。彷彿要證明沒凍僵，伊突然站起，邊走邊吃雪，還沒吃飽就跑，跑亂了雪，翻亂了雪土潑濺全身。伊玩夠了進屋給我們擦拭時還顯得不好意思。

不好意思，記得那個沉悶的午後，我驀然想起愛子在後院已有些時候了，就叫伊，都沒回應。我到後院找不著伊，但見欄杆下有個洞，猜想伊用腳挖土挖出洞而鑽出去了。伊沒帶「狗牌」

（標示名字、地址、電話）在外亂跑是違法的。我們很焦急，沿著社區人行道（伊唯一認識的路）找，也問了幾戶有狗的人家，都說伊沒去他們那裡交誼。我們估量伊或許要親自見識生分的外在世界而跑到大街去了。我們先去社區外的獸醫診所，後在大街徘徊，都沒看到伊。我們感到惶恐，怕伊在外走失了。我們不知怎麼辦，回家後忽然想起警察巡邏，或許會看到狗，就打電話給警察局；警察說有隻黑狗在他們那裡。我們一進警察局，愛子就跑來舔我們的臉。警察說：「你們的狗在大街上跑，有人看到就下車叫他上車，把他帶來這裡。沒留下姓名電話就走了。」我們很感謝匿名費心費力做善事而不張揚的善人和不追究我們責任照顧愛子的警察。「你們的狗一點也不怕生，在這裡跑來跑去，把我們當褓姆了。」愛子聽了搖搖尾巴伸出腳跟警察握手致謝後，向我們使了個眼色：「我們回家吧！」

在家跟我們生活了十二年的愛子并沒從我們的記憶走失。伊無時不跑進我們的懷念，親像善解人意的女孩，活潑可愛，粘著我們，賽耐做伴。

發表於《鹽分地帶文學》第六十三期，二〇一六年四月

情

落雨了，小黑狗豎起耳朵搖著尾巴靜坐看著。忽然聽主人叫去坐機車。伊不知要去哪裏，但很高興能到外面玩雨景。

在機車後座伊向前看著快速往後跑的雨景。雨越落越起勁，景越跑越生分。生分過了一個鄉又一個鄉又一個鄉。雨淋得伊都看不清了，景跑得伊都迷失方向了。不知彎了幾回後生分過了一個小鎮後又不知彎了幾回後來到一個小鎮。在一條街的分隔島前突然機車停下來，伊還迷糊不知為什麼，就被推出機車外：「在這裡等！別跑！」矇矓裡，機車載著主人跑開了。伊驚惶吠叫追趕，但機車已跑遠了。伊只覺自己濕得很，但不知自己在哪裡。生分的街上跑隨時都有被車撞倒的危險，再往前跑也可能無路了。只得轉頭跑回分隔島等主人。

雨淅瀝落著，伊悉力等著。雨濕濕淋著，伊痴痴看著。機車跟汽車跟機車急駛著；不知誰駛，也不知急什麼，激起積水把伊冲抖了。不知是顫抖還是抖擻，只覺抖落了雨，雨還持續淋。都濕累了，但伊還忍著等著。

雨終於也累了而歇息。「喂，免擱等啦！來亭仔脚歇一下啊！」生分的聲音聽來親切和善，伊就跑到亭仔脚，向著關心的店主投射感謝的眼神。為了避免把亭仔脚弄得濕滑。伊并沒走來走去，而只是趴在一個角落看著分隔島。看累了，全身不再那麼濕了，伊才起來在亭仔脚走來走去看生分的男女行人看生分的伊找來找去都找不到可吃的東西，就找個角落躺下，等著什麼。雖然什麼也沒有，還是等著。等到商店都關了，伊忍著餓睡了。

醒後伊發現自己在亭仔脚走來走去。這裡找不到東西，哪裡也不敢去。走遠了就是流浪。惟恐迷失，伊不要流浪。固定的商店開了，店主明知伊不是顧客，仍微笑招呼伊；伊搖尾巴輕吠感激回應。一個店員把早飯分些給伊；伊嗚嗚表示謝意。亭仔脚店家都任伊走來走去，享受自由的空間，只是偶爾趴下來凝視經過分隔島的機車，都看不到伊認得的騎士而顯得孤單。一個國中生放學回家看了不忍心，就主動照顧伊，餵伊，帶伊逛逛，逛到大人看不見的地方大小便後才回亭仔脚。伊輕鬆搖著尾巴頻頻舔國中生的臉頰。大人看了都會心微笑了。漸漸地亭仔脚大人小孩也紛紛爭著來照顧，伊感激的眼神凝視得他們都感到不好意思了。這裡一點點意思，那裡也一點點意思，伊擁有的眞豐富。亭仔脚自然成了伊的新家和生活圈。只是一落雨伊就會跑去分隔島淋雨等著誰或什麼。伊在那裡被拋棄，彷彿也希望在那裡被接回去。

半年前一個早晨颱風大掃除後雨猛沖。在亭仔脚伊興奮吠叫著雨衝向分隔島，猛不防被一輛不知從哪裡過來的車撞倒。一個店主把伊送往獸醫院。手術後伊醒來發現自己活著，只是少了一隻腿。伊舔了舔護士的手後舔了舔醫生的手後又舔了舔善心店主的手。出院後保護動物團體有人認養帶回家幫伊復健。感恩的伊頻頻舔認養者的臉。認養者對伊再好不過了。然而，伊也感念亭仔脚的小孩大人，他們偶而去敘敘。不知是風濕還是怎樣，伊讓大家感到伊忍著疼痛。還沒去看醫生，雨就落了。雨那天落得伊特別痛。伊吠雨幾聲後，也不知怎樣就走了出來，跛著腿走回亭仔脚。大家都來看伊：

「在亭仔脚就好了，何必要到分隔島等呢？」

「分隔就分隔。有格的都要分隔。分隔才好。」

「等著瞧吧！遺棄者也將被遺棄。」

「你想他，但無定著他什麼都忘掉了。」

「何苦等不值得等的呢？」

「又何苦等不會出現的？」

「沒什麼可等的啦！免等了。」

不知哪位阿伯哪位阿婆哪位阿姨哪位叔叔哪位姐姐哪位朋友說。伊歪著頭翹著耳朵聽得似懂非懂。然而伊似乎仍相信終究有人會來接伊。

然而，不管伊怎樣等，都等不到那人。假使那人還活著，恐怕早就不理伊了。假使那人死了，請通知伊，或許伊肯去守墳。

然而，雨一落，伊不管死活就跛著腿從亭仔脚走去伊被遺棄的分隔島忍受著雨淋等等等。又落雨了，伊又不知為什麼又不自覺地走去分隔島，又濕濕凝注雨等著。怎樣等都只有雨淋，怎樣等都沒發生什麼，怎樣等都失望。然而，即使失望也要凝注，痴痴等著那失去的，回不來了。

發表於《鹽分地帶文學》第六十六期，二〇一六年十月

最後

最後要回憶記念感傷。

執意記念最後的相處，伊緊依著老牛要從舊村墓埔農田走往城鄉交界，沉重的步履踏著絮語。

水牛犁田後，伊阿爸用來載貨進城。貨不管多重都載。載到城裡卸貨後又載城裡的貨回村。石子路上，阿爸默默牽水牛低頭喘氣走著，呼吸風沙。都走累了，牛還繼續走。路總要走才能到盡頭；與其停下來忍受不如忍受著走。阿爸受不了，就把軛拿下來，和牛閉著眼睛一起歇困。其實再怎麼歇都困。生活無非做同樣的事，走同樣的路。路旁魚塭也沒有什麼可看的。

石子路後來鋪成柏油路給車跑。牛車只能駛到城鄉交界處，不准進城。政府認為牛車妨礙都市交通，而且太落伍了，牛不再用來載貨了。

什麼都落伍的父母，伊和牛在墓旁田間耕作勉強還可活。為了補貼家計，伊到城裡工廠做工。聽說有不怕死的為人權和主權而抗爭，被統治者抓去了。伊害怕，只呆在廠裡做工。有一天回家才知道老牛死了，很悲痛。一位不願再做農夫的朋友送來一隻水牛給伊阿爸繼續耕種，生活并沒有什麼規劃。

然而，政府有生產規劃。填了魚塭，建了工業區；人多了，車多了，鬧熱了，說是發展。能發的都發了，要展的也都展了。伊家和牛仍只是安靜地在墓旁田間生活，毫無發展。沒想到後來阿爸死了。伊回家照顧母親和牛。沒想到不久阿母悲痛過度死了，沒想到牛悲傷過度也死了。更沒想到有人不願落伍而不再耕種，把牛送給伊。

雖苦被看貶，但還是耕作。折騰很久後，台灣總算民主化了。然而無賴還是無賴，混蛋還是混蛋，抓耙仔還是抓耙仔；歪的繼續歪，敗壞的繼續敗壞，吃人夠夠的繼續鴨霸，清白的繼續含冤；不公的猶原不公，不平的猶原不平，不義的猶原不義，不達不七的猶原不達不七；不幸的猶原不幸；無感的猶原無情，無格的猶原無格，無恥的猶原無恥，無奈的猶原無奈，無厝的猶原無厝。

有厝也無奈的伊和牛猶原在落後的草地吃力生活。後來牛老了死了。又有放棄耕田的人送給伊牛。然而，耕牛越來越無路用了。不管哪裡，什麼都靠機械發動發作發聲發達。似乎不發達的才靠體力做。伊和牛雖還做得動，但沒有什麼事可做了；雖還走得動，但沒有什麼路可走了。偶爾跟牛出去散步，就感傷碰到的大都生分。所有相識的都不來了。烏秋不來了。白鷺鷥不來了。

沒有鳥飛的田地算什麼風景呢？那天忽然駛車來了一對夫婦，興奮向一對兒女說：「你們看啊！那老牛就是水牛，那阿伯就是農夫！」伊和牛感傷還沒死就成了活標本了。

被當作標本的伊和老牛一起活用內容重覆的故事消遣寂寞。伊講「從前有一次有一個青年，為了改善生活，離開農村出外打拚，打拚，後來……後來就沒有後來了。聽說被害死了。」老牛默默聽著，搖搖尾巴，不知表示什麼。伊講，「從前有幾次，村人不滿醜陋的宰制，到外地找美麗，都沒回來。後來接連有些人出去找那些找美麗的人，也都沒回來。能走的都走了，留下宰制的醜陋，留下沒人要的，賴著不走的，該走不走的，還有走不了的，及不願走的。完了。」老牛默默聽著，搖搖尾巴，顯得感傷……

……感傷走了最後在一起的路程，伊和老牛抵達城鄉交界處，向站在卡車後的阿生打招呼。伊緊靠著老牛，拍拍肩，邊摸摸臉擦擦淚，邊哽咽，「你我不能再在一起了，別了，阿生會好好照顧你的。」牛墓墓的嗚哼，伊哭著，手發抖，要牽牛到鐵板，但牛動也不動。阿生流淚看著，同伊合力推牛。牛嗚哼抗拒。牛嗚哼被推上鐵板後退後，嗚哼又被推上鐵板後又退下來，嗚哼又被推上鐵板後又退下來。牛嗚哼得更大聲了，猛被推上鐵板後又強被推入卡車，被關上門，下不來了。伊泣不成聲，聽牛大哭衝撞踢車門，矇矓裡送牛車離去。

卡車上老牛向後猛踢，踢，踢，踢掉了車門，跌落了下來。

伊踉蹌走著要回家，腦裡縈繞著牛焦躁衝撞猛踢。伊後悔把牛送給阿生了。伊惶恐了。別罵。別打。更別宰了。牛膽小受不起驚嚇。牛老了，怕活不久了。伊越想越感傷，越湧出淚水，越覺得暈眩，迷迷糊糊被感傷絆倒了。

阿生急駛著車要告知老牛跌死的途中，看到伊躺在路邊，淚塗滿面，已斷了氣了。

發表於《鹽分地帶文學》第六十七期，二〇一六年十二月

「臺南作家作品集」第八輯 03
許達然散文集

作　　者／許達然
編　　者／莊永清
總　　監／葉澤山
編輯委員／李若鶯、陳昌明、陳萬益、張良澤、廖振富
行政編輯／何宜芳、申國艷
社　　長／林宜澐
總 編 輯／廖志墭
編輯協力／林韋聿、謝佩璇
企　　劃／彭雅倫
封面設計／黃子欽
內文排版／藍天圖物宣字社

出　　版／蔚藍文化出版股份有限公司
地址：10667 臺北市大安區復興南路二段 237 號 13 樓
電話：02-22431897
臉書：https://www.facebook.com/AZUREPUBLISH/
讀者服務信箱：azurebks@gmail.com

臺南市政府文化局
地址：
永華市政中心：70801 臺南市安平區永華路 2 段 6 號 13 樓
民治市政中心：73049 臺南市新營區中正路 23 號
電話：06-6324453
網址：http：// culture.tainan.gov.tw

總 經 銷／大和書報圖書股份有限公司
地址：24890 新北市新莊區五工五路 2 號
電話：02-8990-2588

法律顧問／眾律國際法律事務所　著作權律師／范國華律師
電話：02-2759-5585　網站：www.zoomlaw.net

印　　刷／世和印製企業有限公司
定　　價／新臺幣 420 元
初版一刷／ 2019 年 11 月

ISBN 978-986-98090-3-0
GPN 1010801493
臺南文學叢書 L114 ｜局總號 2019-498 ｜臺南作家作品集 50

國家圖書館出版品預行編目（CIP）資料

許達然散文集 / 莊永清編 . -- 初版 . -- 臺北市 : 蔚藍文化 ; 臺南市 : 南市文化局 , 2019.11
面；　公分 . --（臺南作家作品集 . 第 8 輯 ; 3）
ISBN 978-986-98090-3-0（平裝）

863.55　　108014804

臺南作家作品集　全書目

● 第一輯				
1	我們	・黃吉川 著	100.12	180 元
2	莫有無一心情三印一	・白聆 著	100.12	180 元
3	英雄淚一周定邦布袋戲劇本集	・周定邦 著	100.12	240 元
4	春日地圖	・陳金順 著	100.12	180 元
5	葉笛及其現代詩研究	・郭倍甄 著	100.12	250 元
6	府城詩篇	・林宗源 著	100.12	180 元
7	走揣臺灣的記持	・藍淑貞 著	100.12	180 元
● 第二輯				
8	趙雲文選	・趙雲 著 ・陳昌明 主編	102.03	250 元
9	人猿之死一林佛兒短篇小說選	・林佛兒 著	102.03	300 元
10	詩歌聲裡	・胡民祥 著	102.03	250 元
11	白髮記	・陳正雄 著	102.03	200 元
12	南鵲是我，我是南鵲	・謝孟宗 著	102.03	200 元
13	周嘯虹短篇小說選	・周嘯虹 著	102.03	200 元
14	紫夢春迴雪蝶醉	・柯勃臣 著	102.03	220 元
15	鹽分地帶文藝營研究	・康詠琪 著	102.03	300 元
● 第三輯				
16	許地山作品選	・許地山 著 ・陳萬益 編著	103.02	250 元
17	漁父編年詩文集	・王三慶 著	103.02	250 元
18	烏腳病庄	・楊青矗 著	103.02	250 元
19	渡鳥一黃文博臺語詩集 1	・黃文博 著	103.02	300 元
20	噍吧哖兒女	・楊寶山 著	103.02	250 元
21	如果・曾經	・林娟娟 著	103.02	200 元
22	對邊緣到多元中心：台語文學 ê 主體建構	・方耀乾 著	103.02	300 元
23	遠方的回聲	・李昭鈴 著	103.02	200 元
● 第四輯				
24	臺南作家評論選集	・廖淑芳 主編	104.03	280 元
25	何瑞雄詩選	・何瑞雄 著	104.03	250 元
26	足跡	・李鑫益 著	104.03	220 元

27	爺爺與孫子	・丘榮襄 著	104.03	220 元
28	笑指白雲去來	・陳丁林 著	104.03	220 元
29	網內夢外—臺語詩集	・藍淑貞 著	104.03	200 元
● 第五輯				
30	自己做陀螺—薛林詩選	・薛林 著 ・龔華 主編	105.04	300 元
31	舊府城・新傳講—歷史都心文化園區傳講人之訪談札記	・蔡蕙如 著	105.04	250 元
32	戰後臺灣詩史「反抗敘事」的建構	・陳瀅州 著	105.04	350 元
33	對戲，入戲	・陳崇民 著	105.04	250 元
● 第六輯				
34	漂泊的民族—王育德選集	・王育德 原著 ・呂美親 編譯	106.02	380 元
35	洪鐵濤文集	・洪鐵濤 原著 ・陳曉怡 編	106.02	300 元
36	袖海集	・吳榮富 著	106.02	320 元
37	黑盒本事	・林信宏 著	106.02	250 元
38	愛河夜遊想當年	・許正勳 著	106.02	250 元
39	台灣母語文學：少數文學史書寫理論	・方耀乾 著	106.02	300 元
● 第七輯				
40	府城今昔	・龔顯宗 著	106.12	300 元
41	台灣鄉土傳奇 二集	・黃勁連 編著	106.12	300 元
42	眠夢南瀛	・陳正雄 著	106.12	250 元
43	記憶的盒子	・周梅春 著	106.12	250 元
44	阿立祖回家	・楊寶山 著	106.12	250 元
45	顏色	・邱致清 著	106.12	250 元
46	築劇	・陸昕慈 著	106.12	300 元
47	夜空恬靜—流星 台語文學評論	・陳金順 著	106.12	300 元
● 第八輯				
48	太陽旗下的小子	・林清文 著	108.11	380 元
49	落花時節：葉笛詩文集	・葉笛 著 ・葉蓁蓁、葉瓊霞 編	108.11	360 元
50	許達然散文集	・許達然 著 ・莊永清 編	108.11	420 元
51	陳玉珠的童話花園	・陳玉珠 著	108.11	300 元
52	和風 人隨行	・陳志良 著	108.11	320 元
53	臺南映象	・謝振宗 著	108.11	360 元
54	天光雲影【籤詩現代版】	・林柏維 著	108.11	300 元